KB115350

FANTASTIC ORIENTAL HEROES

장씨세가 호위무사 10

조형근 新무협 판타지 소설

초판 1쇄 찍은 날 § 2020년 10월 28일
초판 2쇄 펴낸 날 § 2021년 8월 2일

지은이 § 조형근
펴낸이 § 서경석

편집책임 § 노종아
편집 § 박현성
디자인 § 노종아

펴낸곳 § 도서출판 청어람
등록번호 § 제387-1999-000006호
등록일자 § 1999. 5. 31
어람번호 § 제2-2850호

주소 § 경기도 부천시 부일로 483번길 40 서경B/D 3F (우) 14640
전화 § 032-656-4452 팩스 § 032-656-4453
http://www.chungeoram.com
E-mail § chungeorambook@daum.net

ISBN 979-11-04-92270-1 04810
ISBN 979-11-04-92269-5 (세트)

第四幕

10

장씨세가 호위무사

조형근 新무협 판타지 소설

목차

第一章

숨겨진 이야기 사파편

여섯 시진(12시간) 전.

이름 모를 연못가 주위로 엄청난 숫자의 무사들이 모였다.

물경 삼백에 달하는 병력의 위용.

듬성듬성 보이는 햇불만으로도 겁에 질릴 정도의 위압감이 느껴졌다.

유독 사람들이 밀집한 공간 안에는 임시로 지어진 막사 하나가 보였다.

정사지간의 단주급 회의가 열리는 곳으로 그 중심에 각 문파를 대표하는 단주들이 앉아 있었다.

쾅!

"조금 더 생각해 보자는 게 무슨 말이오!"

때마침 누군가 소리치며 자리에서 일어났다.

그는 화월문의 문주를 보필했던 유호길 단주로, 방금 전 천외문 쪽 사람의 얘길 듣자마자 격한 반응을 쏟아낸 것이다.

"진정하시고 앉아보시오, 유 단주."

"내가 지금 진정하게 생겼소!"

천외문의 기천영(箕天永) 단주가 타이르듯 말했지만 유호길은 여전히 흥분을 감추지 못했다.

그러자 기천영이 재차 말을 이었다.

"계속 예상치 못한 일이 발생하고 있어서 한 말이오. 만만히 봤던 장씨세가의 고수들이 본 문에 일격을 가했고 관서의 현령이 마침 목숨을 잃었소. 갑자기 당가가 들이닥쳐 팽가의 정문을 막아선 것도 그렇고… 여하튼 좀 더 상황을 살피자는 말을 왜 이리……"

"문주가 죽었소!"

유 단주는 눈을 부릅뜨며 거듭 외쳤다.

"장씨세가 놈들의 손에 죽었소. 그럼 피로 보복을 하는 게 당연한 것 아니겠소!"

그의 외침에 막사 안이 조용해졌다.

사실 천외문과 화월문 문주의 죽음에 장씨세가가 관여했다는 증거는 없었다.

하지만 심증은 확실했다. 그거면 된다. 이들에게 정확한 명분 따위는 필요 없었다.

톡톡.

"유 단주만 가문에 충정을 바치는 인물이 아니오."

탁자를 두드리며 시선을 모으는 노인.

그는 노삼(路森)이라는 자로, 천외문 단주 중 한 명이었다.

"이 싸움에는 우리 문파의 명운도 걸려 있소. 그러니 장씨세가를 치는 것에 당연히 동참하오. 하지만 우리가 이렇게 하는 이유를 정녕 모르겠소? 만약에 일이 잘못되었을 경우, 팽가가 등을 돌릴 거란 생각은 안 하는 거요?"

"하나……."

"또 하나, 그간 팽가가 폭굉을 직접 사용한 적이 없다는 걸 상기해 볼 필요가 있소."

"……."

그 말에 뭐라 얘기하려던 유호길이 입을 다물었다.

생각해 보면 그랬다.

팽가가 폭굉을 건네준 적이 있어도 자신들이 직접 그것을 사용한 적은 없었다.

석가장 건도 그랬고 운수산에서도 그랬다.

"그 말은……."

옆에서 듣고 있던 화월문 우문휘가 말하자 노삼이 고개를 끄덕였다.

"꼬리 자르기가 가능하다는 것이네."

천외문이 조심스러워하는 것은 팽가, 그들의 본질 자체에 있었다.

팽가는 정파다. 하지만 지금까지 행동을 미루어 보면 정파란 느낌이 그다지 들지 않았다.

　냉정히 되짚어보면 오히려 고개를 갸웃거리게 하는 행동들이 더 많았다.

　폭꿩은 그중 하나일 뿐이다.

　드륵.

　유호길이 자리에 앉고 다소 어색했던 분위기가 조금씩 밝아질 즈음 때마침 수하 한 명이 새로운 소식을 알려왔다.

　"팽가에서 사람이 왔습니다."

*　　　*　　　*

　무리에서 조금 떨어진 정자 위에 한 여인이 앉아 있었다.

　그녀는 화월문을 대표하는 세 명의 단주 중 하나였지만 임시 회의에는 참석하지 않았다.

　그녀는 한 사내를 떠올리고 있었다.

　화월문 지부에 홀로 들어올 정도의 담력.

　그리고 그곳에서 보인 상식을 넘어서는 무위.

　"당신이 어떻게 생각하든, 나는 지난 칠 년간 이런 말도 안 되는 싸움만을 해왔다."

　그때 이후로 수많은 일들이 비연을 놀라게 했다.

　그중에는 정말 사실인지 아닌지 의심되는 것들도 있었다.

'당가의 개입…….'

완전히 끝난 싸움이라고 생각했을 때 느닷없이 나타난 사천당가.

그들이 말도 안 되는 이유를 들며 팽가 앞을 점령했을 때는, 그리고 기약도 없이 농성을 벌인다는 보고를 들었을 때는 어이없는 헛웃음만 나왔다.

그러나 상대 역시 팽가였다.

맹과 조율하여 천군지사대 두 개 조를 불렀고 또한 뛰어난 고수들을 추려 신속히 기동했다는 소식을 전해 들었을 때는 절로 고개를 끄덕였다.

'이것이 마지막이에요. 풍운검대, 천군지사대, 팽가와 정사지간까지. 당신 혼자선 절대로 막을 수 없어요.'

장씨세가는 끝났다.

그녀는 그걸 추호도 의심치 않았다.

이건 몇몇 고수들이 막을 수 있는 수준이 아니었으니까. 아니, 고수라면 자신들 쪽에도 이미 백여 명이 넘어갔다.

"이건 내겐 아주 익숙한 싸움이라는 거다."

그런데도, 계속 그 목소리가 아른거린다.

분명 모든 수를 다 봉쇄했기에 초월적인 무신이라도 나타나기 전에는 방법이 없다는 걸 알았다.

하지만 어쩐지 그의 말을 흘려보내기가 어렵다. 혹여나 왠지 그리될 것 같은 착각이 드는 것이다.

"보고드릴 게 있습니다."

"뭐죠?"

생각에 잠겨 있던 비연 단주가 흠칫하며 고개를 돌렸다.

"예. 방금 팽가 무사 한 명이 단주님들과 접견한 뒤 돌아갔습니다. 이후 본 문의 단주 두 분께서 비연 단주님을 이리로 모셔 오라고 하셨습니다."

문주가 죽은 지금, 화월문을 이끄는 핵심 인사는 세 사람이었다.

우문휘와 유호길, 그리고 비연 단주 본인이다.

"알겠네. 가지."

정자 위에서 내려온 그녀는 느리지도 빠르지도 않은 걸음으로 걸어갔다.

그녀의 눈에 수많은 무인들이 들어왔다.

정사지간을 대표하는 화월문과 천외문.

현재 장씨세가의 무력은 이 병력을 막기에도 턱없이 부족할 터였다.

잠시 뒤, 비연은 우문휘와 유호길이 서 있는 곳에 도착했다.

"문제가 생겼네."

"네?"

비연을 보자마자 심각한 어조로 말을 건네는 유호길.

뒤이어 우문휘가 설명했다.

"급보가 들어왔네. 팽가와 맹의 정예 고수들 대부분이 우리와 합류하지 않고 곧장 장씨세가로 쳐들어갔네."

"이유가 뭔가요?"

비연은 이해되지 않았다.

기껏 작전을 짜고 합류하기로 한 그들이 왜 갑자기 불이라도 난 듯 달려간 것일까?

"뭐, 우리가 모르는 일이 있었겠지. 일단 나름 판단을 내렸네."

우문휘가 슬쩍 유호길을 바라보며 말했다.

"서른 명의 소수 정예들을 장씨세가로 보내기로 유 단주와 협의했으니 비 단주만 약조해 주면 돼."

비연의 눈이 가늘어졌다.

잠시 생각하던 그녀가 입을 열었다.

"천외문도 보내기로 했나요?"

"그렇네. 저들도 서른 명 정도를 모아서 보내기로 했네."

비연은 그들의 의도가 대충 짐작되었다.

이렇게 해서라도 뭔가를 보여주기 위함이란 걸.

사실 자신들과 천외문 쪽 사람들을 뽑아봐야 일류는 넘을지언정 절정 고수는 없다. 별로 전력은 되지 않을 터.

하지만 일단 이 싸움에 정사지간도 참여하고 있다는 걸 보이기 위함이었다.

'대체 무슨 일이……'

잠시 고민하던 비연 단주의 눈에 문 앞에서 얼쩡거리는 한 남자가 들어왔다.

"무슨 일이냐?"

"저어… 그게, 지난번에 지시하신 일이……."

"들어와라."

얼굴에 개기름이 줄줄 흐르는 오십 대 장년인이, 유호길의 눈총을 받으며 들어와 서찰을 올렸다.

"상황이 급하네, 비연 단주."

똑. 또독.

서찰을 읽은 비연이 턱을 괴며 손가락으로 볼을 두드렸다.

"비연 단주!"

또독. 똑.

채근을 받고도 그녀는 한참 동안 생각에 잠겨 있었다. 그러다가 얼마 후 퍼뜩 고개를 쳐들었다.

"유 단주, 우 단주. 우리는 따로 움직입니다."

"…뭐?"

"무슨 소린가? 그게!"

갑작스러운 말에 당황하는 두 명의 단주.

하나 비연은 침착하게 대화를 이어나갔다.

"팽가와 천군지사대가 먼저 치고 나갔어요. 지금 와서 우리가 끼어들어 본들… 생색도 내지 못할 거예요. 아니, 그 전에 상황이 종료되어 있을지도 몰라요."

"그걸 우리가 몰라서 그러겠는가? 지금 이 상황에 딱히 묘안이 없지 않은가."

"그 묘안이 제게 있어요."

비연은 잠시 내렸던 시선을 들어 두 장년인과 눈을 맞추며 말을 이었다.

"단순히 무력으로 도움이 되지 않는다면 다른 방법을 찾으면 돼요. 그들이 못하고 우리가 잘할 수 있는 일. 그간 혹여나 싶어 그물을 풀어두었는데… 마침 걸렸네요."

두 단주는 더는 반박하지 않고 비연의 말에 차분히 귀 기울였다.

"장원태, 그리고 장씨세가 주요 인물들의 행방이 잡혔어요. 팽가가 명분을 쌓기 위해서는 장씨세가 사람들이 필요하지만 장씨세가 안에는 장씨세가 사람들이 없는 상황. 우리가 그들을 쥐고 있으면 그 또한 큰 공적이 될 겁니다."

순간 두 단주의 눈에 이채가 서렸다.

생각해 보면 지금 가봐야 큰 도움이 되지 못할 것이 뻔했다. 그런데 다른 방법으로 화월문의 존재감을 뽐낼 수 있는 상황이 만들어졌다.

"알겠네, 비연 단주. 이번 일은 자네에게 전적으로 맡기겠네."

둘은 기탄없이 비연에게 권한을 위임했다.

평소 앙숙 관계였지만 이번 일에서 보여준 그녀의 총명함은 두 사람도 이견이 없을 만큼 훌륭했다.

비연은 고개를 끄덕이며 다른 쪽으로 시선을 돌렸다.

그곳엔 이미 추려 놓은 서른 명의 수하들이 대기하고 있었다.

"너희는 모두 나를 따라간다."

"옙!"

그들은 곧장 부복하며 예를 표했다.

그사이 반대쪽에 주둔하고 있던 천외문은 이미 출발했는지 서쪽 산등성이 쪽으로 달려 나가고 있었다.

"커업!"

"크윽!"

그때였다.

신음 소리와 함께 일찌감치 달려 나간 천외문 무사들이 갑자기 나가떨어지기 시작한 것이다.

그들은 나름 천외문에서 고르고 고른 자들이었기에 그 충격이 고스란히 두 문파의 무사들에게 돌아왔다.

"멈춰!"

천외문 단주 하나가 소리쳤다.

어둠 속에서 갑자기 나타난 수십 명의 무사들.

너무나 강력했기에 접근하는 것조차 제지했다.

"저들은……."

지켜보던 비연의 눈이 휘둥그레졌다.

그리 많은 숫자가 아님에도 앞을 막아선 자들의 기운이 만만치 않았다.

거기다 생각지도 못한 도복을 입고 있었다.

"너희는 장씨세가 싸움에 개입할 수 없다."

"청경의(靑經衣)……."

유호길은 마치 탄식하듯 말을 흘렸다.

그가 굳이 언급하지 않아도 정사지간 무사들은 그들이 누군지 대부분 알아차렸다.

어둠을 밝힌 횃불 사이로 날아다니는 새.

허리 쪽에 녹색 수실로 그려진 청성산 서른여섯 개의 봉우리와 산초들.

청성파의 도복이었던 것이다.

"본인을 소개하지. 난 청성파의 장로 석지명이란 사람일세."

갑자기 나타난 서른여섯 명의 무사들.

그들은 다름 아닌 청성의 무사들이었다.

"저들이 왜……."

"대체 무슨 일이 있었던 겁니까?"

화월문 단주 둘은 아직도 상황 파악이 되지 않았다.

청성에 있어야 할 무사들이 왜 여기에 있는지 도저히 납득할수 없었던 것이다.

하나 그것이 다가 아니었다.

"이거 한발 늦었구려."

약속이나 한 듯 동쪽 서편에서 십여 명의 무사들이 나타났다.

이번에도 청색 복장을 하고 있었는데 청경의와는 조금 달랐다.

"아……!"

순간 비연이 눈을 부릅떴다.

그들의 복장을 확인하자마자 반사적으로 신음을 흘린 것이다.

"노부를 소개하지."

소탈한 행색을 하고 나타난 노인은 너무 여유로워 오히려 더 꺼림칙한 기운이 느껴졌다.

"본인은 남궁세가 가주, 남궁서군이라고 한다."

그 말과 함께 어둠 속에서 백여 명의 무사들이 걸어 나왔다.

그들은 남궁세가의 대표 검대, 창룡검대였다.

第二章

숨겨진 이야기 당가편

장씨세가 내 전쟁이 끝나기 사흘 전.

"따분하군."

노천은 대나무 의자에 드러누운 채 하늘을 올려다보며 부채를 부치고 있었다.

임시로 천막을 올렸다지만 나른한 오후인 데다 하필 더워지는 날씨 때문인지 하루 종일 피곤했다.

축 늘어져 대롱거리는 노천의 귀에 한 가닥 날카로운 소리가 들렸다.

"보내주시오."

"응?"

저편으로 고개를 돌린 그곳엔 익숙한 사내가 서 있었다.

팽가의 대공자 팽가운이었다.

"물러서시오! 정말 해보겠다는 거요?"

일대 제자들이 경계하며 나섰다.

한 명은 굵은 뱀을 어깨에 매단 채 서 있었고, 다른 한 명은 토끼 덩치만 한 쥐를 들고 길을 막았다.

각주와 당주급 인사들도 빠짐없이 그를 바라보고 있었지만 직접 움직이지는 않았다.

팽가운 한 명만 모습을 보였기 때문이다.

"무슨 일이냐!"

노천이 다가가자 일대 제자들은 길을 비켰다.

팽가운은 그를 미처 보지 못한 채 목청을 돋웠다.

"보내주시오! 해야 할 일이 있단 말이오!"

노천의 눈이 매섭게 변했다.

오늘 새벽, 팽가의 장원에서 일부 인원이 신속히 빠져나갔다는 보고를 들었다.

그 일로 심기가 잔뜩 상했는데 이번엔 대공자란 놈이 직접 와서 보내달라고 한다.

"어디로? 장씨세가로?"

가시 돋친 노천의 말에 팽가운이 그제야 돌아보며 읍을 했다.

"오해하시지 말았으면 합니다. 제가 가려는 곳은 거기가 아닙니다."

"거기가 아니라고? 너희 팽가 한 무리가 피를 보려고 뛰쳐나갔는데, 우두머리는 그와 상관없이 움직인다는 말을 나더러 믿으라는 것이냐?"

질끈.

팽가운이 입술을 깨물었다.

그는 주변을 돌아보며 노천에게 간절한 눈빛을 보냈다.

"…다들 물러서라."

"대형?"

"어허. 내가 이놈 하나 감당 못 할 것 같으냐!"

노천의 일갈에 당문 사람들이 우르르 흩어졌다.

노천은 팽가운을 끌고 자신이 거하던 천막으로 향했다.

"주위를 모두 물렸으니 말해봐라. 무슨 할 말이 있어서 지금……."

털썩.

말을 하던 노천의 눈이 커졌다. 단둘만 남은 자리에서 팽가운이 무릎을 꿇은 것이다.

"야, 이놈아. 이 무슨 해괴한……."

노천은 말문이 막혔다.

팽가운은 심지어 머리까지 땅에 박았다.

아무리 당가의 위명이 높다 하지만 팽가운은 명문가인 팽가의 대공자다.

게다가 전 가주가 죽은 지금은 가주였다. 그런 그가 이리 꿇어 엎드린다는 것은 팽가의 이름을 욕보이는 행동이었다.

"잘못된 일이 있어 그를 바로잡고자 나온 것입니다. 지나가게 해주십시오."

팽가운의 목소리는 나지막했다. 하지만 그 안에는 뜨거운 간절함이 서려 있었다.

"잘못된 일을 바로잡겠다고? 이제껏 팽가가 한 짓을 알고 있다는 말이렷다?"

"어찌 모르겠습니까. 그간 저희 가문이 행했던 일들이 공명정대하지 않았다는 것을."

노천의 이죽거림에 팽가운이 말을 이었다.

"힘이 약해 세를 잃었고, 영광스럽던 가문의 이름이 땅에 떨어졌습니다. 이제껏 바르지 않은 일을 보고도 방관해 왔습니다. 오랫동안 고심한 끝에, 장부로서 지금이라도 바로 걸으려 하는 것입니다."

"……."

노천의 표정이 복잡해졌다.

팽가운의 얼굴만 보아서는 나쁜 일을 할 것 같지 않았다.

하지만 명가의 이름이란 때론 공명정대함을 품고도 잔학한 일을 할 수 있게 만든다.

"대체 뭘 할 생각이냐?"

결국 다시 본연의 질문으로 돌아왔다.

"…말할 수 없습니다."

"뭐?"

팽가운의 말에 노천은 기가 막혔다.

"말하기가… 어렵습니다. 그저, 저를 믿고 보내주십시오. 부탁드립니다. 한시가 급합니다."

"이놈!"

노천이 버럭 소리쳤다.

"잘못된 일을 바로잡겠다면서! 고심한 끝에 장부답게 움직이겠다면서! 그런 놈이 제가 무슨 일을 하는지 말도 못 해? 그러면서 무슨 놈의 당당함이야!"

"이는 온전히 본가가 짊어지고 가야 할 일이기 때문입니다."

으득!

팽가운이 이를 갈며 고개를 들었다.

"부디 어르신께서는 이 어린놈이 살아도 팽가로서 살고, 죽어도 팽가로서 죽게 도와주십시오."

"허……."

노천은 가볍게 탄식했다.

팽가운이 다시 한번 땅에 머리를 박았다. 무인으로서 모든 자존심을 내려놓았다는 의미다.

이런 놈이 끝까지 입을 열지 않는 일이라면, 필시 중요한 것이리라.

그렇다고 전말도 듣지 못한 상황에서 그냥 보내줄 수는 없는 일이다.

"딱 하나만 물어보자."

노천은 팽가운의 눈동자를 노려보았다.

"네가 할 행동이 명가로서 부끄럽지 않은 행동이냐?"

"약속합니다. 약속드릴 수 있습니다."

팽가운이 눈동자에 새파란 독기를 담고 대답을 이었다.

"수백 년의 역사와 제 선친의 이름을 걸고, 단 한 치도 부끄러움 없는 행동을 할 것입니다."

"……."

노천이 가만히 그의 눈을 들여다보았다. 팽가운은 그 눈길을 피하지 않으며 처분을 기다렸다.

"…좋다. 가거라."

승낙이 떨어졌다. 노천은 무겁게 한숨을 쉬며 손을 내밀었다.

"가서 한번 해보거라, 네놈이 찾았다는 장부의 일을. 단, 그 일이 내 기대에 미치지 못할 경우 네놈만이 아니라 팽가 전체가 톡톡히 값을 치러야 할 게다."

"그럴 일은 없습니다."

턱.

팽가운이 노천의 손을 잡고 일어섰다.

아까보다 훨씬 엄숙한 얼굴로 길게 읍을 해 보이고는 물러섰다.

노천은 다급한 듯 달려 나가는 그를 보고 가볍게 혀를 찼다.

"쯧쯧… 이제야 팽가다운 기개를 보이는구먼."

피가 끓는 젊음. 스스로의 길에 한 치의 의구심도 품지 않는 열정.

자신 또한 저런 때가 있었다. 그때 행했던 일들은…….

"대형."

때마침 당의명이 나타났다. 다른 당주들도 대충 상황을 파악하곤 그의 앞으로 몰려들었다.

"괜찮겠습니까? 아침에도 한 무리를 왕창 놓쳤지 않습니까? 이래도……."

"쓰읍."

노천의 인상에 당의명이 급히 입을 다물었다.

그의 표정을 본 다른 당주들은 조용히 침묵하거나 딴청을 피웠다.

까닥까닥.

노천이 손가락을 굽혀 샌님처럼 허연 얼굴의 일대 제자를 불렀다.

예전에 중사당주 당의명이 소개했던 당고호란 자였다.

"야, 너 추명환(追明丸) 먹었지?"

"어… 예, 먹었습니다만."

"아하!"

짝!

노천의 질문을 들은 당의명이 손뼉을 쳤다. 노천의 의도를 깨달은 것이다.

다른 당주들도 그제야 '그럼 그렇지' 하는 눈빛을 보내왔다.

조금 전, 팽가운과 접촉했던 노천의 손에 소량의 약품이 묻어 있었다.

추명환이란, 그 약을 묻힌 상대를 천 리까지 따라갈 수 있는 천리향(天里香)이었다.

떠난 팽가운을 보고 다들 걱정을 하고 있었던 차에, 아니나 다를까 노천은 방책 하나를 마련해 두고 그의 요구를 들어준 듯했다.

"당연하지. 내가 저놈들을 뭘 믿고 그냥 보내겠느냐……."

노천은 화답하듯 씨익 웃어 보였다.

"조금 있다 출발하자꾸나."

한마디를 덧붙이면서.

*　　　*　　　*

팽가운은 이틀간 전력으로 달려 우거진 산속에 자리한 산문 앞에 도착했다.

그는 손에 들린 지도를 한 번 더 확인한 후, 더욱 산속 깊숙이 들어가기 시작했다.

지대가 높지 않아 거의 삼각(45분) 만에 산 중턱에 도착했다.

지도에 나와 있는 대로 사람 얼굴만 한 구멍이 보였다.

슥슥슥.

그는 팽인호가 따로 첨언한 글귀대로 목함에 싸 들고 온 불씨 하나를 꺼냈다. 그러고는 근처 나뭇잎들을 모아 불을 지핀 후, 한쪽 구멍에 연기를 흘려보냈다.

잠시 시간이 흘렀을 때였다.

"팽가요!"

처억.

정말 아슬아슬했다.

어느새 목덜미에 예리한 칼날이 겨눠져 있었다.

"이상하군. 일 장로에게만 이곳을 알려줬을 텐데?"

"그게 말이오… 읍!"

팽가운이 자연스럽게 뒤돌아서려 하자 상대가 칼을 더욱 가까이 대며 위협했다.

"돌아보지 말고 말해."

꿀꺽.

팽가운은 침을 삼켰다.

괜히 어설프게 말했다가 단번에 목이 날아갈 수도 있다.

"내 이름은 팽가운. 팽가의 현 가주요."

"호오."

기분 탓일까.

팽가의 가주란 말에 목에서 칼이 조금 떨어졌다.

"일 장로에게 모든 계획의 전말을 전해 들었소. 그래서 직접 눈으로 확인하러 온 거요. 아무래도 이번 일에는 우리 팽가의 명운 또한 걸려 있으니까."

"그렇군. 한데 왜 혼자 오셨소?"

상대의 말투가 조금 정중해졌다.

"사람을 많이 데려와서 좋을 것이 있소? 지금 일 장로는 장씨 세가를 치러 간 상황이오. 강호의 시선이 그곳으로 집중되는 것이 당연할 터. 개방도 물러났으니 홀로 움직이는 것이 오히려 최선일 거라 생각했소."

"개방……."

정보 단체인 개방까지 언급되자 그는 납득했다는 듯 칼을 집어넣고 예를 표했다.

"실례가 많았소. 본인은 이곳을 책임지고 있는 은일(銀日)이라
하오. 그냥 은(銀)이라고 불러주시오."

그 말에 팽가운은 겨우 한숨을 내쉴 수 있었다.

*   *   *

진입 방법은 참으로 기이했다.

분명 나무가 있는 곳이었는데 가까이 가보니 불쑥 솟아오는
것은 동굴 입구였던 것이다.

그곳은 진법이었다.

그것도 자연을 토대로 펼쳐진 길.

투투툭.

턱. 턱.

동굴 안은 더 기가 막혔다.

팽가의 중정만 한 크기의 공간에서 수십 명의 청년들이 열심
히 손을 놀리고 있었다.

한쪽에는 열댓 명이 짝을 지어 무언가를 옮기고 있었는데 얼
굴에는 복면을 쓰고, 손에는 장갑을 낀 채 매우 조심스러워하
고 있었다.

"여긴 총 삼 층으로 되어 있소이다. 상층은 재료를 운반하고
관리하는 곳. 중층은 폭굉을 제조하는 곳. 하층은 폭굉을 관리
하는 곳."

"그럼 이곳은 재료를 운반하고 관리하는 곳이겠구려."

"그렇소."

둥근 쇠 그릇과 유황, 목탄 그리고 시커먼 액체들.

결정처럼 부서지는 것도 있고, 끈적끈적한 게 어디에 쓰이는지 알 수 없는 해괴한 것도 있었다.

팽가운은 매캐한 냄새에 코를 싸쥐며 말을 이었다.

"아래층도 볼 수 있소?"

"일을 자꾸 만드시네……."

흑의인이 눈살을 찌푸렸다.

여기서부터는 은자림의 중요한 기지와도 연관되기 때문이다.

팽가운이 눈에 힘을 주며 말을 이었다.

"이보시오, 은 대협. 사실 나는 당신들을 오늘 처음 보는 처지요. 당신도 그렇지 않소?"

"……?"

"앞서 말했지만 이번 일에는 수백 년을 이어져 온 팽가의 명운이 걸려 있소. 아무리 일 장로의 소개가 있었다 한들 얼굴 한번 보지 못한 이들이 어느 정도의 실력이 있는지도 확인하지 못하고 내가 맹목적으로 따라야 하는 거요? 당신이라면 그럴 거요?"

"……."

"당신들이 폭굉을 얼마나 만들었는지, 그 위험한 물건이 얼마나 세심하게 관리되고 있는지, 앞으로 쓸 수 있는 양이 어느 정도인지, 나는 온 김에 전부 알아야겠소. 팽가와 대계를 함께할 마음이 있다면 그 정도는 보여줄 수 있지 않겠소?"

피식.

입은 가렸지만 흑의인은 왠지 웃는 듯한 얼굴이었다. 함께할 마음이 있냐는 말이 그를 자극한 것일까.

"뭐, 그럽시다. 함께 갈 거라면 그 정도는 해야겠지."

*   *   *

'허어. 이게 다……'

팽가운은 지하 동굴로 내려가자마자 입을 다물지 못했다.

한쪽에 빽빽이 진열된 놋쇠 철구들은 한눈에도 수백 개가 넘어갔다.

"진열된 것은 제대로 된 물건이 아니오. 뭐, 그렇다고 해도 강호의 벽력탄과는 비교할 수 없을 거요."

"그럼 폭굉은……?"

"여기 안에 있소."

흑의인은 석벽에 붙은 자그마한 문을 열었다.

끼이이익.

안쪽에서 스무 개 정도 되는 모양이 나왔다.

"이놈들은 특상품들이오. 예전에는 아주 강력한 폭굉이 있었지만 비전을 잃어버렸소. 그걸 제조하는 기술자가 죽어버렸거든."

때마침 서너 명의 무사들이 지나가다 흑의인 옆의 팽가운을 발견하고는 눈빛이 날카로워졌다.

흑의인이 갈 길 가라는 듯 손을 흔들자 그제야 천천히 발길을 뗐다.

"여긴 원래 누구도 보여주지 않는 곳이오. 당상관 말도 있고… 팽가의 가주시라 내 특별히 인심 쓴 것이니 이제 그만 올라가시오."

'당상관……'

순간 팽가운의 머릿속에 한 명의 얼굴이 스쳐 지나갔다. 하지만 이내 고개를 끄덕이고는 몸을 돌렸다.

"한 가지 물어봐도 되겠소?"

"또 뭐가 궁금하시오?"

흑의인이 눈살을 찌푸리며 물었다.

"이런 위험한 물건을 취급한다면 다른 방비도 해야 하지 않겠소. 혹여나 적이 침입한다면 따로 빼둘 장소도 필요할 것이고."

"큭! 오면서 보지 못했소? 이곳은 진법과 기관이 완벽하게 이루어져 있소. 운수산만 차지하면 누구도 이곳을 발견할 수 없소."

"이번 장씨세가 놈들 중에 범상치 않은 자들이 있어서 말이오. 적이 침입했을 때 확실히 대처할 수 있는 방안을 직접 듣고 싶소."

"굳이 그걸 알아야 할 이유가 있소?"

"알아야지. 폭굉의 존재가 알려지고 당신들 은자림과 내통했다고 알려지는 순간, 팽가는 멸문당하오."

흑의인은 고개를 절레절레 저으며 그냥 올라가라고 손짓했다.

팽가운이 여전히 진지한 눈빛을 거두지 않자 그는 할 수 없다는 듯 동굴 한쪽 벽면으로 이동했다.

투툭. 투툭.

벽을 치자 사람 한 명 지나갈 공간이 나타났다. 그 공간은 아래로 꺾여 밖이 보이지 않았다.

"혹여 침입자가 들어오면 여기로 폭굉을 보낼 것이오. 그런 다음 빠져나가면 되는 거요."

"적들이 그래도 쫓아온다면? 아니, 남아서 증거라도 수집한다면?"

"무슨 수로 증거를 수집하겠소? 폭굉이 터지면 그 충격으로 침입자뿐 아니라 여기 있는 모든 사람이 죽소. 막말로 폭굉 하나 들고 저기 진열대에 던지면 되는 것이오."

팽가운은 고개를 끄덕였다.

뭐 하러 중등품의 폭굉을 벽에 잔뜩 진열해 놓았나 했더니 그 의구심이 풀렸다. 저건 애초에 보급품이자 기관의 일부로서 작동하는 모양이었다.

"혹 이곳 말고 다른 곳에도 은신처가 있소?"

"여기 말고 다른 곳도 당연히……."

품속에 손을 넣고 또다시 묻는 팽가운을 보던 흑의인의 눈빛이 변했다.

"이봐. 적당히 해. 왜 그리 꼬치꼬치 캐묻는 거야?"

말투도 변해 있었다. 불쾌감 이상의 감정을 느낀 듯 보였다.

"반드시 알아야 하기 때문이오."

팽가운의 표정도 덩달아 매섭게 변했다.

치치치.

그와 함께 품속에서 뭔가를 꺼내 든 팽가운.

놀랍게도 그의 손엔 심지에 불이 붙은 놋쇠 철구 하나가 들려 있었다.

"내가 여길 날려 버릴 생각이니까."

그것은 팽인호가 전해 준 폭굉이었다.

*　　　*　　　*

콰아아아아아아앙!

그그긍. 우우우우웅.

산 전체가 흔들렸다.

단순한 산사태가 아니라 지축까지 흔들리는 거대한 울림이었다.

그 충격은 한 번으로 그치지 않았다.

콰아앙! 콰아앙! 구구구구궁.

계속된 폭발이 연속으로 일어나자 새들은 하늘로 날아올랐고 동물들은 대거 이동했다.

얼마 지나지 않아 거대한 바위들이 하늘로 치솟았다가 이내 땅으로 떨어졌다.

쿵! 쿠쿵!

파팟. 파파팟.

땅이 흔들리고, 산의 일부가 무너지는 가운데에서 민첩하게 움직이는 자가 있었다.

산문 아래로 내려가는 팽가운이었다.

"헉. 허허헉……."

그런데 그의 모습이 어딘지 이상했다.

단순히 치솟아 오른 일부의 돌을 피한다고 보기엔 움직임이 너무나 필사적이었다.

'세 명…….'

팽가운은 자신의 허리를 힐끗 내려다보며 조금 전 상황을 떠올렸다.

마지막 폭굉을 던지고 대피 장소로 몸을 날리던 찰나, 상대의 검이 그의 허리춤을 아슬아슬하게 스쳐 지나갔다.

그리고 이어지는 폭발에 등 쪽의 옷이 조금 타들어갔다.

'탈출하는 비밀 통로가 한 군데 더 있었어.'

그 과정에서 팽가운은 보았다.

온몸이 불에 탄 채로 자신과 함께 나오는 은이라 불리는 흑의인을.

그뿐 아니라 다른 위치에서 벽을 뚫고 나오던 두 명의 흑의인까지.

그는 초조한 마음을 가라앉히고 힘껏 산 아래쪽으로 달려나갔다.

'더는 안 돼. 거의 다 좁아졌어.'

산문 아래 도착할 때쯤 결국 그들에게 꼬리를 잡혔다.

등 뒤에서 자신을 쫓는 인기척이 느껴졌다.

팽가운은 고민했다.

자신을 따라잡는 경공술을 보건대 상대의 무위는 그보다 우위다.

다만 폭발로 분명 피해를 입었기에 어찌 보면 승부가 될지도 몰랐다.

"합!"

눈앞에 느티나무가 나타나자 팽가운은 반사적으로 몸을 날렸다.

나무를 밟고 뛰어올라 방향을 획 꺾은 그는 나뭇가지를 밟고 있는 흑의인, 은과 그대로 격돌했다.

카아아아앙!

"큭!"

"읍!"

뒤로 일 보 밀려났지만 딱 그 정도에서 멈춰 선 팽가운.

반면 은이란 자는 몸을 휘청대다 나뭇가지에서 떨어졌다. 내공은 은이 한 수 위였지만 기습과 부상의 여파로 인해 중심을 잃고 떨어진 것이다.

파파팟.

그 틈을 다른 흑의인이 놓치지 않았다.

팽가운이 멈춰 서자 나뭇가지를 향해 도약하며 달려들었다.

획.

팽가운은 이 장(6m) 높이의 나뭇가지에서 내려오며 은을 재차 공격하려 했다.

"헉!"

그 순간 멈칫했다.

지면을 밟고 주춤거리거나 쓰러질 거라 생각한 은이 어느새 팽가운을 향해 도약한 것이다.

아래에서 솟구치는 은과 공중에서 떨어지는 두 명의 흑의인.

일순 흔들리던 팽가운의 눈에서 갑자기 빛이 나기 시작했다.

"공중에서 적이 앞뒤로 덮치는 상황일 때, 너는 어떤 무공을 쓰겠느냐?"

"그야 혼원벽력도(混元霹靂刀)의 오초식 정묘도회(正描刀回)를 쓰면 되겠지요."

"그건 적들이 한 번에 접근해야 하고 실력 또한 비슷할 때 쓰는 초식이다. 만약 다가오는 속도가 다르다면? 또한 상대방의 무위를 모른다면?"

"그래도 혼원벽력도의 정묘도회를 쓰는 것이……."

"오호단문도에서 한번 찾아보거라."

"아……."

팽가운은 머리를 긁적였다. 숙부 팽진운이 직접 가르친다고 해서 좋다고 따라왔는데 이론 수업만 하고 있는 것이다.

머리를 싸매고 고민하는 그에게 팽진운이 말했다.

"42초식 멸위포도(滅衛抱刀)다."

"숙부, 그건 정면에 있는 상대의 공격을 비트는 게 아닙니까? 그럼 나머지 자들은 어떻게 상대합니까?"

그때 그 시절에는 당연한 의문이었다.

"가운아, 잘 듣거라."

그 질문에 숙부는 정말 친절히 가르쳐 주었다.

"초식은 그냥 가장 효율적인 기술이다. 상황에 맞는 최고의 방법은 아냐. 언제, 어느 시점에서 쓰느냐가 더 중요한 법이다."

"……."

"상황에 따라 수십 수백 개의 변수가 생겨난다. 그럴 때 어떤 초식을 쓸 것인가가 매우 중요해. 이 멸위포도란 초식은 그냥 한 사람의 검을 비트는 동작이지만, 앞뒤로 달려드는 상황에선 초식의 위력이 완전히 달라지지. 앞으로 공격해 들어오는 적의 칼을 비틀어낸 뒤, 뒤쪽 상대의 공격을, 앞서 있는 적의 칼로 막을 수 있는 것이다."

"아!"

그제야 팽가운은 무슨 말을 하는지 깨달았다.

초식 하나의 쓰임에도 여러 가지 방법이 있다. 적들의 수가 많을 때와 적을 때.

초식을 어떤 상황에, 어떻게 쓰냐에 따라서 완전히 쓰임이 달라지는 것이다.

"멸위포도!"

외침과 함께 찔러대는 검을 향해 쳐내듯 휘두르는 팽가운의 도.

하지만 은의 검과 맞부딪치자마자 순간 궤적이 바뀌었고 팽가운은 재빨리 몸을 비틀었다.

쇄액! 쇄액!

어느 순간 등 뒤에 있는 흑의인들의 검이 다가온 것이다.

그중 하나는 은이란 자의 검에 그대로 심장을 관통했고 다른 한 명은 멈칫하며 검을 회수했다.

파팟.

공중으로 도약한 은은 아직 머물러 있고 두 명의 흑의인은 지면 가까이 떨어지고 있었다.

둘 중 하나가 바닥을 밟자마자 팽가운이 그의 목을 베어버렸다.

나머지 하나는 이미 은이란 자의 검에 의해 유명을 달리한 후였다.

풀썩.

졸지에 두 명을 쓰러뜨린 팽가운.

뒤늦게 은이 지면을 밟으며 얼굴을 와락 일그러뜨렸다.

"건방진 놈."

피잇—!

바람이 불어오는 듯한 느낌과 함께 은의 검에 일렁이는 기운이 담겼다.

'검기?'

팽가운의 눈이 커졌다. 역시나 검기를 사용하는 고수였다. 그것도 심한 아지랑이가 서릴 만큼 강렬한 검기였다.

'상관없다. 그가 편히 공격하지 못하게 붙으면 돼.'

파팟.

팽가운은 거의 방어를 도외시하고 접근했다.

상대의 어깨가 움직이자 일순 방향을 틀었다. 절기는 잃었다고 하나 명가인 팽가에서 끊임없이 가르쳐 온 수칙이었다.

'검기를 보고 피하면 늦는다!'

패애액.

상대의 검도 빨랐다.

검기가 팽가운의 어깨를 베고 지나가자 그의 왼손이 축 처졌다.

그리고 이어지는 접근전에서 팽가운은 슬쩍 뒤로 물러서는 그를 향해 재빠르게 도를 휘둘렀다.

동작이 큰 탓일까.

푹! 푹!

두 번의 찌르기가 팽가운의 허벅지와 허리춤에 꽂혔다.

캉! 캉! 푹.

두 번을 더 받아쳤지만 이번엔 팽가운의 복부에 꽂혔다.

'떨어지면 죽는다.'

그의 눈빛은 전혀 수그러들지 않았다.

상대는 강하다. 인정하고 끝까지 맞받아쳐야 한다. 수십 수백 개의 변수가 생겨나는 상황을 의도해서 일격을 날려야 한다.

캉! 캉! 푹!

하단과 상단.

캉! 캉! 푹!

다시 하단과 중단으로 이어지는 교전.

팽가운은 계속해서 상대의 검에 몸을 난자당했다.

"크윽!"

팽가운이 고통스러운 신음과 함께 도를 크게 휘두르자 은이란 자가 씨익 웃으며 여유롭게 뒤로 물러섰다.

그 순간 검을 들고 있던 은의 오른쪽 어깨가 허공에 날아가 버렸다.

"커억!"

팽가운이 크게 휘두른 도, 그 끝에서 은의 사각을 노리고 도기가 날아든 것이다.

이미 끝났다고, 승세를 잡았다고 여겨 잠시 방심한 사이 그 대가를 톡톡히 치르고 말았다.

"크크큭."

충격을 받은 듯 은이 눈을 부릅뜨며 팽가운을 노려보았다. 거의 빈사 상태로 몰려 있던 팽가운이 다시금 사납게 이를 갈았다.

"너 같은 쥐새끼들 때문에……."

잠시 멎었던 도가 다시 움직이기 시작했다.

"우리 팽가가 더럽혀졌단 말이다!"

패애애액!

남은 모든 힘을 쥐어짜 낸 베기.

은이 사력을 다해 뒤로 물러섰지만, 팽가운이 뻗어낸 도기는 그의 예상보다 한 자는 더 길게 날아왔다.

"이런 놈에게⋯⋯!"

스칵!

채 말을 맺지도 못한 채 은은 그렇게 목이 날아갔다.

간신히 적을 쓰러뜨린 팽가운도 몸이 추욱 늘어졌다.

뚝. 뚝. 뚝.

검에 찔린 부위에서 피가 새어 나오며 바닥에 한 방울씩 떨어졌다.

"너희 같은 쥐새끼들 때문에 우리 팽가가⋯⋯."

털썩.

더는 버틸 힘이 없자 그는 무릎을 꿇었다.

사실 얼마나 찔렸는지, 어떤 상처를 입었는지도 알지 못했다.

극심한 분노 때문에 지금 느껴지는 고통도 그다지 크지 않았다.

"더럽혀졌다고⋯⋯."

고꾸라지듯 허리를 숙이는 팽가운의 볼에는 피가 범벅된 눈물이 흐르고 있었다.

통한의 눈물이었다.

이제껏 명가를 지켜왔던 수많은 가솔들, 대형, 사형 그리고 아버지의 죽음이 주마등처럼 흘러갔다.

그 속에서 소가주라 불리는 자신은 너무나도 무력했다.

그건 능력의 유무가 아니었다. 우유부단함이 만든 최악의 상황이었다.

가문을 어떻게든 일으키고 싶은 마음과, 정도의 길을 걸으며 협을 행해야 하는 행동. 둘 중 어느 것도 선택하지 못한 유약함이 불러온 것이다.

"아버지… 지금도 늦지 않았겠지요? 형님들, 지금이라도 명가의 근본을 찾는다면 팽가의 가주로서 부끄럽지 않은 거겠지요?"

그는 돌아가신 아버지와 팽진운, 팽설웅을 떠올렸다.

비록 죽었지만, 빠르게 지고 말았지만 그들에겐 '협을 위해서'라는 의기가 있었다.

강호 누구에게도 밀리지 않는 당당함과 기개가 있었다.

그들에 비해 자신은…….

자신은 너무나 초라했다.

투투투툭.

그때 산채가 흔들리는 듯한 기운이 느껴졌다.

팽가운의 눈이 화들짝 커졌다.

십여 명의 흑의인들이 나뭇가지를 밟으며 그곳에 나타난 것이다.

"하긴… 생각해 보면 이놈들이 전부일 리 없지."

근거지를 부수긴 했지만 주변에서 살피는 놈들이 있을 것이다.

폭굉의 창고를 날려 버리는 순간 엄청난 굉음이 들렸으니 심각성을 느끼고 이리 몰려왔을 테고.

"오너라. 어차피 한 번 사는 인생, 멋지게 마무리할 수 있게."

팽가운은 숨을 몰아쉬었다.

이미 제대로 서 있지도 못했지만, 도를 들 힘도 없어 바닥에 질질 끌고 있지만 그래도 눈빛만은 살아 있었다.

사사사삭.

그런 팽가운에게 적들은 시간을 주지 않았다.

나뭇가지가 흔들리는 순간.

파파팟.

십여 명이 공중으로 도약하며 팽가운에게 쏟아졌다.

패애애애애액! 패애애애애액!

팽가운이 이를 악무는 그때 바람이 갈라지는 소리와 함께 은 빛 광채가 펼쳐졌다.

사방으로 비산한 꽃비처럼 수십 수백의 광채가, 달려든 흑의 인들의 가슴속을 정교히 파고들었다.

"만… 천화우?"

털썩. 털썩. 털썩. 투투투투툭.

공중에 있던 흑의인들이 바닥에 떨어지자 삽시간에 상황이 종료되어 버렸다.

"별것 아닌 놈들이 멋 부리기는……."

한 노인이 귀를 후비며 어슬렁어슬렁 걸어 나왔다. 그와 함께 몇 개의 인기척이 느껴졌다.

"제 뒤를 밟으신 겁니까?"

목숨을 건졌다는 안도감도 잠시, 팽가운이 어이가 없어 투덜거렸다.

만천화우는 당가의 절기지만, 그걸 쓸 수 있는 인물은 한 손에 겨우 꼽힐 정도였다.

아니나 다를까. 노천이 킁 하고 코웃음을 치며 고개를 까닥였다.

"좀 낯부끄러운 일이긴 하다만. 이놈들아! 뭐 해? 암기 회수해!"

"옙!"

노천의 말에 당가 제자 몇 명이 시체들을 뒤지기 시작했다.

만천화우로 뿌려낸 암기를 회수하는 것과 동시에 손댄 놈들의 숨이 끊어졌는지 확인하기 위함이었다.

"고맙다는 말은 하지 않겠습니다. 도와달라고 한 적 없으니까."

"염병. 하여간에 팽가 놈들이란. 곧 죽을 처지에도 자존심은."

노천은 입맛을 다시듯 쩝쩝거리더니 슬쩍 고개를 들었다.

"폭굉이 있었더냐?"

그는 무너진 산을 올려다보고 있었다.

"…그랬습니다."

털썩.

노천이 뭐라 하려는 그때 팽가운은 자리에 털썩 주저앉았다.

그리고 대자로 뻗어 바닥에 누우며 말했다.

"한 가지 부탁드려도 되겠습니까?"

"아, 이놈이 누구한테 부탁을 하는 게야."

"전에 약속한 게 있어서 말입니다. 장련 소저에게 말 한마디만 전해주면 됩니다."

과거의 기억을 떠올렸을까.

하늘로 향해 있던 팽가운의 얼굴이 서서히 밝아졌다.

"장씨세가를 위해 한 번만 도와달라던 그 약속……."

"……."

"많이 늦긴 했지만 그래도 지켰다고 말입니다."

노천은 짐짓 신음을 흘렸다.

반사적으로 고개를 끄덕이려던 그는 잠시 고민하더니 인상을 찌푸렸다.

"네가 해, 인마."

생각해 보니 이런 건 참 마음에 들지 않았다. 나이 먹은 놈이 주책맞게 젊은 놈들 사이에 끼는 꼴이란.

"봉문 같은 건 꿈도 꾸지 말고."

"……!"

그리고 새파랗게 젊은 놈이 세상 다 산 것처럼 썩은 동태눈을 하고 있는 꼴 역시 말이다.

노천이 한번 찔러보자 팽가의 새파란 가주가 후다닥 놀란 티를 냈다.

"그걸 어찌……."

"어찌 모르냐, 그걸?"

그런 비장한 상판 들고 나서는 놈이, 할 일 다 한 후에 벌이는 짓이라면 뻔하고도 뻔하다. 이 나이 먹고 그렇게 무게 잡는 놈은 이제껏 질리도록 보았다.

"죽으면 끝이냐? 문 닫아걸면 끝이야? 진짜로 반성했다는 놈들이 하는 짓이 세상 비난 무서워서 대가리 처박는 게, 그게 진짜 반성이야?"

노천은 이십 년 전부터 그게 불만이었다.

반성하겠답시고, 과오를 책임진답시고 자리에서 물러나 버린, 진짜 힘 있고 양심 있는 놈들이.

정말로 자책한다면, 그리고 바꿀 의지가 있다면 숨는 게 아니라 오히려 나서야 할 것 아닌가.

"어르신, 저는……."

"나가라, 앞으로. 뒤로 물러서지 말고."

그나마 이놈은 눈빛이 살아 있다.

그때의 자신들처럼, 다 끝났다고 물러서서 훌쩍이는 꼴은 아직 보이지 않았다.

"마음에 들지 않으면 새로 만들어라. 새로 열어라. 젊은 놈들은 그래야 한다. 그러다 정말 힘들면 어느 한 분께 도움도 구해 보고."

짜악!

"쿨럭!"

가슴을 치자 팽가운이 바들바들 떨며 고통스러워하는 얼굴을 보였다.

원망 어린 그 표정에 노천은 씨익 웃었다.

"아프지? 그게 살아 있는 거다."

"…죽어가는 사람을."

"시끄러워."

노천은 고개를 돌리고 몇 발짝 걸어갔다. 그러고는 옆에 있는 중사당 당주 당의명을 향해 한마디를 던졌다.

"치료해 줘라."

"예."

유난히도 따뜻한 오후, 참으로 꼬이고 꼬인 팽가에.

"새로 시작하기에 참 좋은 날씨구나."

그는 한마디 생명을 불어넣어 주고는 그렇게 사라졌다.

第三章

숨겨진 이야기 맹주 편

　사아아아아—!

　건조한 모래가 안개처럼 일어나고 있었다.

　높이 치솟던 모래는 이내 광범위하게 퍼지기 시작하더니 줄지어 걷던 사람들을 덮쳐왔다.

　"몸을 낮추거라!"

　무리 중 누군가 외치자 사람들이 제각기 허리를 숙이며 눈을 가렸다.

　휘이이이익!

　쏴아아아!

　하지만 상당히 규모가 큰 모래바람은 그들을 한참 괴롭혔다.

　할퀴듯 휘갈기고 맹렬하게 때리기를 여러 번, 꽤 시간이 흐른

후에야 비로소 주변이 잠잠해졌다.

"정말이지, 이 바람은 지겹도록 불어대는군."

우두두두.

회색 천을 온몸에 두른 무사 한 명이 투덜거리며 옷에 달라붙은 모래 알갱이를 털어냈다.

그도 그럴 것이, 한 식경 만에 벌써 네 번째다.

사막의 모래를 잔뜩 머금은 모래바람은 뛰어난 무공을 지닌 그들에게도 고역이었다.

"……."

스윽.

선두에 서 있던 청년이 두건을 고쳐 매며 주위를 훑었다.

그리고 뭔가를 발견한 듯 입을 열었다.

"사구(砂丘)가 생겼습니다."

"……!"

사람들의 표정이 제각기 변했다.

사구는 거대한 모래언덕이다. 모래언덕이 생겼다는 말인즉, 모래바람으로 인해 오른쪽에 있어야 할 물건이 왼쪽으로 가 있고 왼쪽에 있어야 할 것이 앞에 가 있는 형국과도 같았다.

한마디로 길이 뒤바뀌어 버렸다는 뜻이다.

"목적지를 찾을 수 있겠느냐?"

팔자로 잘 뻗은 콧수염의 노인이 청년의 옆으로 다가왔다.

순박하게 생긴 청년, 사막의 길잡이인 목우(木宇)가 급히 고개를 숙였다.

단지 말을 붙였을 뿐인데 왠지 모를 위압감에 저절로 몸이 그리 반응한 것이다.

천하제일인, 무림맹주 등 여러 수식을 가진 단리형이었다.

"안타깝게도 어렵습니다. 방금 바람으로 인해 지형이 바뀌었습니다."

단리형은 고개를 끄덕였다.

지형을 이용해 횡단하는 사막에서 사구는 길을 잃게 만드는 암초와도 같다.

특히나 지형에 의지해 나아가는 그들에게는 더 큰 고통이었다.

"나침판은? 여전히 그대로인가?"

단리형이 재차 물었다.

원래는 나침판을 보고 길을 찾았다.

하지만 무슨 연유에서인지 이 근방에 들어서자마자 나침판에 문제가 발생한 것이다.

목우는 나침판을 꺼내 다시 확인하더니 고개를 저었다.

"그렇습니다. 계속 오른쪽으로 기운 채 움직이지 않고 있습니다."

"고장 난 게로군."

"저도 처음엔 그렇게 생각했습니다만 지금 보니 그건 아닌 듯합니다."

"무슨 뜻인가?"

"아무래도 상당량의 자철광(磁鐵鑛)이 이 근처에 묻혀 있나 봅니다."

"자철광……."

단리형은 그제야 그가 무슨 말을 하는지 이해했다.

자철광은 자력이 함유된 철광이다.

자력을 끌어들이는 성질을 가지고 있는데 이것이 나침판의 기능을 불능으로 만들어 버린 것이다. 나침반의 침(針) 자체가 자철광으로 만든 것이니까.

목우가 말했다.

"길은 사라졌고 나침반은 쓸 수 없습니다. 지금으로서는 길을 잡을 수가 없으니 차라리 밤이 될 때까지 쉬는 것이 낫겠습니다."

"할 수 없군. 잠시 쉬도록 하지."

단리형의 친위대인 무영대(無影隊) 대원들에게 휴식 명령이 떨어졌다.

그들은 곧 사막 한가운데서 휴식을 취했다.

사내들이 행낭을 풀어 천막을 만들자 모두 그곳에 모였다.

그 모습을 지켜보던 맹주가 마지막으로 천막 안에 들어섰다.

그러고는 목우 옆에 앉으며 물었다.

"목우야."

"예, 맹주님."

"너는 왜 이 사막에서 검은 옷을 입고 있느냐?"

단리형이 사막을 횡단하면서부터 궁금했던 것을 이제야 입에 담았다.

"더위를 식히기 위해서입니다."

목우가 대답했다.

"더위를 식힌다고?"

"예."

단리형은 감싼 두건 위로 머리를 긁적였다.

검은 옷을 입는 이유가 더위를 식히기 위해서라니? 상식적으로 검은 천은 뜨거운 태양의 열을 흡수한다. 그러니 당연히 열을 반사하는 흰 천을 두르는 게 낫다.

"낙숫물이 어는 날씨에도 왠지 춥지 않다고 느끼는 날이 있는 반면, 물이 얼지 않아도 추울 때가 있습니다. 맹주께서는 그 이유가 뭐라고 생각하십니까?"

단리형의 반응에 목우가 이해한다는 듯 웃으며 물었다.

"그야 바람 때문이지."

"그렇습니다. 검은 천을 두르는 것도 그와 같습니다."

단리형은 여전히 이해가 안 된다는 얼굴이었고, 목우가 재차 말을 이었다.

"사막은 건조합니다. 모래가 달궈져 있지만 그늘진 곳은 생각보다 선선하고 시원합니다. 땀을 흘려도 금방 마르지요."

"그건 그렇지."

맹주는 고개를 끄덕였다.

"검은 옷을 입으면 옷 안쪽이 당연히 더 덥게 느껴집니다. 하나 익숙해지면 오히려 시원함을 느낄 수 있습니다. 그 이유는 몸속 온도 때문인데, 열이 식으면서 바람이 일어 통풍이 더 잘되기 때문입니다. 이처럼 사막 안에서는, 바깥세상과 종종 다른 일들이 많이 일어납니다."

"흠. 쉽게 말해서 날이 추워도 바람만 피할 수 있으면 버티기가 수월하다는 뜻이냐?"

"예, 그겁니다. 저같이 이곳에 사는, 더위를 잘 버티는 체질을 가진 사람들은 그걸 느끼기 쉽다는 겁니다. 맹주님은 검은 천보다 그냥 흰 천을 두르는 게 편하실 겁니다."

"끄응……."

목우의 설명은 상세했다. 하지만 단리형은 사막이라는 곳이 더욱더 알 듯 말 듯 하게 느껴졌다.

"그럼 전 주위를 둘러보고 오겠습니다."

목우는 그렇게 말하고는 천막을 빠져나갔다. 그가 나간 지 일각이나 지났을까. 온몸에 흰 천을 두르고 눈만 내놓은 여인이 맹주에게 다가왔다.

"맹주님, 천문을 보려고 밤까지 기다리면 시간이 너무 지체됩니다."

비선당 당주 손유진이었다.

"제가 대충 방향은 기억하고 있습니다. 해를 지표로 삼아 계속 가는 것은 어떻습니까?"

"음……."

잠시 생각하던 맹주가 고개를 저었다.

"나도 좀 전에 목우에게 그리 말해보았네. 그랬더니 해를 따라가다간 언젠가 동쪽으로 지는 해를 볼 거라더군."

"…동쪽으로 지는 해? 그게 무슨 말입니까?"

"뭐, 난들 알겠나. 사막에서는 신기루라거나 허상이라거나, 가끔 말도 안 되는 해괴한 현상을 겪는다더군. '직접 보면 아시겠지요. 하지만 그때는 이미 늦습니다'라던데?"

단리형은 목우의 천연덕스러운 얼굴을 기억했다.

무공이 아무리 강하다고 해도 여기서는 자신을 따르지 않으면 당신들만 손해일 거라는 자신감이 역력했다.

아무리 역발산기개세(力拔山氣蓋世:세상을 덮을 정도로 강한 힘과 기운)를 가져도, 자연 그 자체에는 이길 수 없다는 의미였으리라.

"너무 조급해하지 말게. 어두워지면 그때 조금 더 서둘러서 가면 되겠지."

"네……."

맹주의 말과 달리 손유진은 여전히 안색이 어두웠다.

여건이 좋지 않았다.

보름 넘게 사막을 횡단하면서 제대로 음식 섭취를 하지 못했다.

자신뿐 아니라 일류 고수를 뛰어넘는 무영대 대원들도 지친 듯 보였다.

빨리 결판을 짓지 않으면 위험해지는 쪽은 그들이 아니라 자신들일지도 모른다.

"일에도 순서가 있는 법일세. 여기까지도 잘 왔지 않은가. 그러니 조금 더 힘을 내면 되네."

그녀의 생각을 짐작했는지 단리형이 타이르듯 말을 건넸다.

그러고는 고개를 돌려 잠시 생각에 잠겼다.

'여기까지 온 이상 놈을 반드시 잡아야 한다. 결코 살려두면 안 될 것이야.'

은자림.

과거 광휘가 본거지를 통째로 날려 버림으로써 모두 처리했다고 믿어왔다.

그러던 어느 날, 그들의 은신처로 보이는 곳을 발견하면서부터 그들이 실존하고 있다는 사실을 알게 되었다.

그때부터 몇 년 동안 그들을 잡기 위해 총력을 기울여 왔다.

개방과 하오문이 아닌 맹의 정보 조직인 비선당만을 이용했을 정도로 조심스럽게 접근했고 그렇게 추적하다 보니 여기까지 온 것이다.

그러니 꼭 잡아야 했다.

이번에 또다시 추적에서 멀어지면 그들을 잡기 위해 필사적이었던 지난 몇 년이 아무런 의미가 없어지기 때문이다.

"맹주님, 저번에도 말씀드렸지만."

손유진의 말에 맹주는 상념을 접고 그녀에게로 시선을 돌렸다.

"이번 사막 횡단은 그들이 파놓은 함정일 가능성이 큽니다. 의도적으로 흘린 흔적들도 다수 발견되었습니다. 그런데도 굳이 가셔야만 합니까?"

"가야지."

단리형은 단호하게 말했다.

눈가에 신념이 묻어 나올 정도로 확고한 대답이었다.

"가야 하네. 설령 그곳이 함정이라 하더라도 갈 수밖에 없어."

"……."

"수많은 동료들의 목숨을 앗아간 그들이 살아 있는지 이 두 눈으로 똑똑히 확인하고 싶어."

비장한 심정까지 전해지는 단리형의 말은 손유진을 더욱 가슴 아프게 만들었다.

그녀는 단리형이 말한 인물이 떠올랐다.

'본명은 유역진. 천중단에선 광휘라고 불리던 사내였지……'

손유진이 비선당 당주로 승진한 몇 년 전이었다.

우연히 전대 당주가 있던 기고실(奇觚室)의 금고에 있는 책을 보게 되면서부터 천중단의 비사를 접하게 되었다.

은자림과의 지독한 혈투.

시작과 끝에는 항상 그의 이름이 기록되어 있었다.

믿을 수 없는 사건들을 읽어가던 중 마지막 장에 전쟁을 끝낸 자의 이름이 기록되어 있었다.

놀랍게도 그 내용은 한 줄.

광휘, 전쟁을 끝내다.

바로 단리형이 아닌 광휘였다.

'너무 자책하지 마십시오. 어쩔 수 없는 일이었잖습니까.'

비록 단리형이 전쟁은 끝내지 못했지만 그의 공은 매우 컸다.

은자림의 본거지를 찾아 핵심 인물 여럿을 죽였다. 그로 인해 큰 부상을 입어 마지막 싸움에 참여하지 못했다.

그러고도 무림맹주가 된 것이 오히려 단리형에게는 낙인이 되었는지도 모른다.

"맹주님."

그렇게 다른 곳에 시선을 둘 때쯤 회색 장포를 입은 친위대장 한진(韓洲)이 고약한 냄새가 나는 시커먼 덩어리 몇 개를 가지고 왔다.

낙타의 똥을 말린 것이다.

"나 참. 음식을 먹기 위해 마른 똥을 들고 다녀야 할 줄은 몰랐네."

"좋게 생각하게. 땔감으로 나뭇단을 들고 다녔으면 어쩔 뻔했나."

"어으어으."

두 사람이 너스레 떠는 모습을 보고 단리형이 피식 웃으며 물었다.

"대원들은 어떤가?"

"다들 건강합니다."

"혹여 다치거나 아픈 자가 있거든 지체 없이 말하게. 한 명이라도 위험해지면 안 되니까."

"그리 일러두겠습니다."

시커먼 덩어리에 불이 붙어 활활 타오르는 가운데, 멀리서 주변을 돌던 목우가 목청을 돋워 소리쳤다.

"오늘 먹을거리입니다!"

그의 오른손에 들린 것은 붉은 전갈 네댓 마리. 다른 손에 들린 것은 도마뱀 예닐곱 마리였다.

모래밖에 안 보이는 곳에서 저런 걸 어떻게 찾아 왔는지도 참 신기할 노릇이었다.

"오늘도 저거야?"

"제기랄. 이젠 꿈에도 나올 것 같아."

"이게 얼마나 맛있는 건데 그러십니까. 사막에서 이만한 음식 찾기도 힘듭니다."

대원들에게 먹을거리를 넘겨준 다음, 목우는 다시 터벅터벅 사구 언저리로 걸어갔다.

"이번에는 뭘 찾는다는 게야?"

"물이랍니다, 맹주님."

"…물? 그러고 보니 여기에 물이 나올 곳이 있었나?"

"뭘… 식혀서 따르니 어쩌고 하던데요. 잘은 모르겠습니다만, 이제껏 잘 구해 왔지 않습니까. 그보다 안 드시렵니까?"

친위대장 한진이 입맛을 다시며 한 손에 들린 전갈을 노려보았다.

"…자네, 그게 맛있나?"

"잘 구워서 먹어보면 게나 대하 비슷한 맛입니다. 손 당주도 와서 드시지요. 보기엔 좀 흉악해도 이 녀석이……."

풀썩.

문득 가느다란 모래 소리가 일었다. 한진이 돌아보니 사구로 올라섰던 사막의 길잡이, 목우가 발을 헛디딘 듯 넘어진 것이 보였다.

"허허. 원숭이도 나무에서 떨어지……."

"전원 경계하라!"

챙! 챙! 챙! 챙!

맹주의 외침에 대원들은 하나같이 검을 빼 들었다.

그들은 뒤늦게 알아챘다.

쓰러지는 목우의 가슴 한편에 화살 하나가 가시처럼 박혀 있다는 것을.

*   *   *

"어떤가?"

목우가 쓰러진 곳에 당도한 단리형의 말에 친위대장 한진이 상태를 살피며 대답했다.

"급소를 살짝 비껴 나가긴 했습니다만……."

그는 화살이 찔린 방향을 보며 말끝을 흐렸다.

이에 단리형도 덩달아 표정이 굳었다.

'중상이구나. 이런 망할…….'

단리형은 목우 쪽으로 달려오다 눈여겨보았던 지점을 다시 한번 훑었다.

그곳엔 십여 명의 사람들이 여전히 자리를 떠나지 않은 채 머물러 있었다.

*   *   *

"히히히. 봤냐, 아우들? 내 솜씨가 어떠냐?"

사구 위, 무리 중 홀로 가면을 쓴 남자가 활을 내려놓으며 말했다.

"과연 대장이십니다."

"방금 어떻게 하신 겁니까?"

여러 벌의 옷으로 몸을 두른 사내들이 태평하게 맞장구를 쳤다.

그중 몇몇은 재밌다는 듯 웃고 떠들었다.

"그런데 대장, 저 맹주가 단단히 화가 난 것 같은데요?"

옆에 있던, 매부리코에 투박한 인상을 가진 사내가 말을 붙였다.

그의 말에 이들의 대형, 백령귀(柏鬼齡)는 눈을 동그랗게 떴다.

"왜? 왜 화가 났지? 고작 사람 한 명이 죽었을 뿐이지 않느냐."

뒤이어 그는 혀를 찼다.

"쯧쯧쯧. 이래서 맹은 발전이 없는 게야. 맹주쯤 되는 자라면 쓸모없는 목숨 따위는 하나쯤 버릴 줄도 알아야 하거늘. 히히."

"낄낄낄."

"크크큭."

그 말에 수하들로 보이는 사내들이 저마다 웃어댔다.

그때 돌돌 말린 두건을 착용한 여인이 그의 옆으로 다가오더니 말을 걸었다.

약묘(若猫)라 불리는 자로, 이곳 지형을 가장 잘 알고 있었다.

"가만히 있지는 않을 것 같은데… 저희는 어떻게 할까요?"

"거참 그릇이 작구먼, 작아!"

백령귀의 시선이 무리 중 맹주로 보이는 노인을 찾기 위해 두리번거렸다.

그러다 낯익은 노인을 발견하고는 고개를 끄덕였다.

"정말 그러네?"

백령귀는 짐짓 느긋하게 주변을 한번 살피며 입을 열었다.

"뭐, 괜히 있어봐야 좋을 것 없으니… 바라칸."

"예."

서늘한 목소리와 함께 그의 등 뒤에서 팔짱을 낀 사내가 나타났다.

온몸을 검은 천으로 두른, 묘한 기세를 뿜어내는 자였다.

"애들을 데리고 천탑(天塔)에 가 있거라. 저 맹주는 내가 데리고 갈 테니. 히히."

끄덕.

바라칸이란 불리는 사내가 고개를 끄덕였다.

맹주를 데리고 온다는 말에도 의문을 품지 않았다.

그만큼 그를 믿는 것이다.

바라칸은 곧 다른 사내들을 데리고 사라졌다.

탓탓탓.

잠시 뒤 백령귀는 누군가 자신 쪽으로 달려오는 모습을 보았다.

백령귀는 그를 향해 손을 흔들며 맞이했다.

"처음 뵙는 훕⋯⋯!"

까아아앙!

엄청난 광풍과 함께 날아온 공력이 백령귀의 지척에 작렬했다.

그로 인해 단리형의 움직임은 멎었고, 백령귀는 몸이 뒤로 쭉 밀리다 그대로 굴러 버렸다.

'이걸 막았어?'

표정이 굳어진 쪽은 단리형이었다.

한 번에 죽이기 위해 오 할에 가까운 내력을 불어넣었는데도 상대가 죽지 않은 것이다.

"워어어⋯ 인사 한번 요란하시네. 하마터면 죽을 뻔했네?"

중심을 잡고 비틀거리던 백령귀가 투덜거렸다.

천천히 일어서던 그의 손에는 언제 빼 들었는지 모를 검이 들려 있었다.

'그 찰나에 검을 빼냈단 말인가?'

상대의 지척에 다가가 검을 휘두를 때까지도 분명 그의 손에는 병기가 들려 있지 않았다.

그런데 내려치는 순간 갑자기 저 무기가 튀어나온 것이다.

"드디어 찾았군. 은자림의 개."

단리형의 말에 백령귀가 손으로 몸을 툭툭 쳤다. 맹주의 공격과 함께 날아온 모래를 털기 위해서였다.

"그간 고생이 매우 많았습니다. 한데 말입니다?"

옷에 들어간 모래까지 털어대던 그가 느릿하게 말을 이었다.

"말은 똑바로 해야지요. 당신이 찾은 게 아니라 내가 나타난 겁니다. 그렇지 않습니까?"

"……."

"초면에 검부터 뽑고, 이거 맹주께서 이리 품위가 없는 줄은 몰랐습니다."

얼굴을 가린 가면.

그 안에서 희번덕거리는 눈동자가 단리형의 표정을 더욱 굳게 만들었다.

"아아, 죄송합니다. 농담할 기분은 아니라는 거 잘 알지요. 거 무서워서 말도 못 하겠습니다. 히히히."

'연검(軟劍)이라 그런 것인가.'

휘리리릭.

맹주의 시선은 이름 모를 사내의 무기에 고정되어 있었다.

나비의 날갯짓처럼 팔랑거리는 검.

허리에 차고 다니거나 팔등에 차고 다니는, 탄력 있는 검이었다.

상대의 손이 마지막 어깨 쪽에서 뻗어 나갔으니 아마 어깨를 감쌀 수 있게 만들어진 연검인 것 같았다.

단리형은 생각을 접고 그를 향해 물었다.

"죽었다고 들었는데… 어떻게 살아 있지?"

"죽었다고… 누가 그랬습니까? 히히. 혹시 광휘란 그놈이 그러더이까? 히히."

광휘란 말에 맹주의 시선이 더욱 날카로워졌다.

"…아아, 생각해 보면 거의 다 죽긴 했었지요. 그래, 죽었었어. 아, 아니지. 지금 살아 있으니 살아 있었다고 해야 하나? 히히히! 히히히!"

전혀 정리되지 않는 대답에 단리형은 심기가 불편해졌다. 말할 때마다 함께 내뱉는 기괴한 웃음소리 역시 그를 자극하고 있었다.

"아, 알았소. 알았소."

곧장 출수를 준비하는 맹주의 움직임 때문일까.

그는 다시 말을 붙였다.

"어떻게 기어 나가 살았다고 칩시다. 맹주 같은 귀하신 분이 나를 알아봐 주니 매우 매우 고맙습니다."

흥얼거리며 말하는 백령귀와 달리 단리형은 여전히 진지한 얼굴이었다.

"네놈 말고도 살아난 놈들이 있는가?"

"글쎄……. 다 죽었던가? 아니지. 내가 살아 있으니 또 살아 있는 놈이 있겠군. 아, 그러면 문제가 복잡해지는데, 어쩌지……."

도저히 대화가 안 통하는 상대.

하지만 단리형은 대수롭게 치부할 수 없었다.

정신적인 문제가 있는 듯하지만 이자를 통해서 알아낼 게 산더미처럼 많았다.

"날 부른 목적이 뭐지?"

"글쎄? 왜 불렀을까요? 귀하신 분을 만나고 싶어서일까요? 아니면 괜히 한번 놀려주고 싶어서일까요?"

"……."

"아아아, 말하겠습니다. 말할 테니까 그리 보지 마십시오. 무섭다니까 그러네."

존대, 반존대, 반말을 마구 섞는 백령귀.

그가 연검을 슬쩍 내리며 단리형을 향해 한 발짝 걸어왔다.

"제가 왜 맹주를 불렀느냐고 했었지요? 히히히. 그건 말입니다. 히히히."

백령귀는 머리를 긁적이더니 다시 어깨를 축 늘어뜨렸다. 그러고 나서 느릿한 동작으로 맹주를 보며 말을 이었다.

"죽이려고요."

"……."

"이해가 되셨습니까?"

파팟.

삽시간에 거리를 좁혀 급작스럽게 치닫는 검.

이리저리 팔랑거리던 연검이 단리형의 늑골 쪽으로 휘어져 들어왔다.

챙!

맹주는 자신의 검을 비틀어 빠르게 막아냈다.

촤라라락.

그러자 검날의 형태가 바뀌었다.

낭창낭창하던 칼날이 일순간 단리형의 허벅지로 재차 휘어져 들어왔다.

캉!

또다시 방어하는 단리형.

백령귀의 손에 들려 있는 연검이 세 번째로 변화했다. 휘어지는 것을 넘어 형태가 비틀어진 것이다.

슈슈슈슈슉!

사방팔방으로 비틀어진 연검은 엄청난 속도로 단리형의 양쪽 어깨, 가슴, 허벅지, 다리를 향해 뻗어 나갔다.

하지만 상대는 단리형이었다.

상대의 속도에 맞춰 그의 검 역시 수십 배는 빨라졌다.

검이 불어나는 것처럼 보이더니 연검이 뻗어 나가는 길을 모조리 차단해 버렸다.

카캉! 따악!

찍고, 쳐 내고.

휘리릭! 가가각! 캉캉!

흘리고 맞부딪치기를 수십 차례.

쩌어엉!

어느 순간 격돌한 내공으로 인해 잠시 둘의 거리가 벌어졌다.

하지만 숨을 내쉬기도 전에 백령귀가 빠르게 달려들었다.

쩌어엉!

"죽어!"

쩌어엉. 쩌엉!

"죽으라고! 죽어!"

그는 부딪칠 때마다 괴성을 내뱉었다.

단순히 목소리뿐만이 아니라 검에 담긴 내력도 치솟고 있었다.

급기야 검끼리 부딪칠 때 쇳소리가 아닌 파공음만 들려왔다.

"죽으라고! 죽어! 죽으란 말이야!"

단리형은 괴성을 지르는 백령귀를 상대하며 기분 나쁜 이질감을 느끼고 있었다.

가면을 쓴 상대의 두 눈이, 그의 동공이 점차 시뻘겋게 변해갔다.

폭주는 아니었다. 폭주라면 이토록 정교할 수 없었다.

사내의 검술은 이미 눈으로 좇아갈 수 없는 속도였다.

파팟.

때마침 날아오던 연검의 날이 바닥으로 꺾이자 단리형의 시선이 아래로 떨어졌다.

이후, 모래를 동반한 상대의 공격이 날아들었다.

쩌어어엉!

하나 단리형의 검에 쉽게 막혔다.

모래를 사용하는 변수조차 수많은 경험이 쌓인 그에겐 문제가 되지 않았다.

굳이 문제를 찾는다면 검술보다 오히려 다른 쪽에 있었다.

마치 짐승이 울부짖는 섬뜩한 목소리가 목덜미를 자극하고 있었기 때문이다.

"죽어! 죽어! 죽어! 죽어! 죽어! 죽어! 죽어! 죽어! 죽어! 죽어! 죽어! 죽어! 죽어! 죽어!!"

모든 공격을 막아낼 때마다 그는 정신이 분열된 사람처럼 괴성을 질러댔다.

그 소리가 자신의 정신을 갉아먹으려는 괴이한 동작으로 보였다.

이대로 싸우기 힘들다고 판단한 단리형은 공력을 더욱 끌어올렸다.

승부를 보려는 것이다.

"합!"

스스스스슥.

강력한 힘으로 백령귀를 사 장(12m) 밖으로 밀어낸 단리형은 짧은 순간 의심했다.

상대의 연검 끝에 무려 세 자 이상의 자색 강기(罡氣)가 생성되어 있었기 때문이다.

"주거어어어어어어어어어!"

눈 깜짝할 사이에 발출한 자색 강기.

단리형도 급히 강기를 생성해 내곤 그대로 받아쳤다.

쩌어어어어어어엉!

강렬한 소음과 함께 단리형과 사내의 몸이 뒤로 오 장(15m)이나 밀려 나갔다.

두 기운이 공명하면서 공기를 태워 버렸는지 단리형의 앞섶이 타들어가고 백령귀 역시 칼로 헤집은 듯 옷이 찢어져 있었다.

'어떻게 이런 고수가……'

단리형은 믿을 수 없다는 듯 자신의 검과 상대를 번갈아 보았다.

방금 그가 쏟아낸 내공은 무려 삼 갑자.

전설의 영약을 미친 듯이 먹지 않고서야 이런 내공은 불가능했다.

더욱이 놀라운 것은 온전한 강기를 쓰는, 무공의 성취 면에서도 정점에 서 있다는 것이었다.

"과연 맹주십니다. 너무 멋지군요."

그는 본연의 표정으로 돌아와 다시 재밌다는 듯 웃고 있었다.

하나 눈빛은 이글이글 불타고 있었다.

"아쉽지만 오늘은 여기까지. 갈 곳이 있어서 말입니다. 절 따라와 보십시오. 요 근처에 조금만 가다 보면 묘림(描林)이라고 있거든요. 그곳에서 한 번 더 즐거움을 나누도록 하지요."

"네놈이 날 벗어날 수 있을 거라 생각하나?"

단리형이 목에 힘을 주며 말했다.

"물론이지요. 왜인 줄 아십니까?"

그는 고개를 뒤로 돌렸다.

어디서부터랄 것 없이 모래들이 서서히 피어오르고 있었다.

"이곳의 모래바람은 말입니다. 상대를 가리지 않고 덤비죠. 히히히."

그가 떠나는 순간 둘을 향해 강한 모래바람이 덮쳤다.

그의 신형이 그 안으로 빨려 들어갔다.

"이놈!"

맹주는 즉각 도약했다.

하나 강한 모래바람이 시야를 덮었고 상대의 기척을 숨겨 버렸다.

'오른쪽이다.'

그럼에도 단리형은 상대의 움직임을 즉각 감지해 냈다.

시야가 보이지 않아도 그에게 상대의 기척을 찾는 건 그리 어렵지 않았다.

하지만 얼마 되지 않아 천천히 속도를 줄였다.

상대를 찾기 힘들어서가 아니었다. 만에 하나 상대를 놓치거나 도중에 길을 잃어버린다면 일행들과 멀어질 수 있기 때문이다.

'제길!'

결국 단리형은 추적을 포기했다.

그는 모래바람이 사그라들 때까지 기다렸다가 일행 쪽으로 움직였다.

"상태는 어떤가?"

잠시 뒤, 단리형이 나타나자 목우의 상태를 살피고 있던 손유진이 대답했다.

"좋지 않습니다."

"하아……."

단리형은 눈을 감았다. 다른 자도 아닌 길잡이를 잃게 생긴 것이다.

계속 자책할 수 없는 법. 단리형은 그의 입에다 바싹 얼굴을 가져가며 말했다.

"목우, 들리는가?"

"예, 맹주님……."

"저들이 묘림으로 간다고 했네. 거기가 어딘지 알고 있는가?"

"…여기서 북쪽 방향으로 삼백 리 정도 떨어져 있는 곳입니다."

"고맙네."

"…맹주님."

몸을 일으키던 단리형이 다시 그의 말에 귀를 기울였다.

"말하게."

"묘림은… 저희 부족이 사는 곳입니다. 부디 사람들을 지켜주십시오."

"…걱정 말게. 내가 꼭 지켜줌세."

목우는 여전히 움직이지 않았다.

아마도 단리형이 말을 하는 도중 숨을 거둔 듯했다.

단리형의 마지막 말을 들었는지는 그만이 알 것이다.

"상대는 어땠습니까?"

손유진이 손으로 이마를 짚으며 물었다.

멀어서 맹주가 싸우는 장면을 자세히 목도할 수 없었지만 이곳까지 공력이 느껴질 만큼 대단한 싸움인 것은 알고 있었다.

"강했다."

그 말에 대원들과 손유진의 얼굴이 어두워졌다.

맹주의 입에서 강하다는 말이 나온다는 건 절정을 뛰어넘는 영역에 속했다는 뜻이다.

"하지만 못 이길 상대는 아니니 걱정 말거라."

맹주는 그들을 안심시키고는 한 곳에 내려놓았던 봇짐을 들었다.

그러고는 목우의 시신을 수습하는 무영대를 향해 말을 이었다.

"곧 밤이다. 어두워지면 출발하자꾸나. 북쪽은 북극성 방향이니까."

*   *   *

묘림의 북쪽.

비탑(碑塔) 모양의 건물 내에서 누군가 고층으로 걸음을 옮기고 있었다.

이윽고 사방이 뚫린 건물 꼭대기가 나왔고 그곳에 있는 한 무리를 발견했다.

"오셨습니까."

넉살 좋게 생긴 사내가 활짝 웃으며 그를 맞이했다.

하지만 백령귀는 그를 무시한 채 지나치고는 조용히 자신을 응시하는 약묘를 향해 물었다.

"들어온 소식은 없나?"

"아직입니다."

그 말에 백령귀는 얼굴을 일그러뜨렸다.

"무능한 놈들. 운수산 하나에 뭐 그리 많은 시간을 공들이는가."

"조정의 '그분'께서 직접 나섰으니 곧 해결될 겁니다."

"해결되기는. 관이든 무림이든 믿을 놈은 하나도 없거늘."

그는 스윽 눈을 흘기며 한 사내를 바라보았다.

다른 이들과 얼굴색이 조금은 다른 바라칸이 서 있었다.

"맹주가 이리로 오면 얼마나 오랫동안 발을 묶을 수 있지?"

"그들의 길잡이가 죽었소. 최소 한 달은 나가지 못할 거요."

"이곳 마을 사람들을 인질로 잡으면?"

"최소 삼 개월. 잘만 하면 반년도 가능하오."

"나쁘지 않군."

맹주의 발을 묶기 위한 전법.

그것은 바로 길잡이를 죽이고 인질을 이용하는 것이었다.

"대장!"

그때 누군가 올라왔다. 비대한 체격의 사내였다.

본래 이름이 무엇인지는 그 자신도 잊어버린 그는, 무리 사이에선 저두(豬頭:돼지 대가리)라 불리고 있었다.

"말씀하신 대로 정말로 재밌습니다."

저두의 손아귀에는 한 명의 머리채가 들려 있었는데 무슨 일이지 얼굴이 한없이 해맑았다.

무표정하게 바라보는 백령귀에게 저두는 그의 지척까지 다가와 목소리를 높였다.

"사람 죽여보니 말입니다. 이렇게 재미있을 수가 없습니다. 칼로 배를 슥슥 찔러대는 그 쾌감이란 이루 말할 수……."

흥분한 상태였던 저두의 말이 천천히 느려졌다. 자신을 바라보는 백령귀의 시선이 평소와 다르다고 느낀 것이다.

"대장, 제게 무슨 할 말이라도?"

쫘악!

그때였다.

느닷없이 날린 백령귀의 손찌검에 저두의 고개가 획 꺾였다.

볼을 감싸 쥔 그가 당혹스러워하는 표정으로 백령귀를 바라보며 읊조렸다.

"대장……."

"재밌어?"

쫘악! 쫘악!

또다시 볼을 후려갈기자 저두의 비대한 몸이 뒤로 밀려났다.

백령귀는 그에게 바짝 다가서 또다시 저두의 볼을 후려갈겼다.

쫘악!

"윽!"

이번엔 저두의 몸이 흔들거렸다. 하지만 백령귀의 손은 멈추지 않았다.

"묻잖아, 재밌냐고!"

쫙! 쫙! 쫙! 쫙!

"윽! 큭! 윽! 으윽! 악!"

뺨을 열 번 넘게 후려 맞자 결국 저두는 온몸을 떨어댔다.

살을 에는 고통보다 더 끔찍한 것은 위협 어린 눈으로 자신을 바라보는 백령귀의 존재였다.

스윽.

또다시 백령귀의 손이 올라가자 저두는 급히 소리쳤다.

"아닙니다. 제가 잘못 말했습니다."

"……?"

"결코 재밌지 않았습니다! 정말입니다! 그다지 흥미를 느끼지 못했습니다. 그냥 재미 삼아 말씀드려 본 겁니다!"

"허."

그제야 만족한 듯 미소 짓는 백령귀.

그 모습에 저두는 겨우 안도의 한숨을 내쉴 수 있었다.

퍼억!

"커억!"

그 순간 저두의 얼굴로 백령귀의 주먹이 날아들었다.

이 몇 개가 공중에 솟구치고, 그가 입을 가리며 풀썩 주저앉았다.

콰악.

백령귀는 쓰러지는 저두의 옷깃을 급히 잡아챘다. 그러고는 자신의 얼굴 앞으로 바싹 당겨 올리며 말했다.

"아냐. 네 말대로 사람을 죽이는 건 재밌어."

"그런데 왜……."

"너를 때렸냐고?"

억울하다는 얼굴의 저두에게 백령귀가 점차 웃어 보였다.

"사람을 죽이는 건, 원래 재밌는 거야. 그 재미있는 걸 지금 알았으니까 맞는 거다. 알겠냐? 이히히히! 이히히!"

고개를 좌우로 움직이며 미친 듯이 웃는 백령귀.

기괴한 그 소리에 저두의 두 눈이 경련이 일듯 흔들렸다.

그의 웃음은 결코 사람에게서 나는 그런 웃음이 아니었기 때문이다.

第四章

마공(魔功)

활짝 열린 창가로 새소리가 들려오는 아침.

강한 햇빛에 이맛살을 찌푸리던 광휘가 천천히 눈을 떴다.

장식대에 놓인 청자가 눈에 들어왔다.

창가 옆에 놓인 화분, 그 밑 수납장엔 세심하게 손을 본 장식 무늬도 함께 보였다.

'이곳은……'

낯이 익다.

빽빽이 들어선 책장, 좋은 냄새의 아늑한 방.

"일어나셨어요?"

퍼뜩!

광휘가 황급히 몸을 돌렸다. 장련을 보고 당황한 얼굴을 숨기기 위해서였다.

"내가 왜 여기에 있는 거요?"

"지켜주신다고… 옆에 있겠다고 계속 말씀하시다가, 이곳에 오자마자 곧장 곯아떨어지셨어요."

"내가?"

광휘가 놀라 벽을 향해 눈을 부릅떴다.

순간 어렴풋이 기억이 떠올랐다.

"처소까지 데려다주겠소."

가주전에서 나온 뒤, 장련을 데려다준다고 이곳에 오지 않았던가.

그 뒤로는 기억이…….

"이틀이나 곯아떨어지셨어요. 혹여나 하고 의원을 불렀는데 큰 이상은 없고 그저 피로가 쌓였다고……."

"아, 그랬구려."

휘익.

무심결에 돌아본 광휘가 다시 창가로 시선을 돌렸다.

얼굴은 숨겼지만 발갛게 달아오른 귀가 장련의 눈에 고스란히 들어왔다.

"쿡쿡."

귀여워 보였다. 말투, 동작 하나하나가.

"다들 어떻게 되었소?"

왠지 모르게 불편해진 광휘가 화제를 돌렸다.

"팽가는 신임 가주인 팽가운이 스스로 봉문을 선포했어요."

장련은 며칠 사이 일어난 일들을 광휘에게 얘기했다.

팽인호에게 언질을 받은 그는 폭굉의 저장소로 추정되는 곳을 찾아가 직접 손을 썼다.

스스로 모든 일을 정리해 버린 그는 향후 하북팽가는 이십 년간 강호에 발을 들이지 않을 것이며, 이번 사건에 대해 한 점 의혹 없이 조사를 받겠다고 공표했다.

힘을 잃은 호랑이는 토끼에게도 가죽을 물어뜯기는 법이지만, 당문의 노천이 이 일을 직접 목도했고 마음 돌린 팽가를 건드리는 자는 직접 박살을 내놓겠다고 엄포해 재차 분란이 일어나는 일을 막았다.

"…협이 있는 자였소."

이후에도 몇 가지 내용이 더 있었지만 가장 큰 물줄기는 그렇게 정리되었다.

광휘는 전에 본 팽가운의 얼굴을 떠올리고 한숨을 쉬었다.

어린 나이에 가문의 부흥을 이끌어야 하는 중압감.

그릇된 길임을 보면서도 묵과할 수밖에 없었던 입장.

자신은 그와 같은 처지가 아니었지만 많은 고민이 있었음은 충분히 짐작이 가능했다.

"형님 아들 한 명이 제법 영민하답니다."

'진운 네 말이 맞았다.'

과거 천중단에서 가장 큰 활약을 했던 팽진운.

그의 말대로 결국 팽가의 핏줄은 가장 용기 있는 선택을 했다.

아직 팽가에는 조정으로 뻗은 막강한 인맥이 살아 있음에도 그들은 뼛속까지 타락하지는 않았다. 아마도 명가라는 이름값 때문일까.

"그리고 청성과 남궁세가가 나섰어요."

"청성과 남궁이?"

광휘의 눈이 커졌다.

"네. 위태로운 상황에서 화월문과 천외문이 가세하려 했지만… 그들 덕에 화를 면했어요."

생각지도 못했던 원군의 도움이었다. 아마도 그들에게 건넨 비급 때문이리라.

"그런데요 무사님, 그때 했던 그 말 무슨 의미인가요?"

장련의 말에 광휘가 아무런 생각 없이 그녀를 바라보았다.

"옆에 있어줘서 고맙다고 했잖아요."

"……."

"기억 안 나세요? 가주전에서요. 저를 데리러 나타나서 옆에 있어줘서……."

"…난 그런 말을 한 기억이 없소."

얼굴이 점점 붉어지던 광휘가 강하게 고개를 홱 돌렸다.

필사적으로 뒤통수만 드러낸 광휘에게 장련은 픽픽 웃으며 한 발 더 다가갔다.

"분명히 하셨어요. 당신이란 사람이 내 곁에 있어줘서 고맙다고 제게……."

"화분의 위치가 영 맘에 들지 않는구려!"

광휘가 말을 끊으며 창가 밑에 놓인 화분을 한쪽으로 옮겼다.

그리고 청자 몇 개도 이리저리 만지며 분주히 움직였다.

"말해봐요."

하지만 장련은 집요하게 광휘 옆에 바짝 다가앉았다.

"제게 말한 의미가 어떤 건가요? 내 곁에 있어줘서 고맙다는 말이……."

"그나저나 내 방은 누가 이렇게 마구 바꾼 게요? 침상은 너무 화려하고. 방 안 장식도 마치 규수의 방처럼……."

"여기 제 방인데요?"

장련의 대답에 광휘의 눈동자가 지진 난 듯 요동쳤다.

"……."

"……."

그러자 장련 역시 괜스레 얼굴이 달아올랐다.

두 사람이 서로 익숙지 않은 침묵에 잠겨 이리저리 침만 삼키고 있기를 한참.

"아! 그렇지."

광휘가 과장되게 '잊었던 것이 기억났다!'는 투로 말하며 몸을 일으켰다.

"일이 있으니 따라 나오지 마시오. 난 매우 바쁜 사람이오."

그렇게 혼잣말을 주절거리던 광휘가 휭하니 처소를 떠났다.

"푸후훗!"

그를 지그시 바라보던 장련은 손으로 입을 가리고 웃었다.

싸움터에서는 냉혹한 악귀처럼 살벌하던 그가, 단둘이 있을 때는 저렇게나 당황하다니.

평소의 냉정하던 모습과 달리, 지금의 그는 발 옮기는 것조차 어색하게 어기적거리며 달려가고 있었다.

"나보다 부끄러움을 더 타시는구나."

장련은 행복하게 미소 지었다.

근 일 년 동안 언제 이렇게 마음 푸근한 적이 있었는지 기억도 나지 않는 감정이었다.

＊　　　＊　　　＊

"그건 그렇게 드는 게 아니라네."

도망치듯 처소를 나선 광휘는 몇 걸음 걷지 않아 익숙한 얼굴을 볼 수 있었다.

"……?"

진일강이었다.

거대한 목재 서까래를 어깨에 메고 부서진 건물 수리를 진두지휘하는 그는, 문파의 수장이라기보다 잘 다져진 목수 같은 모습이었다.

"오! 일어났는가?"

그는 광휘를 보자마자 반갑게 맞이했다.

쿠웅! 떨그렁!

진일강이 들고 있던 서까래를 내려놓자 땅이 진동했다.

"어, 어르신! 이건 어쩌시려고……."

"자네들이 알아서 해. 난 이 친구랑 말 좀 나눠봐야겠어."

진일강은 애처롭게 바라보는 인부를 무시하고는 광휘에게 손짓해 후원 한정당으로 향했다.

"자네가 있다는 얘길 듣고 설마 했네만 정말 있을 줄은 몰랐네."

잠시 숨을 고르며 뭔가를 생각하던 그가 툭 말을 건넸다.

"저도 어르신이 묵객의 사부인지는 몰랐소."

"하긴, 그랬겠지."

진일강은 혀를 차며 말을 이었다.

"팽인호 말일세. 참으로 독한 놈이야. 그 자리에서 그렇게 스스로 목숨을 끊었네. 그 일에 참여한 팽가의 수십 명과 함께."

"……"

그의 말에 문득 생각났다. 광휘는 마지막에 스스로의 가슴에 칼을 꽂아 넣던 팽가 수십 명의 모습이 떠올랐다.

"그나마 잘된 것 아니겠소."

"잘돼? 쿵! 제 놈들에게 잘된 거겠지. 제 놈들이 벌여온 짓에 몇이나 죽고 몇이나 상했는데, 거기서 그냥 지들 목숨만으로 배상해? 꼬리를 자른 거다, 그거."

쿵! 쿵! 하고 진일강은 콧김을 내뿜었다. 광휘와 달리 그는 그날 팽가 수십 명의 자진으로 끝난 사태가 영 마음에 들지 않는 모양이었다.

"하여튼 머리 좋은 놈들이란. 이미 일대 제자 수십이 돼진 형국에 더 책임을 묻지도 못하게 되어버렸고……. 참, 팽가가 봉문했다는 소식은 들었겠지?"

광휘가 끄덕이자 진일강은 조금은 가라앉은 표정으로 시선을 돌렸다.

"은자림이 아직 있소."

잠시 시간이 흘렀을 때 광휘가 말을 걸어왔다.

"팽인호의 그 말? 글쎄. 난 조금 회의적이야. 정말 은자림이 살아 있고 고관대작들과 손을 잡았다고 해도 조정을 좌지우지하기는 힘들어. 당장 영민왕의 세력이 나라를 뒤엎을 정도는 아니지 않은가?"

전대 천자는 후사를 도모하기 위해 많은 자식을 두었다.

그중에는 당금의 황제가 된 이도 있지만, 그의 형제도 여럿 남아 있었다.

영민왕은 현 황제의 다섯 번째 동생으로, 그의 세력은 딱히 보잘것없었다.

만약에 은자림이 팽가의 연줄과 자신들의 손이 닿은 관료들로 나라를 뒤집을 수 있었다면, 이미 진즉에 일을 쳐도 쳤을 터였다.

"혹여 황제께서 귀천하시어 영민왕이 우선권을 가진다고 해도, 다른 왕들이 그 꼴을 가만 보고만 있지는 않을 것이고."

문파의 수장답게 진일강은 시야가 넓었다.

"무엇보다, 우여곡절 끝에 은자림이 살아 있다고 해도 예전만큼 설칠 수는 없을 걸세. 근간의 평화 속에서 황제의 금의위와 동창 역시 차곡차곡 내실을 쌓아왔으니."

"맞는 말이오. 하나……."

광휘는 잠시 눈을 감았다가 뜨며 말을 이었다.

"살아남은 자가 백령귀나 곤붕(鯤鵬)이라면 상황이 달라질 수도 있소."

"무슨 소린가! 그들은 죽었어! 자네와 맹주 손에!"

진일강이 즉각 눈을 부릅뜨며 외쳤다.

"맹주가 중원을 떠나 서역까지 갔다는 소문은 아시오?"

그의 격렬한 반응에 광휘는 담담하게 대꾸했다.

"대외적으론 그 이유가 은자림의 끄나풀 때문이라고 하나, 단순히 끄나풀 정도였다면 맹주가 직접 나설 것까지는 없었어야 하오."

"그 말은……."

"그들 중에 누군가 살아남았거나, 아니면 그 후인의 흔적을 찾은 것일 테지."

무림맹의 맹주라는 자리는 무겁다. 며칠만 자리를 비워도 엄청난 업무가 쌓인다.

또한 광휘가 알기로 단리형, 현 무림맹주는 대단히 신중한 성격이었다. 그가 직접 선두에 나서는 경우라면, 그만큼 확실한 단서를 잡았을 때뿐이었다.

"뭐, 잘된 것 아닌가?"

진일강은 굳은 얼굴을 펴며 말을 이었다.

"맹주가 직접 간 이상 그 일은 해결될 게 당연지사. 그리고 놈들이 그쪽에 있는 게 확실하다면 조정은 상대적으로 안전하다는 거지."

"……."

"아무리 폭쾅이 대단하다 하더라도 금의위도 바보만 모아놓은 게 아니야. 그들의 방어를 뚫고 기습할 만한 고수는 은자림의 전성기 때도 몇 없었어."

"그 가정이 틀린 게요."

"가정이 틀렸다니?"

"은자림 고수 하나만도 우리에겐 생각하기 싫은 가정이오. 그런데 만약 둘이 모두 살아 있다면?"

"……!"

"하나가 서역에서 흔적을 보였다. 그럼 당연히 맹주가 그를 쫓아갈 것이오. 여기에 하나가 더 있다면? 그래서 맹주의 부재를 노려 조정에 숨어들어 있다가……."

"비약이 지나치네! 한 놈은 기적적으로 살아남았다 해도. 둘 다라니! 당시 맹주이신 양장위 어른께 직접 들었네! 심장을 가르고! 목을 베고! 두 번 세 번 죽음을 확인했다고!"

진일강은 조상의 욕을 들은 것처럼 흥분했다.

은자림의 고수들은 당대의 모두에게 악몽이었다.

그만큼 확실히 죽음을 확인했고 그들이 되살아나는 일은 있어서도, 있을 수도 없는 일이었다.

그의 흥분이 가라앉기를 기다린 후, 광휘가 나지막하게 내뱉었다.

"놈들이 가진 술법(術法) 중에는 완전히 죽은 사람을 되살리는 것도 있다고 들었소."

"자네 지금 진심인가? 무슨 강호의 요설가들이나 떠드는 헛소리를⋯⋯."

"헛소리가 아니라 내가 직접 목격한 사실이오. 진 문주, 당신도 보았지 않소. 팽오운을."

멈칫!

진일강은 그제야 얼굴이 굳었다.

분명 자신의 손으로 목숨을 끊었던 팽가의 팽오운. 마기에 잠식된 그는⋯ 살아났다. 그리고 전보다 훨씬 끔찍한 괴물이 되어 있었다.

후우.

광휘는 냉막한 얼굴로 한숨을 내쉬며 먼 산을 바라보았다.

"마공(魔功)이 그래서 무서운 게요. 상식적으로 일어날 수 없는 일을 실제로 만들어내니까."

＊　　　＊　　　＊

해남파 사람들이 거주하는 장운각(長運閣).

묵객은 한참 동안이나 그 문 앞을 서성이고 있었다. 갈피를 잡지 못한 마음이 발걸음에 그대로 묻어났다.

"굳이 만나지 않는 게 좋을 것 같소."

오늘 아침 예고 없이 찾아온 서혜의 방문에 묵객은 손을 저어 그녀를 물렸다.

곱게 차려입은 그녀가 무슨 마음으로 온 것인지 충분히 알 만했고, 반면 자신은 아직 마음의 준비가 되지 않은 탓이다.

"죄송해요. 소녀가 주제도 모르고……."

"서 소저, 내 말은 그런 뜻이 아니오."

"알아요. 이해할 수 있어요. 소녀가 대협의 입장을 미처 살피지 못했을 뿐이지요. 죄송합니다."

서혜가 처연하게 미소 지으며 돌아섰다.

웃는 눈꼬리에 매달린 한 줄기 이슬을 보고 묵객은 마음 한편이 덜컹 내려앉았다.

무슨 생각이었는지, 묵객은 충동적으로 서혜를 끌어당겨 장운각 안으로 들여보냈다.

거기에 대해서 후회는 없었다.

다만.

'사숙이 서 소저의 출신을 알면 뭐라 하실 텐데…….'

이 일로 서혜 자신이 오히려 상처 입지 않을지가 걱정되었다.

일반적으로 해남파 사람들은 하오문에 대한 인식이 좋지 않았다. 아니, 해남파만이 아니라 어느 문파나 다 그럴 것이다.

하오문의 구성 인원들은 대개 저잣거리 왈패부터 시작해 소매치기, 도박, 기루 등 밤 문화와 밀접한 곳에 자리 잡은 하류

인생들이다.

그런 곳에 호의적인 문파는 강호 어디에도 없었다.

차라리 이럴 거면 서혜와 같이 들어가는 편이 더 낫지 싶었다.

"…출신 때문이 아니야."

묵객은 스스로에게 되뇌었다.

어느 날 갑자기 장씨세가를 돕겠다고 나타난 서혜. 그녀가 바라보는 대상이 자신임은 이미 알고 있었다.

하지만 중요한 것은, 자신은 그녀에게 그다지 뜨겁게 끌리는 감정이 느껴지지 않았다.

묵객이 마음에 담은 사람은 서혜가 아닌 장련이었다.

"대협께서는 소녀가 부끄러우신 겝니까?"

문득 처연한 얼굴로 나지막이 말하던 목소리가 귓가를 울렸다.

그와 함께 묵객의 얼굴은 한층 더 어두워졌다.

"주루에서 웃음을 파는 미천한 계집이기 때문입니까?"

묵객의 눈가가 파르르 떨렸다.

정말로 출신이 문제가 되지는 않는가?

서혜를 부끄러워하는 게 정말로 그것 때문이라 장담할 수 있는가?

만약 그녀가 하오문이 아니었다면 누군가에게 보이는 것을 이 정도로 부끄러워하고 기피할 이유가 있었던가?

"보고 싶어요."

무기력하게 선 채 흐느끼던 그녀의 목소리가 선명히 들려왔다.

모든 것을 포기한 그녀의 마지막 한마디는 다름 아닌 자신을 향한 것이었다.

"못난 놈. 네놈이 어디 가서 장부라 당당히 얘기할 수 있느냐."

묵객은 질끈 입술을 깨물었다.

가슴속에서 울컥하고 뜨거운 것이 올라오자 그는 더 이상 피하지 않았다.

부끄러워서 숨기고 싶었던 감정을 그제야 자각했다.

"이 박승룡. 사내이지 않은가."

서혜에 대한 좋은 감정이라고 아직은 확신할 수 없었다.

그렇다고 피하고 싶지는 않았다.

혹여 그녀가 난처한 상황이면 적어도 옆에 있어주기만이라도 해야 하지 않겠는가.

묵객은 성큼성큼 장운각 안으로 걸음을 옮겼다.

*   *   *

"헐값이라고 하셨소?"

"송구스럽지만 그러합니다."

해남파 문 총관의 물음에 서혜가 고개를 끄덕였다.

문 총관은 당황했다.

그는 조금 전까지 거래 장부를 보며 씨름하고 있었다.

물산이 척박하고 빈궁이 일상인 해남파의 총관은, 천리타향에서도 십여 권이 넘는 장부를 들여다보며 적자를 메우는 게 일이었다.

한데 난데없이 자색 고운 여인이 차 한 잔을 가지고 오더니, 장부를 슬쩍 보고 그런 말을 하는 것이다.

"해남도는 우수한 열대 과일과 좋은 해산물이 나는 곳입니다. 특히 그중 야자(椰子)는 다른 지역에서 보기 드물고 맛도 좋은 데다 하(蝦:새우)는 상당히 많은 양을 포획해 내지요. 지금 가격의 족히 세 배는 올려 받을 수 있습니다."

"허."

물산과 장사의 이치에 대해 유려하게 쏟아지는 말.

그녀가 짚어주는 말을 듣고 있자니, 이제껏 자신이 뒤적이던 장부가 어이없게 잘못되어 있는 것을 알 수 있었다.

해남파가 상회들과 거래하던 품목 대부분이 시세보다 훨씬 싼 가격에 유통되고 있었기 때문이다.

"소저의 말은, 광동성의 상인들이 사기를 쳤다는 뜻이오?"

"사기라 말하긴 좀 그래요. 본시 광동의 수상회(水相會) 사람들은 흥정에 능합니다. 상인이 흥정에 능한 것을 잘못이라고 할 수는 없지요. 오히려 물산을 제공하는 해남파 사람들이 너무

안일하게 대처했다는 것이 더 맞는 표현이지요."

"하아."

총관 문자운은 장탄식을 토해냈다.

이 부분은 그가 해남과 문주 진일강에게 누차 간언했던 부분이었다.

'대형은 정말 그런 부분에서 너무 후하셨지.'

자신이 생각했던 것과 똑같은 말을 처음 보는 처자가 지적하자, 감회가 참으로 새로웠다.

"사실 그보다 더 큰 문제가 있어요."

서혜는 책상 위에 놓인 십여 권의 장부 중 하나를 꺼내 펼쳐 들었다.

책 앞에는 이품(二品)이라 적혀 있었다.

"해남도에서 주로 나는 향초(香蕉:바나나)나 파라(菠蘿:파인애플) 등이 너무 싸게 값을 치렀다는 거예요. 만약 제값을 받았다면 적어도 지금보다 다섯 배는 더 올려 받을 수 있었어요."

"뭐? 그게 정말이오? 어찌 그런……."

문자운의 얼굴이 일그러졌다.

한 달에 한 번씩 정산할 때면 이 정도도 후하게 값을 쳐주고 있다고 말한 매부리코 상인의 얼굴이 떠오른 것이다.

'그런데… 이 여인은 대체?'

그제야 새삼 상대 처자의 얼굴이 눈에 들어왔다.

수수하게 딱 필요한 만큼만 치장한 모습이지만 타고난 자태가 자못 눈길을 자극했다.

이내 그녀가 누구의 제지도 없이 장운각에 들어섰다는 것을 떠올린 문자운은 고개를 끄덕였다.

'아, 이 처자가 승룡이가 점찍어둔 여인이구나!'

"그렇다면 어떻게 했으면 좋겠소. 소저? 문제를 지적하는 걸 보니 해결 방법도 있어 보이오만."

문자운은 이제 그녀에게 한쪽 자리를 권했다.

만약 묵객과 연이 있는 여인이라면 해남파에도 남이 아닌 것이다.

뒤적뒤적.

내주기가 무섭게 처자는 문 총관이 골머리를 앓던 장부를 빠르게 뒤적이더니 곧 턱을 쓰다듬으며 한마디를 꺼냈다.

"아무래도 당분간 수상회와 거래를 하지 않는 것이 좋겠어요. 차라리 유성회(柳成會)와 물꼬를 트는 것이 어떨까요?"

수상회는 이제껏 해남파와 오랜 거래를 이어 온 상단이다.

반면 유성회는 광동과 광서 지역을 아우르는 상단으로, 수상회보다는 작지만 영향력에서 결코 뒤지지 않는 곳이다.

"오! 소저도 그 상회를 아는구려. 그건 좀 곤란하오. 당장 수상회의 회주(會主)는 본 파 문주님과 막역한 사이고, 유성회와 본 문파는 이제껏 안면이나 겨우 튼 데면데면한 사이요."

나름 해결책이라고 들었지만 문자운은 한숨을 내쉬었다.

문파와 상단과의 거래에도 신뢰라는, 값을 매기기 힘든 가치가 존재한다.

수상회의 무리가 해남파의 물품 가격을 후려치고 있다는 건 어느 정도 짐작하고 있던 바였다.

'문제는 이 정도인 줄은 몰랐다는 것이겠지.'

알면서도 방치했던 것은 썩어도 준치라고, 기존 거래를 폐하고 새로운 거래처를 만드는 것에 굉장한 시간과 자금이 들어가기 때문이었다.

그래서 알아도 모른 척, 당장에 새로 길을 만드는 것에 비해 지금의 손해가 좀 덜할 것이라고 자위하며 넘어왔다.

"상관없습니다. 한번 뜨거운 맛을 보고 나면 해남파는 수상회와 다시 거래할 테니까요."

투욱.

한데 서혜의 시각은 문 총관과 달랐다.

그녀는 문 총관 앞에 놓인 수많은 장부 사이에서 책을 하나 더 꺼내 들었다.

일품(一品)이라 적힌 장부를 열고 그녀는 하나하나 항목을 짚어 갔다.

파락파락.

"룽하(龙虾:바닷가재), 망과(芒果:망고), 야자(椰子), 금창어(金枪鱼:참치). 해남도를 대표하는 최고의 특산품들이지요? 이 말은 수상회에도 가장 이익을 안겨주는 상품이라는 뜻이겠고요."

"그렇긴 한데……?"

"해남파가 아니라 수상회의 입장에서 생각해 보시지요. 그들은 이제껏 독점으로 교역하며 해남의 질 좋은 열대 과일과 해산물을 사 갔습니다. 그렇게 가져간 것을 어디에 썼을까요?"

서혜의 말에 문자운은 안 쓰던 머리를 굴려야 했다.

"…글쎄? 뭐, 저들이 다 먹지는 않았을 테고 팔았겠지?"

"맞습니다. 타 지역의 크고 좋은 객잔에 비싼 값에 팔아왔을 테지요. 그런데 갑자기 해남파가 거래를 끊어버린다면, 큰 이문(利文)이 나던 품목들을 들여올 수 없게 됩니다. 객잔 입장에서는 큰 손님들을 잃는 일이 되고, 상회의 입장에서는 엄청난 불평을 듣게 되겠지요."

"허어."

뭔가 떠오른 듯 문자운이 감탄을 내뱉었다.

그런 그에게, 서혜는 현명한 훈장이 아이들을 가르치듯 하나하나 상세하게 설명해 나갔다.

"첫 번째로 지역을 대표하는 객잔의 주문표가 사라진다. 지역 유지들이 매우 성을 낼 것이고 객잔은 상단에 대해 이 사정을 설명할 것이고요. 그리되면 상품의 가치는 자연스레 올라가게 될 터인데 해남파에서 팔아주지 않는다면?"

"…당연히 애가 타겠지."

"그래요. 그런 상황에서 다른 곳에 이런 상품을 팔고 있다고 소문이 난다면? 그들이 가만히 있지는 않을 겁니다."

해남도를 대표하는 특산품.

쉽게 구할 수 없는 상품이란, 가치가 천정부지로 치솟는다는 얘기였다.

서혜가 말을 이었다.

"결국 수상회는 나중에 웃돈을 주고서라도 열대 과일과 해산물을 다시 공급해 달라고 할 것입니다. 그때쯤 해남파는 시중의 시세에 맞춰 제값을 쳐달라고 하십시오. 한 번 큰 손해를 보고 난 후라 그들은 거부하지 못할 것입니다."

서혜가 믿는 것은 결국 해남파의 특색 상품이었다.

원래 그것은 값이 매겨져 있지 않았다. 오히려 그 가격은 상단에서 조절해야만 했다.

그것을 이용해 전체적인 상품의 가치를 끌어올리겠다는 계산이었다.

"허. 계책은 좋다고 보이오만, 그게 뜻대로만 된다는 보장이 어디 있소? 그들이 끝끝내 배짱을 부리며 거부한다면?"

"일품(一品) 항목을 주로 맛보는 이들은 돈과 권력이 있습니다. 그리고 상인은 그런 사람들 앞에선 판이하게 태도를 바꾸지요."

한번 든 입맛이란 무섭다.

고급 객잔의 주 손님들인 권력자와 큰 손님들은 두말 않고 값을 지불할 것이다.

결국 수상회는 폭리를 취해오던 방식을 포기하고, 합당한 가격을 치를 수밖에 없다.

문자운은 잠시 생각에 빠진 듯 눈을 감더니 이내 질문을 쏟아 냈다.

"혹여 끝까지 태도를 바꾸지 않는다면 어떻게 해야 하오?"

그 물음에 꽤 난처해할 줄 알았는데 서혜는 기다렸다는 듯 답했다.

"해남파에서 직속으로 상단을 꾸리거나, 새로운 거래처를 만드는 방법도 있습니다. 이미 기존의 수상회는 더 이상 신뢰하기 힘든 상단이 아닙니까?"

"그. 그게……. 우리도 그러면 좋긴 하지만 그럴 돈과 인맥이 없소, 소저."

"돈과 인맥이라면 걱정하실 필요 없습니다. 은혜를 베풀고 혈맹이라 할 수 있는 세가가 가까이 있지 않습니까."

서혜가 살풋 의미심장하게 웃었다. 문 총관은 어리둥절해하다가 딱! 하고 손뼉을 마주쳤다.

"장씨세가!"

그랬다.

이번에 해남파는 장씨세가의 분쟁에 끼어들어 피해를 감수하고 그들에게 큰 도움을 주었다.

거기다 함께 어깨를 나란히 하고 싸운 사람들이다.

이보다 신뢰하기 좋은 이들도 없다.

하물며 장씨세가는 중원의 다른 세력과 달리 상계가 주 전문이지 않은가.

"그렇습니다. 장씨세가에 도움을 청한다면 그들은 결코 거부하지 않을 겁니다. 이번에 큰 은혜를 입은 것에 보답하는 길이 될 테니까요."

"그, 어, 음… 좋기는 하지만 그건 우리도 조금 난처한데……. 애초에 본 파가 이 일에 끼어든 것은 이익을 보기 위함이 아니라 협의를 세우기 위함이었소. 한데……."

"그 협으로 인해 장씨세가는 생존할 수 있었습니다. 목숨을 구해준 것만큼 가치 있는 일이 있을까요?"

"아……."

"장씨세가에도 이익은 있습니다. 수상회가 큰 폭으로 내오던 이문을, 거꾸로 그들이 가져오는 일이 될 테니까요."

"과연, 과연."

서혜가 하나하나 짚어주는 이야기에 문 총관은 무릎을 치며 감탄했다.

그 역시 일파의 총관답게 개인적인 감정을 접어두자, 상황을 냉정하게 볼 수 있었다.

거래로 생각하자면, 이는 양측 모두에게 이득이 되는 좋은 거래다.

"또한 이것과 이것들은……."

이후 문 총관은 서혜가 해주는 이야기에 매번 고개를 끄덕였다.

그녀의 말은, 하나같이 문파 운영에 도움 될 만한 금과옥조였다.

재무를 보자마자 한눈에 해남파의 상태를 파악하는 정보력.

거기다 거래 방법까지 듣고 있자니 문자운의 눈에 이채가 서렸다.

이건 필시 재능뿐 아니라 많은 경험에서 우러나오는 지혜였다.

'어디서 이런 처자가 나타났는고?'

"큼큼."

때마침 누군가 인기척을 내자 서혜와 문자운의 시선이 옆으로 이동했다.

"오, 승룡이 왔느냐."

묵객을 발견한 문자운이 곧장 밝은 얼굴로 맞이했다.

"사숙."

어정쩡한 자세로 걸어 들어오는 묵객.

그 모습에 서혜가 조금 당황하더니 황급히 자리에 일어섰다.

"소녀는 먼저 나가보겠사옵니다."

"설마 그 짧은 사이에 이 녀석이 눈치를 준 것이오?"

"아, 그게 아니오라……."

"허허. 농인데 뭘 그러시오. 마침 보고할 얘기도 있고."

당황한 서혜는 묵객에게 한 번 묵례를 한 후 종종걸음으로 문을 나갔다.

묵객은 어찌 된 영문인지 모르겠다는 듯 어색한 표정으로 서 있었다. 문자운이 그의 어깨를 치며 말했다.

"녀석. 괜찮은 처자를 데리고 왔구나."

"예?"

눈이 휘둥그레진 묵객에게 문자운이 말을 이었다.

"네가 마음에 들어 하는 처자가 저 여인이지? 내 진즉 알아보았다."

"아, 그게……."

"이럴 게 아니다. 여기까지 왔는데 같이 식사나 하자꾸나.

어서."

"사숙……."

묵객의 어깨를 두드린 문자운이 방문을 열었다.

그 순간 묵객은 결심한 듯 큰 소리로 말했다.

"사숙! 저 여인이 아닙니다."

"응?"

문자운의 걸음이 뚝 멈췄다.

묵객이 그에게 고개를 숙이며 입을 열었다.

"아무래도 말씀드리는 게 좋겠습니다. 저 여인은 하오문 출신입니다."

"……."

"갑작스레 저에게 구애를 해왔고, 적당한 말로 물리쳤지만 도무지 말을 듣지 않고 막무가내로 제 옆에 머무른 겁니다. 앞으로 더는 사문에 누를 끼치지 않게 하겠습니다."

문자운은 턱을 쓸어내렸다.

그러고는 묵객에게로 다가와 한참 물끄러미 그를 바라보고 있었다.

문자운의 시선이 부담되어서일까.

묵객이 눈을 깜빡거리다 느릿하게 입을 입었다.

"죄송합니다. 제가 불민하여……."

쫘악!

순간 중언부언 변명하던 묵객의 고개가 홱 꺾였다.

느닷없이 문자운이 묵객의 뺨을 후려친 것이다.

"너는 뭐 그리 대단하더냐?"

그의 기억에는 단 한 번도 손찌검을 하지 않은 사숙이었다.

그 때문인지 묵객의 표정은 당황과 놀라움이 한데 뒤섞여 있었다.

"네놈의 출신은 얼마나 대단하냐고 묻질 않느냐!"

눈을 날카롭게 치켜뜬 문자운이 고성을 지르며 묵객의 얼굴을 노려보고 있었다.

第五章

문자운의 가르침

"꼴에 중원에서 칠객이라 치켜세워 주니 네가 뭐라도 되는 줄 아느냐? 한 대 맞으니까 억울하냐? 나니까 뺨 한 대로 끝나는 것이지, 대형이 알았다면 넌 목이 날아갔을 것이야!"

"사숙, 지금 뭔가 오해를 하고 계십니다. 제가 드리고 싶은 말씀은……."

"아니라면! 여인이 하오문 출신이니 더러운 게냐? 네놈은 얼마나 깨끗하게 굴었더냐!"

"아, 아닙니다. 정말 그 뜻이 아니라……."

"네 이놈!"

문자운이 성을 내며 목소리를 높였다.

"어디 사숙이 보는 데서 잔대가리를 굴리는 것이냐! 여인의

몸으로 혼자 들어오게 만들어놓고 이제 와서 사실은 그런 뜻이
아니라고? 내가 저 여인의 출신을 물었더냐? 묻지도 않은 출신
을 거론한 게 네가 아니고 누구더냐!"

"……"

묵객은 조용히 입을 닫았다.

문자운이 지나치게 격정적이긴 했지만, 지금의 사숙에게 그
게 아니라는 말은 할 수 없었다.

무엇보다 서혜를 장운각 안으로 들여보낸 것은 다름 아닌 자
신이지 않은가.

"승룡아……."

문자운이 장탄식을 쏟아냈다.

묵객은 영문 모를 자책감과 송구스러움에 머리를 숙였다.

"예, 사숙."

"강호는 말이다, 사람과 사람이 더불어 사는 세상이다. 드넓
은 토지의 장주(莊主)도, 세가의 가주도 오직 힘만이 아니라 지
혜와 인품이 있어야 사람이 따르는 법이다."

뜬금없이 정론을 말하는 문자운이었다.

그는 해남의 가장 이름 높은 문도를 향해 안타까운 얼굴을
하고 있었다.

"그간 중원에서 들려오는 네 소문이 주체할 수 없는 바람둥
이라고 하기에 한창 젊을 때 그럴 수 있다고 대형과 함께 웃은
적이 있었다. 한데 이제 보니 네놈은 있지도 않은 무거운 짐을
혼자서 짊어지고 있었구나."

"예?"

"그간 중원을 돌아다닌 것 말이다. 그 이유가 해남을 명문으로 올릴 만한 명가의 여식들을 찾고 있었던 것이었느냐?"

"……!"

묵객은 입을 벌렸다.

아니라고 변명하려는 모양새였지만 문자운이 그를 향해 쓴웃음을 지었다.

"이 바보 같은 녀석아, 우리가 언제부터 구대문파였느냐. 십여 년 전에는 구대문파에 이름도 올리지 못했고 지금도 고작 말석 중 하나다. 우린 네가 생각하는 것만큼 그리 대단한 곳이 아니야."

"사, 사숙……."

"언제부터 해남이 그렇게 지위를 찾고, 명문과 이어지는 것을 중요하게 여겼더냐? 그랬다면 이번 싸움에 끼어들어 팽가를 적대하는 일 자체가 없었을 것이다. 우리가 장씨세가를 도운 이유는 장웅이란 인물을 보았기 때문이다."

문자운의 눈이 냉랭해졌다.

강호에 나간 지 십수 년. 이제는 자신보다 더 커진 묵객에게 그는 준엄하게 말했다.

"그를 보고 그 집안사람들이 어떻게 살아왔는지, 어떤 마음을 품고 사는지 알 수 있었기 때문이다. 중요한 건 사람이다. 문파도, 가문의 위세도 아니야. 아니라고 말하겠지. 하나 나는 느꼈다. 네놈이 다짜고짜 여인의 출신을 들먹인 이유가 그것에서 비롯됐음을."

"…사숙."

묵객은 입술을 꾸욱 다물고 고개를 들었다.

"한 가지만 말씀드리겠습니다. 저는 오로지 그런 잣대로만 보지 않았습니다. 정말입니다. 믿어주십시오, 사숙."

문자운은 쯔쯔 혀를 차며 서혜가 나간 방문을 가리켰다.

"그럼 이렇게 물어보마. 지금 네가 한 그 말. 하오문의 여인을 곁에 두어 사문에 누를 끼쳤다는 말을 그 여인의 앞에서 다시 할 수 있겠느냐?"

"……!"

묵객의 얼굴이 굳었다. 문자운은 그럴 줄 알았다는 듯 고개를 끄덕였다.

"것봐라. 네놈도 알고 있는 게다. 다만 본인 스스로 느끼지 못한 게지. 만약 저 여인이 방금 네 말을 들었다면 얼마나 가슴에 비수가 되었겠느냐. 단순히 네가 좋아서 찾아온 여인인데, 생면부지인 이곳에 와서 얼마나 가슴을 졸였겠느냐. 혹여나 내쳐질까 봐, 자신이 밉보이지나 않을까 얼마나 두려워했는지 너는 생각해 보지 않았느냐?"

묵객이 저도 모르게 이를 악물었다.

나이 든 사숙의 말은 하나도 틀린 것이 없었다.

서혜가 이 자리에 없기에 한 말이었지, 그녀의 눈을 보고, 그녀 앞에서 할 수 있는 말은 결코 아니었다.

"저는… 저는……."

묵객 또한 이곳에 들어오기 전부터 깨닫고 있었다.

그녀의 출신이 아무런 상관이 없다고 떳떳하게 말할 수 없음을.

그렇다고 해서 냉정하게 그녀를 내치지 못하는 것은 마음 한편에 망설임이 자리하고 있어서임.

투욱.

노여워하던 문자운의 눈썹이 약간 꿈틀거렸다.

묵객이 자신을 향해 무릎을 꿇은 것이다.

"저는 어떻게 해야겠습니까, 사숙."

"멍청한 놈."

문자운은 욕을 했지만 차가운 표정이 살짝 풀려 있었다.

"먼저 가서 사과부터 하거라. 서로 간에 흠모하는 감정이 바로 생기지 않는 것이야 어쩔 수 없다 해도, 지금 너는 굉장히 비열한 짓을 저질렀다. 처자에게 사과하고 너 자신부터 바로잡거라."

벌떡!

순간 묵객이 자리에서 일어섰다.

"그리하겠습니다, 사숙!"

"그리고……. 어? 어?"

후다닥!

그러고는 급하게 뛰쳐나갔다.

몇 마디 말을 더 이으려던 문자운은 쌩하니 달려가는 묵객의 뒷모습을 보고 풀썩 웃고 말았다.

"아이고, 저놈도… 성미하곤……."

해남의 성정이 어딜 가지 않는 모양이다. 제가 여인에게 큰 실례를 범하고 있다는 걸 깨닫자, 지체 없이 사숙도 제쳐놓고 달려 나가는 걸 보면.

"하여간 물렁한 놈 같으니."

파락. 파락.

문자운은 가벼운 손길로 여기저기 널린 장부를 모아 쌓기 시작했다.

그의 얼굴에는 어느덧 흐뭇한 웃음이 걸려 있었다.

＊　　　＊　　　＊

"소, 소저!"

거대한 느티나무 한쪽에 서 있던 서혜가 등을 돌렸다.

방에서 나오는 묵객의 얼굴을 보자 환하게 웃었다.

"대협?"

"하아, 하아. 멀리 가지 않아서 다행이오."

"숨 돌리고 천천히 말씀하세요."

방과 이곳의 거리가 얼마나 된다고 묵객 같은 고수가 급하게 숨을 내뱉고 있었다.

그런 모습이 서혜의 눈엔 재밌어 보였다.

"후-우."

묵객은 숨을 몰아쉰 뒤 천천히 서혜를 노려보았다.

평소와는 다른 진지한 눈빛에 서혜의 얼굴이 살짝 긴장되었다.

탁.

그 직후, 눈이 화등잔만 하게 커졌다. 묵객이 그녀의 손을 잡은 것이다.

"미안하오. 내 장부답지 못했소."

"…네?"

"소저가 어떤 마음으로 왔는지 알면서도, 어떤 상황이 벌어질지 알면서도 혼자서 장운각 안으로 들여보냈소."

"대협……"

"부끄럽소. 저번에도 같은 말을 했었지만 마음 한 곳에는 나도 모르는 불편한 감정이 있었소. 하지만 이번엔 확실히 말하겠소. 이 박승룡은 결코 소저를 부끄러워하지 않겠소."

서혜는 묵객의 눈을 보다 잠시 고개를 숙였다. 그러고는 다시 환하게 웃으며 잡고 있던 손을 슬며시 놓았다.

"대협이 미안해하실 일이 아니에요. 소녀가 너무 멋대로 행동했으니 당연히 부담스러우실……."

"아니오. 무릇 사내라면 맺고 끊음이 정확해야 하는 법이오. 한데 내 우유부단함이 소저를 더욱 난처하게 해왔소. 그래서 말인데……."

묵객은 한 발 더 다가섰다.

숨소리가 느껴질 만큼 두 사람의 거리가 매우 가까워졌다.

슬쩍.

본능적으로 뒷걸음질 치려는 서혜.

순간.

"아!"

묵객은 멀어지지 못하게 다시금 그녀를 손을 붙잡았다.

"함께 식사합시다."

"…네?"

"같이 가로수 길을 걸어보고, 서로가 좋아하는 것이 무엇인지 알아봅시다. 나는 그러고 싶소만. 소저만 괜찮으시다면."

"……!"

두근두근.

서혜의 눈동자가 갈피를 못 잡고 흔들렸다.

늘 꿈꾸던, 바라왔던 광경이었다.

십여 년 전 그에게 도움을 받은 그 순간부터 지금까지 늘 묵객만 생각하면 가슴이 뛰었다. 하지만 이 순간 너무 갑작스럽게 다가오니 기쁜데도 두려움 또한 일어났다.

"대협께선… 장련 소저께 마음이 있으시잖아요."

"그건 뭐, 아니라고 말은 못 하겠지만."

묵객이 난처한 얼굴이 되었지만 곧 평소 같은 뻔뻔함이 돌아왔다.

"이 박승룡, 원래 바람둥이로 소문난 사람이오. 오는 여인을 마다하지 않소. 특히 서혜 소저처럼 아름다운 여인이라면 더욱더."

푸웃!

너무 긴장한 탓일까.

서혜는 자신도 모르게 웃음이 났다.

"세상에, 너무 뻔뻔하세요."

"그러게 말이오. 이건 하루아침에 바뀌는 게 아니니 소저가 좀 이해해 주시오."

묵객은 손을 놓은 뒤 머리를 긁적였다.

그 모습을 보며 환하게 웃은 서혜가 이내 인상을 쓰며 짧게 대답했다.

"전, 싫어요."

"뭐요?"

"싫다고요."

"소, 소저."

묵객의 눈이 커졌다.

당연히 승낙할 줄 알았기 때문에 충격이 더 컸다.

"이유가 뭐요? 왜 갑자기……."

"억울하니까요."

"억울하다? 그게 무슨 말이오?"

"그런 게 있으니 그리 알아요."

서혜가 등을 휙 돌렸다.

묵객이 손을 뻗어 잡으려 하자 그녀가 고개를 돌리며 말했다.

"따라오지 마세요."

"소, 소저……."

그를 놓아두고 걷는 서혜를 보며 묵객은 여전히 당황한 얼굴로 그녀를 불렀다.

"뭐가 억울하다는 거요? 소저! 어째서요! 말이라도 해주시는 게……."

묵객이 애타게 불렀지만 그녀는 뒤돌아서지 않았다.

그래서 알 수 없었다.

멀어져 가는 서혜가 쿡쿡, 장난기 가득 어린 미소를 짓고 있음을.

＊　　＊　　＊

달그락.

노천과 광휘는 마주 앉아 찻잔을 나누고 있었다.

두 사람은 한참 동안 말이 없었다. 마치 약속이나 한 듯 내원의 경관을 바라보고 있었다.

만감이 교차한 까닭이다.

처음 만났을 때부터 이날까지 일어난 일들이 서로의 머릿속에 주마등처럼 흘러가고 있었다.

"도움이 컸다고 들었습니다."

한참 만에 먼저 입을 연 것은 광휘였다.

"도움은 무슨. 당가의 성질 건드린 값을 톡톡히 치른 것이지."

툭툭.

노천이 팔을 기댄 난간을 두드리며 대답했다.

피식.

광휘는 입꼬리를 올렸다.

대충 그런 대답이 나올 거라고 생각했지만 역시나 예상을 빗나가지 않았다.

노천은 광휘에게 고개를 돌리며 말을 이었다.

"한데 자네는 앞으로 어찌할 생각인가? 무시무시한 것이 세상에 나왔는데."

"은자림의 끄나풀을 쫓을 생각입니다."

광휘가 깊게 숨을 들이마시며 대답했다.

"쉽지 않을 텐데?"

"도지휘사가 도움을 줄 겁니다."

"도지휘사? 그가 마음을 돌렸던가?"

광휘가 고개를 끄덕이자 노천은 약간 표정이 굳어졌다.

"어려울 거야. 은자림은 그리 쉽게 본체를 드러낼 놈들이 아니니까. 또 상대가 상대니만큼 도지휘사의 안위도 위험할 테고."

"그건 걱정하지 않습니다. 믿을 만한 자들을 심어놓았으니까요."

"자네가 믿을 만한 자들이라면…… 뭐, 그건 문제없겠군."

그 말에 노천은 그제야 표정을 풀었다.

생각해 보면 눈앞에 있는 사내는 자신보다 더 참혹한 환경을 거쳐왔다.

적들을 유인하고 추적하는 데 있어서 자신보다 그가 몇 배는 더 뛰어나다.

"놈들이 황상의 자리를 노린다는 얘길 들었네. 과거와 달리 이번엔 황실의 인물들도 얽혀 있다고 하네. 최악의 경우 자네는 은자림뿐 아니라 황실의 고수들도 상대해야 한다는 말이야."

적을 제거하기 위해 도움을 받아야 하는 황실이지만 자칫 잘못하면 되레 그들 속에 있던 고관대작들의 공격을 받게 될 수 있다는 얘기였다.

최악의 경우 황실의 위엄을 범했다는 누명을 쓰고 구족이 몰살하는 처지에 내몰릴지도 모른다.

"그 정도는 되어야지요."

"뭐?"

휙.

장씨세가 내원을 내려다보던 노천의 고개가 광휘에게로 돌아갔다.

답변치고는 뭔가 섬뜩했기 때문이다.

"그동안 참 많이 헤맸습니다. 은자림이 사라진 뒤 왜 사는지, 왜 살아가고 있는지 알 수가 없었으니까요."

광휘는 그런 노천의 시선을 피하지 않았다.

"이제는 알 것 같습니다. 제겐 삶의 의미가 필요했다는 걸 말입니다."

광휘는 담담히 말을 이었다.

"그들은 곧 알게 될 겁니다."

"……"

"천중단이 왜 세워졌는지. 그중 누가 은자림을 전멸시켰는지."

광휘의 말 한마디 한마디에 노천은 순간 소름이 돋았다.

자신이 바라보고 있는 그의 눈동자.

그 안에서 이제껏 경험하지 못한 살기가 음산하게 퍼지고 있었기 때문이다.

✱   ✱   ✱

노천과 헤어진 뒤, 광휘는 그의 거처로 돌아갔다.

구마도와 괴구검, 두 병기를 손질하던 그가 긴 한숨을 쉬며 일어섰다.

무언가 할 일이 있는 것 같은데 그게 무엇인지 알 수가 없었다. 결국 광휘는 밖으로 나와 내원을 둘러보았다.

"아, 일어나셨습니까."

바쁘게 돌고 있던 능자진이 그를 보고 인사해 왔다.

"…수고가 많으시구려."

능자진은 다친 사람들을 돌보며, 부서지거나 무너진 건물을 세우는 데 한 팔 거들고 있었다. 어찌 보면 외부에서 들어온 사람 중에 누구보다 이곳 사람들과 잘 어울리고 있었다.

그와 헤어지고 나서 광휘가 두 번째로 향한 곳은 나한승들이 있는 거처였다.

"어서 오십시오, 시주. 마음은 좀 편안해지셨습니까?"

그들은 늘 그렇듯 내원 가장 뒤쪽의 작은 채에서 수련과 참선을 하고 있었다.

"수고가 많으십니다. 혹여……."

몇 마디 사담을 주고받은 후 광휘가 '혹 언제 떠날 건지 일정이 있느냐'고 묻자 방천이 편안한 웃음으로 대답했다.

"은자림이라고 했지요? 그들이 이 땅에서 사라질 때까지는 대협을 도울 생각입니다."

"그들과 악연이 있는 것도 아니신데, 굳이……."

"이미 그냥 넘어갈 수 없는 일을 보았습니다. 도고일척이면 마고일장(道高一尺 魔高一丈: 도가 높아지면 난관도 높아진다)이라. 한 번 싹튼 위험한 씨을 어떻게든 정리하지 않으면 가엾은 중생들도 휘말릴 터이니."

그는 단호했다. 아무래도 지난번에 팽오운의 모습에서 마기가 얼마나 위험한 것인지도 알게 된 듯했다.

'정오인가.'

조금 이야기를 나누다 보니 또 한참이 지났다.

광휘는 당가 사람들이 있는 거처로 발을 옮기다가 고개를 저었다. 이미 노천을 보았는데 두 번 세 번 이야기를 계속하는 건 또 채근하는 모습처럼 비칠 터였다.

'구룡표국을 가봐야 하나?'

다시 그리로 가려다가 광휘는 결국 발길을 돌렸다.

장씨세가의 가장 오래된 맹방이지만, 생각해 보니 그들과 접점이 없었다.

장웅이나 장원태를 만나볼까 싶었지만, 그 앞에는 또 해남파 사람들이 가득했다.

그는 결국 고개를 저으며 발길을 돌렸다.

한참 걷던 그는 어느 방의 문을 두드렸다.

똑똑똑.

"……."

그러다가 당황했다. 아무 생각 없이, 너무 자연스럽게 장련의 처소에 와서 문을 두드려 버린 것이다.

'…대체 여기엔 왜 또 와 있는 건지.'

다행히 안쪽에서는 대답이 없었다. 광휘는 재빨리 몸을 돌려 자기 처소로 향하려 했으나.

벌컥!

"오셨어요, 무사님!"

"……."

문을 활짝 열며 장련이 반갑게 그를 맞이했다.

"그런데 이 시간에 무슨 일이세요?"

"…조금 생각할 것이 있어서."

이제 와서 '실은 아무 일도 없소'라고 말하는 것도 괴상한 터라 광휘는 되는대로 주워섬겼다.

"생각할 것이라뇨?"

흠칫!

거의 얼굴이 닿을 듯한 거리로 장련이 다가왔다.

광휘의 동공이 지진이 난 것처럼 움직였다. 황급히 고개를 돌린 광휘가 화제를 바꿨다.

"지난번 그 일 이후 집안 단속은 잘 이루어지고 있나 싶소……."

말하고 나서 광휘는 또 아차 싶었다.

"…단속요? 아직 적이라도 남아 있나요?"

아니나 다를까, 장련이 겁을 집어먹은 듯 두 손을 모으고 물은 것이다.

"저, 적은 없소만 마음가짐이……. 아, 그렇소. 그런 마음가짐이 문제인 것이오. 이 가문을 또 노리는 자들이 언제든 닥쳐올 수 있지 않겠소……. 미리 대비한 자들만이 대항할 수 있는 것이오."

"분명히 그렇긴 해요."

장련이 고개를 갸웃했다. 어째 평소하고 좀 다른 모습을 보이는 것 같긴 했지만 그 말이 또 맞았다.

"나는 장씨세가 호위무사고, 내 일은 이 집안의 평안을 지키는 것이오. 말을 알아들었으면 들어가시오."

"네……."

장련은 고개를 끄덕였다. 어깨를 들썩들썩하는 광휘는 왠지 모르게 붕붕 떠 있는 기분이 들었다.

그녀는 서성거리는 광휘를 가만히 보다 말고 말을 던졌다.

"그럼 안으로 좀 들어와 주시겠어요?"

"내가?"

"생각할 것이 있다고 하셨지요. 소녀도 지금 뭔가 생각하는 것이 있는데, 혹 도움을 주실 수도 있지 않나 싶어서……."

"그럽시다!"

덜컥!

광휘가 즉각 문을 열고 그녀보다 먼저 들어섰다.

장련은 피식 웃음이 나왔다.

그의 모습이 마치 그 말 떨어지기만 기다린 것처럼 보인 것이다.

파락. 파락.

"죄송해요. 너무 지저분해서⋯⋯."

광휘가 들어서자마자 장련이 사과했다.

그녀의 방 안에는 탁자부터 시작해 서탁, 심지어 바닥에도 십수 권의 책자들이 어지럽게 널브러져 있었다.

"이게 다 뭐요?"

"관세품과 관련된 책자와 거래 품목, 그 지방의 운송 물품들이에요."

광휘가 묻자, 장련이 고민스럽다는 듯 고개를 저었다.

안 본 지 얼마 되지도 않았는데 그녀의 눈가에는 없던 잔주름이 몇 개 생겨나 있었다.

무리도 아니었다. 아무리 부유한 상계의 집안이라도, 그들은 벌써 일 년 넘게 전쟁을 치르고 있었다.

처음에는 석가장, 다음에는 사파인 귀문과 적사문.

그리고 얼마 전에는 하북에서 제일로 가는 무림세가인 팽가와 싸움에 휘말렸다.

"내원 사람들의 반이 빠져나가고, 외원은 거의 잃다시피 했어요. 본가와 거래하던 다른 상단들은 아예 다른 쪽의 거래처를 알아보고 있고……. 이해는 해요. 싸움이 계속 이어지는 상회와 누가 거래를 하고 싶겠어요?"

장련이 한숨을 쉬었다.

평안무사는 상단에서 가장 높은 가치를 지녔다. 장씨세가의 자금력과 능력에 대해서는 이견이 없지만, 아무리 그들이 유능하다 해도 사시사철 싸움이 끊이지 않는다면 당연히 기피 대상이다.

자칫 투자나 거래를 이어가다 말고 큰 손해를 입을 수 있으니까.

"그나마 구룡표국의 도움이 있고, 청성과 남궁에서 손을 들어 주긴 하는데… 지금 당장이 문제라서요."

큰 싸움 후에 장씨세가도 얻은 것이 없지는 않았다. 장기적으로 보면 오히려 큰 발전이었다.

그냥저냥 장사만 하던 상계 가문이, 팽가 같은 강력한 무림 세가를 누른다는 위명도 얻었고, 강호 유수의 가문들과 연계할 수 있는 계기도 됐으니까.

문제는 지금이다.

장씨세가의 텃밭은 상계에 있다. 그 상계 전체가 불안한 거래처로 보고 있으니, 하루하루 적자만 늘어나고 있는 상황인 것이다.

스윽.

광휘는 그녀의 말을 들으며 서책을 쌓아 올리다가 물었다.

"이건?"

'특'이라는 글자가 쓰인 한지가 눈에 들어왔다. 무언가를 기록해 놓은 서책 두 권을 집어 들었다.

"그건 본가에서 거래하는 상품들 중, 중요한 품목을 따로 적어놓은 거예요."

파락파락.

그녀는 책자 옆에 따로 적어둔 몇 장의 서류를 들어 광휘에게 건네주었다.

"상계의 장사란 크게 두 가지로 나눠요. 하나를 직접 제품을 만드는 것. 또 하나는 싸게 받은 물품을 비싸게 파는 거죠."

"······."

파락파락.

광휘는 영혼 없는 얼굴로 그 서류를 펼쳐 나갔다.

"상계든 어디든, 가장 중요한 것은 사람이에요. 그런데 그 사람이 이번에 많이 빠져나갔어요. 거래를 트는 쪽에서도 안면이 있을수록 유리한 법인데······."

장련은 그가 서책을 거꾸로 들고 있다는 것을 지적할까 싶다가 그냥 고개를 저었다.

"어쨌든 당장은 사람이 부족하니 차라리 물건··· 정말로 좋아서 누구든 거래를 할 수밖에 없는 특등급의 물품 쪽에 전력을 모으려는 거예요."

"그런 것이 있겠소?"

"기남(冀南)이 마침 본가와 멀지 않아요. 그곳에서 나는 목화는 어느 지방보다 훌륭하다고 정평이 나 있어요. 그리고 이곳

심주현에는 북경에서도 손꼽히는, 맛있는 복숭아가 나죠."

하북 삼보라 불리는 것이 있다.

기남의 면, 심주의 복숭아 그리고 고원의 마고(麻菰:표고버섯).

어디에서도 좋은 값을 받는 물건들이며 장씨세가가 꾸준히 이문을 남겨온 품목들이다.

"비상시라서 돈이 급하다고 했지 않소?"

"그러니 판매 방식을 조금 바꿀 셈이에요."

장련이 이야기에 몰두했는지, 광휘의 앞으로 얼굴을 들이대며 말을 이었다.

"조금 손해가 되더라도 물건값을 대폭 내릴 거예요. 좋은 물건을 싼 가격에, 그것도 대량으로 공급한다면 어느 장사치든 두 손 들고 환영할 거예요."

"물건이 남아버릴 텐데?"

"그것도 예상 범위 안이에요. 우리가 이문이 떨어진다면 다른 이들이 이득을 보겠죠. 그럼 더 많은 상인들이 몰릴 것이고."

"…상인을 모으는 게 목적이군."

잠시 생각에 잠겼던 광휘가 이내 고개를 끄덕였다.

장련의 말은 막무가내로 이문을 줄인다는 뜻이 아니었다.

묶을수록 더 싸게 판다. 어느 정도 돈이 있는 자들은 그 기회를 놓치지 않을 것이다.

전에 있던 거래처가 줄어서 문제라면 새로운 거래처를 늘리면 된다.

그를 위해 기존 품목들의 가격을 크게 낮추고, 하남의 삼보는 중원 전역에 이름난 상품이니 위험을 감수하고서라도 달려드는 새 상단들이 있을 터.

"이문만이 목적이 아니지요. 덩치 자체가 커지면, 원래는 없던 새 이문도 나게 됩니다."

"…과연."

광휘는 장사 방식 또한 어느 정도 무학의 묘리와 닿아 있다는 생각에 고개를 끄덕였다.

하북의 삼보는, 예를 들면 검기나 검강 같은 것이다. 썼다 하면 반드시 필승을 보장한다.

그 필승의 패에 적절한 초식이 펼쳐지면 운용에 더 큰 묘용을 지닐 터였다.

거기까지 이해한 광휘는 문득 궁금한 점이 생겼다.

"좋기는 한데 이쪽 예상대로 되리라는 법은 없지 않소?"

"실은 저도 그게 걱정이에요."

장련이 광휘를 보며 한숨을 내쉬었다.

"아무리 상단의 수뇌가 고심해서 대비책을 짜내도, 결국 물품이 소화되는 곳은 시장. 시장에선 매일 다른 변수가 생기게 마련이거든요. 소녀의 생각대로 맞아 들어가면 좋겠지만, 그게 안 맞는다면… 장씨세가는 꽤나 곤경에 처하게 될 거예요."

좋은 책사는 방책을 하나만 세우지 않는다.

그것이 들어맞았을 경우, 그리고 맞지 않았을 경우의 대비책까지 모두 세운다.

장련의 방식은 필승의 패 단 하나만 있을 뿐 그 일이 어떻게 적용될지, 달라진다면 어떻게 달라질지에 대해서는 준비가 되어 있지 않았다.

"그럼 결국 직접 나가서 보아야겠군."

"네?"

"방 안에서 내는 계책이기에 불안한 것 아니오. 결국 논검은 논검일 뿐, 상대와 싸워봐야 검초가 제대로 맞는지 어떤지 알 수 있지. 검은 혼자서 휘두르는 것이 아니니까."

광휘는 그나마 장련의 입장을 무론에 비추어 해석해 보았다.

"장사치들을 직접 만나보는 거요. 서류에는 올라 있지 않은 새로운 정보나 시장의 동향 같은 것. 이야기를 나누어보고 근래에 사람들이 어떤 것을 선호하는지도 알아보고. 그러다 보면 새로운 방책이 떠오르거나 혹은 기존 방책의 문제도 알 수 있겠지."

모름지기 직접 겪고 깨닫는 것이 중요하다.

강호에서 이름난 고수들이라 해도, 직접 그들과 검을 나눠보면 터무니없는 약점이나 생각도 못 한 강점을 발견하는 경우가 많았다.

"바쁜 때일수록 기본으로 돌아가라. 무학에서는 그리 가르치오. 지금 소저는 바쁘오. 아주 많이 바쁘지."

사실 장련이 지금 맡고 있는 건 장씨세가 전체였다.

타 가문과의 싸움으로 무너진 건물의 보수, 흩어진 사람들의 규합, 내원과 외원에서 불안해하는 사람들의 마음을 다독이고 그간 밀린 세금 처리까지.

상계 쪽 관리와 밀린 관세(官稅)를 내느라 거기까지 생각이 미칠 겨를이 없었던 것이다.

"내 알기로 장씨세가는 그간 주변에 후하게 인심을 베풀면서 살아왔소. 혹시 아오. 이런 때에 갑자기 은덕에 보답하겠다고 큰 건수를 가져오는 사람이라도 만날……. 소, 소저!"

갑자기 광휘의 얼굴이 확 달아올랐다.

이것저것 떠오르는 대로 말해주고 있었는데, 이제 보니 장련이 얼굴 바로 앞까지 바싹 다가와 있었던 것이다.

"가요!"

"…응?"

"가요, 무사님! 무사님 말씀이 맞아요! 물품이 팔리는 곳은 시장. 일단 저잣거리로 나가봐야죠!"

화다닥!

장련은 그의 손을 붙잡고 달리다시피 뛰쳐나갔다.

광휘는 '어어' 하며 벌게진 얼굴로 그 손을 뿌리치지 못하고 끌려갔다.

第六章

하북제일가

"광휘와 장련 소저가 밖으로 나갔다고요?"

서혜가 방으로 들어오자 중년인 한 명이 자리에서 일어났다.

사유강(査流江). 장씨세가의 전란 중에서도 서혜 옆을 떠나지 않았던, 가장 신뢰하는 사내였다.

"예. 조금 전 그렇게 보고받았습니다."

서혜는 고개를 끄덕이는 것으로 인사를 대신하고는 화장대 앞에 앉았다.

달칵.

수납장을 연 그녀가 뭔가를 꺼내 들었다.

툭툭.

형형색색의 분(粉)을 화장대에 펼쳤다. 그중 하나를 꺼내 곱게 얼굴에 찍어 바르는 서혜.

타고난 요염함이 가벼운 분칠에 청순한 느낌으로 바뀌어간다.

여인의 마법. 화장을 보며 싱숭생숭한 기분이 되어 있던 사유강은 퍼뜩 정신이 들었다.

"…은 어땠나요?"

무슨 말을 들었더라?

넋을 빼놓고 있던 그는 귓가로 스쳐 간 '복장'이라는 단어를 간신히 떠올렸다.

"아, 예. 두 분 다 평범한 차림이었습니다. 그리고 광 호위는 병기를 소지하지 않았습니다."

"시장조사겠군요."

"예?"

사유강이 바짝 긴장했다.

갑자기 왜 이런 말이 나오는지, 뭔가 자신이 못 듣고 놓친 건가 싶어서.

하지만 서혜는 별일 없다는 듯 면경을 보며 화장만 고쳤다.

스윽.

연지를 곱게 펴고 분을 바른 서혜는 초필(抄筆:작고 가느다란 붓)을 들었다. 눈썹을 조금 더 진하게 보이게 하는 화장이었다.

"큰 싸움이 끝났으니 이제 수습을 해야죠. 보통은 자기 세력권에 아랫사람을 보내 둘러보게 하지만 장씨세가의 싸움은 벌써 일 년이 넘었어요. 아무리 대부호라 하더라도 한계가 있을 테죠."

슥슥.

이번엔 다른 도구를 집었다. 아래에서 위로 들어 올리는 모양새가, 속눈썹을 정리하는 기구였다.

사유강은 살짝 민망함에 고개를 돌렸다.

하오문의 특성상 별의별 일을 다 겪어서 그렇지, 본시 아낙의 화장하는 모습은 남에게 쉽게 보여줄 수 있는 것이 아니었으니까.

"수입에 적지 않은 변동이 생겼을 테고, 장씨세가는 해결할 방법을 찾아야 했을 거예요. 장련 소저가 나갔다는 그것과 관련된 일이겠지요."

'아!'

사유강은 왜 서혜가 복장을 물어본 건지 이제야 알게 되었다.

장씨세가가 기울어진 가세를 두고 고민한다는 것은 알고 있었다.

이때 두문불출하던 장련이 갑자기 바깥나들이를 했다면 일단 긍정적인 실마리로 볼 수 있었다.

'관이나 다른 곳에 부탁하러 갔다면 요란하고 화려한 궁장 차림일 터.'

복장이 단출하다는 것은 사람들 눈에 띄지 않게 움직이겠다는 의미인데, 그런 상황을 유추해 보면 서혜가 말한 시장조사일 가능성이 높았다.

비단옷을 입고 저잣거리에 나가 물품을 팔거나 거래하는 건, 오히려 장씨세가가 밑바닥까지 힘들다는 것을 알리는 일이 될 테니까.

툭. 툭. 툭.

서혜의 화장은 마무리 단계였다. 면경을 보는 그녀의 손동작은 여전히 세심했다.

분을 바른 뒤 눈썹과 속눈썹을 정리했고 이후 붉은 색지를 지그시 물어 입술에 색을 입혔다.

"사람을 따라 붙이세요."

자리에서 일어난 서혜가 볕을 쪼이며 얼굴에 바른 분이 녹아들게 했다.

그사이 사유강은 머리를 굴렸다. 이번에는 어렵지 않게 그 내용을 유추할 수 있었다.

지금처럼 일손이 부족한 상씨세가에 도움을 주면, 가벼운 것으로도 큰 빚을 지울 수 있게 된다.

그 말은 하오문에도 이익이 생긴다는 뜻이었다.

"음, 소인의 생각으로는 시장조사라면 굳이 그럴 필요가 있을까 싶습니다. 이미 보고드린 바와 같이 어제저녁 개방도들이 장씨세가 인근에 대거 유입되었습니다. 사실 치안 유지라면 그들이 저희보다 더 나을 겁니다."

부끄러운 일이지만 하오문에는 싸움 잘하는 사람이 많지 않았다. 있었다면 진즉에 다른 중소 문파로 말을 갈아탔으리라.

반면에 개방은 거지들이라 해도 구파일방의 강자다. 개방 방주도 안면이 있는 사이이니 이번에는 나름 한발 더 나아간 대답을 한 것이다.

끼이익.

서혜가 줄을 당기자 옷장의 한쪽 벽이 열렸다.

곧 수십 벌의 옷들이 사유강의 눈에 한가득 담겼다.

"본 문에 들어온 지 몇 년 되셨죠?"

서혜의 질문에 사유강은 칭찬인가 싶어 밝게 웃으며 대답했다.

"옙! 삼 년 차입니다."

"삼 년 차라. 생각보다 오래 계셨네요."

"예? 아, 예, 뭐, 그……."

예상과 다른 냉랭해진 분위기에 사유강은 선뜻 대답하지 못했다.

서혜가 옷 한 벌을 고르며 말했다.

"본인이 장사하는 주인이라고 생각해 봐요. 시장조사든 뭐든 쪽박 든 거지들을 반기겠어요?"

사유강의 얼굴이 굳어졌다.

그녀의 말이 어떤 의미인지 파악한 것이다.

'유강아, 제발 대답 좀 잘하자!'

아무리 유대 관계가 있다 해도, 장사치는 필연적으로 거지에게 불편함을 느낀다.

개방이 장씨세가 일에 발 벗고 나선다면 치안에는 도움이 될지언정 장씨세가는 다른 부분에서 불편함을 참아야 할 것이다.

"아가씨 말씀이 맞습니다. 바로 가보겠습니……."

"잠시만요. 이것 좀 봐주세요."

사유강이 물러가려 하자 서혜가 그를 불렀다.

옷 위로 한 벌의 궁장을 재빨리 걸쳐 입으며 물었다.

"이 옷 어때요?"

사유강의 눈이 커졌다.

청초한 얼굴에 대비된 화려한 궁장, 길게 늘어뜨린 머리카락 옆으로 드러난 가냘픈 목선, 살짝 물기 어린 듯한 눈매까지.

'옷이 날개라더니……'

루주가 제대로 무장을 갖춘 건 워낙 오랜만이라서 그는 쉽게 입이 떨어지지 않았다.

"실로 아름답습니다!"

"별로군요."

"예?"

사박. 탁.

서혜는 들었던 궁장을 내리고 다른 옷을 골랐다.

사유강은 '혹시 내가 뭔가 잘못했나?' 싶어 고개를 갸웃거렸다.

"이 옷은요?"

꿀꺽!

이번엔 좀 더 고혹적인 자태에 가슴께로 이어지는 품새가 낙낙했다.

루주가 저걸 입게 되면 목선이 더 드러나고 단정한 몸의 맵시가 더욱 부각될 터였다.

"그, 그것도 정말 아름답습니다!"

"별로군요."

"……"

뒤적뒤적.

화장도 화장이지만, 서혜는 옷을 고르는 데에 있어서도 신중을 기했다.

마치 십만 대군을 요소요소에 배치하는 총사령관처럼.

"이번엔 정말… 정말 예쁩니다!"

"이건 완벽하다고밖에 볼 수 없습니다."

"한 폭의 그림을 보는 것 같습니다."

사유강은 계속해서 대답해야 했다.

뭐가 마음에 안 드는지 계속 옷을 뒤적거리던 서혜는 자그마치 삼각(45분)이 넘어서야 결정을 내렸다.

"그나마 이게 가장 나아 보이네요."

"……."

"그럼 뒷일은 부탁드려요."

"……."

쾅.

서혜가 나가고 문을 닫자, 사유강은 벽에 기대어 풀썩 주저앉았다.

"…지친다."

화장을 고치는 데 이각(30분)은 들었고, 다음에 옷을 고르는 데 삼각이나 걸렸다.

가만히 앉아 있기만 했는데도 심력 소모가 가히 악전고투 수준이었다.

"처음부터 그걸로 하실 것이지."

사유강은 허탈한 얼굴로 고개를 절레절레 저었다.

억울한 거라면, 서혜가 마지막에 고른 옷이 사실 맨 처음 집어 들었던 그 조촐한 궁장이었다는 것이다.

어질어질한 머리를 붙잡으며 그는 창문을 열었다.

달칵!

그곳엔 한 청년이 기다리고 있다가 대뜸 사유강에게 물어봤다.

"오오! 사유강 어른! 어찌 되셨습니까? 루주님의 안색이 밝아 보이는 것이… 대체 무슨 묘수를 쓰신 겁니까!"

"후우⋯⋯."

사유강은 한숨을 쉬었다. 잔뜩 기대하고 무언가 답을 바라는 청년. 무어라 대답을 해야 할 것인가.

근 한 시진을 오도카니 앉아 '아름답습니다!'만 외쳤다고?

사유강은 초점 풀린 눈으로 하늘을 올려다보았다.

"하나 물으마."

사유강은 물으면서도 피곤했다. 아주 많이.

"마누라가 반찬을 해줬다고 생각해 봐라. 맛있는 고기가 좋으냐? 시원한 육수가 좋으냐?"

"저 아직 미혼입니다만?"

"결혼했다 치고 생각해 보라고."

"당연히 고기지요."

청년은 즉각 대답했다.

그 모습에 사유강은 피식 웃으며 고개를 저었다.

이 청년 역시 예전의 그처럼 서혜 밑에 있다가 여러 차례 특진으로 좋은 자리를 받은 사내 중의 하나였다.

"너도 글렀군."

"예? 그게 무슨……."

뭐, 어차피 언젠가는 알게 될 터.

사유강은 차마 말을 못 하고 장련 소저 쪽으로 사람을 붙이라는 말만 간략하게 했다.

"답은 없어."

사족 하나를 덧붙이면서.

＊　　　＊　　　＊

싸리 줄을 엮은 뽕나무 밑에 헌헌리(軒櫶里)라 내걸린 표찰.

뽕나무를 중심으로 여섯 개의 길이 사방으로 펼쳐져 있는 가운데, 가장 넓은 길이 도성으로 가는 중요 거점으로 통한다.

이곳이 바로 저잣거리의 중심이다. 사람들이 주로 모이는 곳이기에 상회가 가장 많고 그중 장씨세가의 상회가 밀집된 곳이기도 했다.

"이렇게. 이럴 때는 이렇게 파시면 돼요."

장씨세가가 관리하는 장월각(張月閣).

여섯 명씩 둘러싸인 원탁을 앞에 두고 장련은 사람들에게 설명하고 있었다.

정오 조금 넘어서 광휘와 출발한 그녀는 인근 상인들을 이곳 장월각으로 불렀고, 자신의 생각을 밝히는 중이었다.

"으음, 가격을 너무 낮춘 것 같은데 괜찮을까 싶습니다."

그녀의 새로운 제안에 허연 턱수염의 노인이 먼저 운을 뗐다.

장월각을 관리하는 총책임자 장대성(張大成)이었다.

그는 벌써 삼십 년 넘게 이 자리를 지킨 유능한 인물이었다.

"상품들을 묶어서 판다라……. 소저께서 말씀하신 방식은 너무 파격적이라서 말입니다. 아, 나쁘다는 뜻은 아닙니다. 혹여 실패했을 때 위험이 너무나 크다는 거지요."

"저는 해볼 만하다고 생각합니다."

노인의 대답이 끝나자마자 활기 넘치는 청년 하나가 손을 들었다.

그는 들어온 물품들의 품질을 매기고 근처 객잔이나 소상회와 거래를 책임자는 자였다.

"본단에서 이렇게 한 적은 없지만, 하남이나 개봉 쪽에서는 이런 수를 쓰는 상인이 있다고 들은 적이 있습니다. 무엇보다 한 번에 다양한 물품이 나가서 전체적인 규모가 커진다는 것이 장점입니다."

"하나 순 손익을 생각해 보면 오히려 손실이 있을 수도 있지. 인건비에 원가… 어떤 것은 약간의 손해가 날 수 있네."

"그래도 상품 가치는 확실하지 않습니까? 신뢰는 돈을 주고도 살 수 없는 것이라고 배웠습니다만."

청년이 다시 반박했다.

상단에서 가장 중요한 것은 신뢰다.

정해진 때 정해진 물품이 정확히 들어오는 것.

그간 오랜 싸움으로 불투명해진 장씨세가의 이름이 다시 자리 잡을 수 있다면 약간의 손해쯤 충분히 감수할 만한 것이었다.

"쯧쯧. 자네가 말하는 상품 가치도 일단은 인건비와 원가격에 비례해서 측정되는 것일세."

노인, 장대성은 여전히 회의적이었다.

규모가 클 뿐 순이익이 받쳐주지 못하면 신뢰는 결국 의미가 없다.

애초에 상단의 신뢰라는 것은 꾸준한 이익, 오랜 시간 교역을 하며 얻어진 역사. 그것이지 않은가.

'흐음……'

조금 떨어져서 듣고 있던 광휘는 고민했다.

양쪽의 말이 다 그럴싸했다. 장련의 계획은 자신이 듣기에도 위험성이 내재되어 있었다.

신중함과 모험.

이는 무학에서도 똑같이 적용된다. 자신을 지키는 것도 중요하지만, 상대의 허를 발견하면 주저 없이 찔러 나가는 것도 필요하다.

안정만을 추구하는 상인은 결국 이문을 내지 못하고 언젠가 제 텃밭마저 빼앗기는 법.

문제는 그렇게 찔러 나가고 나면 돌이킬 수 없게 된다는 것이다.

지금 장련은 시장조사를 한다는 말을 직접 언급하진 않았지만 이들 역시 모르지 않을 터였다.

때문에 일단은 설득하는 것이 급선무였다.

"여러분에게 한 가지 물어보겠어요."

장련이 싱긋 웃으며 사람들을 둘러보았다.

"앞으로도 전란을 계속 겪고 싶으세요?"

다들 꿀 먹은 벙어리가 되었다.

"아가씨… 말씀이 너무 과하십니다."

두건을 쓴 중년인이 말하자, 장련은 눈 하나 깜빡하지 않고 고개를 돌렸다.

"정말 과할까요? 저는 그렇게 보지 않아요. 만약 장씨세가가 중원에서 손꼽히는 상계 집안이었다면, 아니, 이백 년 전의 금력을 가졌다면 이렇게 무기력하게 당하지 않았을 거예요."

이백 년 전, 그때의 장씨세가에는 압도적인 금력이 있었다.

가문에 불미스러운 일이 생기면, 지금처럼 표국이나 고수를 영입하는 게 아니라 아예 일개 현의 관군을 통째로 움직였다.

왕실, 관부, 지역의 유지를 모두 아우를 수 있었던 장씨세가의 금력.

만약 오늘날에 그 힘이 있었다면 석가장은 물론 팽가도 함부로 덤비지 못했으리라.

"작은 도둑은 도둑이지만, 큰 도둑은 영웅이라 불린다죠. 본가가 하북에서는 그런대로 부유한 편이지만, 어디까지나 하북 안에서나 그럴 뿐 중원을 아우르는 큰 상단에는 아직 미치지 못합니다."

"……."

장련의 말에 사람들이 고개를 끄덕였다.

중원을 통틀어 보면 장씨세가 정도의 상계 가문은 수십이 넘는다.

만약 그녀 말대로 장씨세가가 초월적인 부를 쌓고 있었다면, 석가장 사태 때 당장 조정에서 군사를 보냈을 터였다.

무림세가 간의 분쟁이든 뭐든 상계가 백성들에게 끼치는 영향력은 막대하다.

괜히 한 지역이 무너지는 꼴을 보고 싶지 않다면 현재 그 땅에 자리 잡은 큰 가문이 유지되는 것이 서로 좋은 것이다.

"이제는 우리가 공격할 때입니다."

장련의 말에 사람들이 침을 꿀꺽 삼켰다.

"그저 먹고사는 것에 만족할 거라면 이대로 있어도 되겠죠. 또 다른 위기가 왔을 때 무너지면 되니까요. 하지만 저는 이제 더 이상 그러고 싶지 않아요."

빠직!

장련의 고운 손에 집힌 두루마리가 요란하게 비명을 질렀다.

사람들의 눈동자가 흔들리는 것을 보며 그녀는 장씨세가의 보다 근본적인 목표를 말했다.

"상품의 판매는 계획의 일부일 뿐 본가는 앞으로 이 저잣거리를 시작으로 인근의 치안도 잡을 겁니다. 오늘 이 시간부터 본가는 더 큰 목표를 정해 차근차근 나아갈 겁니다."

"더 큰 목표라면… 무엇입니까?"

총책임자 장대성도 눈빛이 깊어졌다.

장련이 뜻하는 바가 혹시 자신이 생각하는 것이 아닐까 싶어 우려와 기대감으로 들뜬 기색이었다.

"그 목표는 바로."

탁.

장련의 눈이 벽에 기대선 광휘에게 향했다.

힘을 받기라도 하듯 그녀는 후욱 숨을 들이켠 다음 말과 함께 내뱉었다.

"하북제일가입니다."

피식.

기대선 광휘가 웃으며 고개를 끄덕이는 모습이 장련의 눈에 선명하게 들어왔다.

*　　　*　　　*

"그냥 강북제일가(江北第一家)라 하지 그랬소?"

장월각의 입구에 서 있던 광휘는 뒤늦게 걸어 나오는 장련에게 말했다.

"농이시죠?"

장련이 웃으며 대답했다. 하지만 광휘가 시선을 거두지 않자 얼굴을 굳혔다.

"강북은 중원을 둘로 나누는 장강 이북 전체예요."

섬서성, 산동성 등 도합 여섯 개 성이 자리한 곳이다.

중원의 한 개 성이 동방에서는 작은 나라 하나보다 더 크다는 걸 생각해 보면 이게 얼마나 거대한 지역인지 알 수 있다.

지역 자체도 대단히 넓은 데다 얼마나 많은 상계와 무가 세력이 존재하는지조차 알 수 없는 거대한 땅.

한데 광휘는 거기서 제일가란 이름을 외쳐보라고 권하는 것이다.

"원래 꿈은 크게 가져야 하는 법이오."

"…말이 쉽죠."

그것이 얼마나 광오한 말인지 설명하려는 장련을 향해 광휘는 대수롭지 않게 말했다.

"오대세가나 구대문파도 함부로 할 수 없는 가문이 되겠다고 하지 않았소?"

"아무리 그래도 너무 나가셨어요. 강북에 어떤 문파와 세가가 있는지 무사님도 잘 아시잖아요."

굳이 떠올려 보지 않아도 섬서(陝西)의 화산이란 이름이 눈앞을 가린다.

산동의 모용은 어떤가.

비록 봉문을 했다지만 며칠 전까지 거대한 위상을 자랑했던 하북팽가는?

하나같이 장씨세가가 감당할 수 있는 이름들이 아니었다.

"더군다나 본가는 상계예요. 감히 무가들을 상대로 건방지게 굴 수는 없잖아요."

"흐음……."

잠시 생각하던 광휘가 장련을 향해 입을 열었다.

"여불위(呂不韋) 같은 경우도 있지 않소. 그런 상계 가문이면 소저의 말대로 아무도 건드리지 못할 텐데."

"여불위……."

장련은 맥이 탁 풀린 얼굴이 되었다.

여불위. 역사를 바꾼 거상(巨商)이며 공공연히 진시황제의 아버지라 언급되는 자.

사기에도 기록된바 그는 한낱 상인이었지만 역사를 바꿀 만한 인물이었다. 돈으로 왕을 만들고 그 왕의 아들을 황제에 올리며 나는 새도 떨어뜨리는 권력을 휘두르지 않았던가.

장련은 고개를 저었다.

"아니, 물론 그런 경우도 있지만 본가는……."

"장씨세가도 예전에는 제법 성세가 있었다고 하던데?"

"그건 또……."

장련은 울상이 되었다.

하긴 아버지인 장원태도 그런 이야기는 종종 했었다. 한때는 장씨세가도 감히 여불위의 이름에 도전해 볼 만한 성세를 누렸다고.

언제부터인가 그냥 상계 가문이 되었지만, 장씨세가의 선조는 먼 옛날 춘추전국시대의 유명한 장군가가 시작이었다고 했다.

그 선조의 후대, 그 후대까지는 하북에서 장씨세가의 이름만 들어도 지방 행정관들이 머리를 조아릴 정도였다.

도지휘사는 물론 사법과 감찰을 주관하는 안찰사(按察司)를 수족 부리듯 움직였다고 했다.

'심지어…….'

조정 최고 감찰기구인 도찰원과 병부와 형정, 환관에게도 영향을 미치고 심지어 제후와 황태자, 태후에게도 연줄이 있었다는 믿기 힘든 말까지 있었다.

이쯤 되면 광휘의 말처럼 강북제일가는 몰라도 다섯 손가락 안에 꼽힐 정도는 되지 않았을까.

"반드시 힘으로 제일가가 될 필요는 없소. 돈도 인맥도 충분히 강력한 힘이오."

"그건 무사님 말씀이 맞아요."

장련은 고개를 끄덕였다.

아무래도 그간 수많은 전란과 압도적인 무력에 휘둘리다 보니, 힘이라는 것에 너무 주눅이 들어 있었던 모양이다.

"결국은 사람. 사람이 문제요. 구파일방의 저력은 무력이 아니라 사제 간의 돈독한 정이 연결 고리요. 여불위가 제국의 일인지하 만인지상이 된 것도 사람을 얻었기 때문이오. 그러니……."

장련은 생각을 곱씹는지 시선을 떨어뜨린 광휘를 빤히 바라보았다.

"장씨세가도 사람을 얻는다면, 충분히 가능하리라 보오. 무엇보다 소저는 사람을 끄는 힘이 있소."

'이 사람은 대체…….'

어떤 삶을 살아왔기에 강북제일가란 말을 서슴없이 할 수 있는 걸까?

평소라면 무모하다고 여길 만한 생각이 광휘의 입에서 나오니 새삼 비범하게 느껴졌다.

"참, 당신이란 남자……."

"…뭐라 했소?"

"아니에요."

광휘가 되묻자 장련의 얼굴이 발갛게 되었다. 그녀는 장원각을 나올 때 가지고 온 보자기를 떠넘기듯 광휘에게 넘겼다.

"이게 뭐요?"

"일감요!"

장련은 웃으며 종종걸음 쳤다.

왠지 뒤에서 광휘가 빤히 바라보는 시선이 느껴졌지만, 그녀는 뒤를 돌아보지 않고 앞서 걸어갔다.

'그래, 방법이 꼭 무력일 필요는 없어.'

저 하북의 팽가도 위기에 몰렸을 때는 폭굉이란 금단의 도구를 썼다.

한 가문이 무공만으로 세력을 넓히는 것이 이토록 힘든 일이다.

그런 의미에서 본다면, 오히려 무가보단 상계 가문인 장씨세가가 더 유리하지 않은가.

'힘은 드러나기 쉽지만 돈은 많을수록 더 감춰지는 법이니까.'

꾸욱.

왠지 서서히 차오르는 자신감에 장련은 두 주먹을 움켜쥐었다.

'강북제일가!'

차마 입에 담지는 못했지만, 장련의 꿈은 하북제일가에서 강북제일가로 더 커져 나갔다.

광휘와 같이 처음 걸었던 그날, 그 저잣거리에서.

＊   ＊   ＊

웅성웅성.

오후가 되자 저잣거리에 사람들이 몇 배는 불어났다.

한적하던 골목에서도 허름한 가게 앞에서도 사람들이 부쩍 늘었다.

"어이, 어이! 빨리빨리 좀 내와!"

특히나 이름난 객잔 주변에는 식사를 하러 오는 행인들로 문전성시를 이루었다.

광휘는 용호객잔(龍虎客殘) 앞에 서서 현판을 올려다보고 있었다.

장련이 잠시 들르겠다고 이곳에 들어간 뒤로 이각이 흘렀음에도 모습이 보이지 않았다.

'얘기가 잘되고 있는 건가?'

그녀가 우선적으로 인근의 객잔과 반점을 선택한 것은 거래 물품 때문이었다.

거리에서 사람이 많이 모이는 곳은 객잔이다.

계절별 과일뿐 아니라 해산물, 음식 등 상품을 팔기 위해선 필연적으로 거쳐야 할 곳이기 때문이다.

'싸움이 일어나면 물건도 수리해야 하니까.'

먹거리도 그렇지만 탁자나 의자, 침상, 가구 등 지속적으로 수요가 있었다.

사실 협잡꾼들이나 왈패들이 드잡이질을 제일 많이 하는 곳이 객잔이다.

그때마다 점포나 건물 안에서 막대한 양의 물건들이 부서지는데, 미리 줄을 대어두면 그런 곳에 필요한 물품을 대는 것으로 자금을 선점할 수 있다.

'이거 참⋯⋯.'

광휘는 자신의 두 손을 슬쩍 내려다보았다.

양손엔 보자기가 하나씩 들려 있었는데 장련이 잠시 맡기고 간 복숭아와 면포였다.

"크흠."

때마침 앞에서 들려오는 기침 소리에 광휘의 시선이 퍼뜩 움직였다.

조금 떨어진 곳에서 웬 중년인이 자신을 바라보며 피식피식 웃고 있었다.

정확히 말하자면 시선 아래.

자신이 들고 있는 보자기를 보며 웃은 것이다.

"⋯⋯."

휘릭!

광휘는 재빨리 물건을 등 뒤로 감췄다. 그런데 그게 더 이목을 끈 듯했다.

"허허허. 내자(內子)가 아주 무서운 모양이지?"

중년인의 말에 거리를 지나가던 사람들의 시선까지 일제히

쏠린 것이다.

"허허. 젊은 사람이 어쩌다가……."

"어이구, 자네도 참 힘들게 사는구먼."

몇 마디 말이 더 들려오자 보자기를 들고 있는 광휘의 얼굴이 벌게졌다.

저잣거리엔 왕왕 친근하게 말을 거는 자들이 있는데 지금이 바로 그때였다.

곤혹스러워하는 광휘는 사람들이 관심이 없어질 때까지 그저 자리에 서 있을 수밖에 없었다.

"오래 기다리셨죠?"

때마침 누군가 광휘의 소매를 붙들었다.

장련이었다.

"무사님?"

몇 번이나 부르고서야 광휘가 장련을 바라봤다.

그때쯤 장련은 광휘의 얼굴이 벌겋게 달아올라 있음을 확인했다.

"무슨 안 좋은 일 있었어요?"

"……."

광휘는 대답하지 않았다.

표정으로 보아선 뭔가 할 말이 많은 듯했으나 그저 조용히 다른 곳으로 시선을 돌렸다.

"아, 이것 때문에 무거우신 건가요? 그냥……."

"아니오."

평소와 다른 반응 때문일까.

"무사님?"

장련이 파뜩 놀라서 눈을 크게 떴고, 광휘는 뭐라 말을 하려다 끝까지 입을 다물고 침묵했다.

✳　　　✳　　　✳

멀리 노을이 지는 시각.

광휘와 장련은 노을빛으로 붉게 물든 저잣거리를 걷고 있었다.

"맛있소?"

광휘가 옆에서 쩝쩝대며 말린 모과를 먹고 있는 장련을 향해 넌지시 물었다.

"그럼요. 여기 와서는 이걸 먹어줘야 해요."

"……."

광휘는 슬쩍 웃음이 나왔다.

돈 많은 사람이라 고급진 음식을 먹을 줄 알았지만 영락없는 아이가 아닌가.

"하나 드셔보실래요?"

"싫소."

광휘가 단칼에 거절하자 장련은 입술을 삐죽 내밀었다. 그러고는 다시금 모과를 먹기 시작했다.

'…….'

광휘는 조용히 고개를 저었다.

장련의 호기심 때문에 두 시진 동안 들른 곳이라곤 객잔 두 서너 곳이 전부였다.

도중에 다루(찻집)도 들렀고 지금처럼 간식을 먹으며 돌아다 녔다.

'부유한 상계 가문의 처자인데……'

한편으로 재미있었다.

자신도 돈이 많았을 때가 있었다. 그렇다 해도 비싼 음식만 가려 먹지는 않았다.

그 점에선 장련 역시 자신과 비슷해 보였다. 그저 맛있는 것 을 먹고 마음에 드는 일을 할 뿐 일부러 사치를 부리는 사람들 과는 달랐다.

다다닥.

그때 멀리서 한 무리의 사내들이 빠르게 다가왔다.

광휘는 반사적으로 장련 앞을 막아섰다. 그러나 장련은 오히 려 그의 어깨 너머로 빼꼼 얼굴을 내밀었다.

"하오문……?"

"예. 오랜만입니다, 아가씨. 강녕하셨습니까."

"잘 지낸 거라면 예, 그래요. 여긴 어떻게 오셨나요?"

장련의 얼굴에 반가움이 서렸다.

이들은 하오문도 중에서도 장씨세가의 가주전이 무너질 때 보았던 사내들로, 함께 팽가를 대적했던 이들이었다.

"저희 아가씨께서 보내셨습니다. 좀 도와드리라고."

사내들 중 가장 연륜이 느껴지는 자가 앞서서 설명했다. 이야기를 다 들은 장련은 반색했다.

"서 소저가요? 정말로요?"

마침 그녀가 저잣거리에서 돌아볼 곳은 한두 군데가 아니었다.

객잔과 상회, 포목점과 목공소 그리고 그들과 거래하는 곳까지 합하면 족히 수십 곳은 된다.

이것저것 조사할 것도 많은데, 그런 자잘한 곳에 장씨세가의 부족한 여력을 나누기도 힘들었다.

한데 마침 하오문에서 도와준다고 나선 것이다.

"그럼 부탁 좀 할게요. 지격루, 삼포당 그리고 삼일양 조장……."

장련은 간단히 예를 차리며 우선 그녀가 둘러보려 했던 곳을 말했다.

"이미 다 돌아보고 왔습니다."

하지만 사내들은 웃었다. 그들은 이미 장월각을 돌아보고 어떤 식으로 할 건지 얘기를 들은 모양이다.

"그래요? 그럼 그 말을 전하러 왔나요?"

"그것도 있지만, 사실 저희가 온 것은 다른 이유 때문입니다."

"다른 이유요?"

사내는 광휘 쪽으로 고개를 돌렸다. 장련은 '아!' 하고는 광휘를 가리키며 소개하려 했다.

"이분은……."

"압니다. 장씨세가 호위무사님이 아닙니까? 위명이 자자하신 분이라 저희 같은 아랫것들에겐 흠모의 대상이지요."

사내는 말하며 슬쩍 광휘를 훔쳐보았다.

무사란 말을 들어서일까 아니면 갑작스러운 칭송 때문일까. 광휘의 표정이 조금 풀렸다.

"그럼 편하게 얘기하겠습니다. 장씨세가의 물품을 조달하고 거래하는 데 문제가 있을 것 같습니다."

사내가 표정을 바꾸고는 말을 이었다.

"아시겠지만 장씨세가가 전쟁을 치르는 동안 저잣거리를 주름잡는 자들도 몇 번은 바뀌었습니다. 다행히 그들도 하오문 출신이라 어디가 은신처인지는 저희도 알고 있습니다."

"같은 하오문 사람? 그런데 왜……"

장련이 의아해하자 사내가 조금 난처한 얼굴로 말을 더했다.

"그게 말입니다… 부끄럽습니다만 본 문은 문파들의 의가 그리 돈독한 곳이 아닙니다. 당장 서로의 이익이 상충하면 수시로 갈라서고 싸우기도 하지요."

"아……"

"문파가 같은 문도들도 통제 못 하니 고작 뒷골목 무뢰배라는 소리를 듣습니다만……"

사내는 말끝을 흐리며 한숨을 쉬었다.

무예에 심취할 수 있는 명문 문파와 달리 하오문은 기본이 점소이, 마부, 기녀 등 하루하루 벌어먹기 바쁜 사람들이 주 구성원이다.

하다못해 천대받는 거지들로 이루어진 개방도, 방도들의 일탈 행위는 엄히 처벌하고 세밀한 통제를 하고 있었다.

하오문은 그런 점에서 여타의 문파들에 욕을 먹어도 할 말이 없는 것이다.

"기실 저희 입장에서는 아가씨를 돕는 것만이 아니라 저희들을 도와달라는 말이기도 합니다."

"무슨 말씀인지 알겠어요. 그럼 어디로 가면 되나요?"

장련이 고개를 끄덕이자 남자의 얼굴이 환히 밝아졌다.

"저를 따라오시면 됩니다. 그런데 호위무사님."

"말씀하시오."

"그 손에 들고 계시는 건 뭡니까? 번거로워 보이시는데 저희에게 주시면……."

광휘의 얼굴이 잠시 굳다가 '주시면'이란 말에서 활짝 펴졌다.

기다렸다는 듯 막 손을 드는데 다른 이가 남자의 어깨를 툭 두드렸다.

"예끼, 이 사람. 무사님께 어찌 그리 경솔한가! 척 봐도 대단히 중요한 물품일 게 뻔하지 않은가."

"아, 그렇구먼. 장씨세가의 대업에 관계된 물건이겠지?"

하오문도 둘은 호위무사가 들고 있는 보따리를 알아서 해석했다.

"그럼 따라오시지요."

그러고는 곧장 앞서 걸어가는 사내들.

광휘의 표정이 다시금 시무룩해졌다.

第七章

흔적

"욱!"

좁은 골목길로 들어서자 장련이 코를 막았다.

길가에 뿌려진 더러운 음식물과 벽에 덕지덕지 붙은 오물들이 깨끗한 곳이 없을 정도로 서로 뒤엉켜 지독한 냄새를 풍기고 있었다.

"여기도 사람들이 사나요?"

장련이 하오문 사내들을 향해 물었다.

"예. 원래는 나라에서 지어준 곳입니다. 그런데 갈 곳 없는 부랑자들이 모여 사는 곳이 됐습죠."

하오문의 홍만(紅滿)이 걱정스러운 얼굴로 간단히 설명해 주었다.

당장에라도 쓰러질 것 같은 판잣집. 그 위로 뭐라 쓰였는지 모를 편액들이 위태하게 걸려 있었다.

끄에에엑!

설상가상으로 돼지 잡는 소리가 울리자 장련은 몸을 흠칫 떨 어 댔다.

"근처에 도살장이 있습니다. 웬만한 사내들도 기피하는 길입 니다."

"아, 예……."

아닌 게 아니라 이곳 외진 골목은 그야말로 기괴한 느낌을 풍기고 있었다.

이제껏 장씨세가 안에서 곱게 자라 험한 일을 당해보지 못한 그녀에게 이런 길이 부담스러울 것임은 당연지사.

'허. 이 사람은……'

반면 장련에게서 눈을 뗀 홍만이 그녀의 호위무사를 보곤 가 만히 고개를 끄덕였다.

하오문도들도 꺼리는 음침한 뒷골목에서 사내는 너무도 자연 스럽게 움직였다.

옷깃을 조용히 목까지 끌어 올려 숨을 막고 고개를 살짝 숙 였는데 좌우를 살피는 눈이 태연했다. 마치 이곳에서 태어나고 자란 사람처럼 느껴질 정도였다.

"잠깐."

흠칫!

광휘가 낮게 꺼낸 소리에, 장련과 하오문 일행들이 모두 걸음을 멈췄다.

누구랄 것 없이 그에게로 이목이 쏠렸다.

"누군가 지나간 것 같소."

"무슨 일입니까?"

어찌 보면 골목길에 사람이 지나가는 것은 당연한 일이다.

그런데 광휘가 말을 던진 것과 동시에 홍만이 주변을 살피기 시작했다.

곧 뭔가를 알아챈 그가 가장 나이 어린 하오문도 한 명에게 손짓했다.

"두칠이."

"네!"

"흑사패 은거지 살펴봐."

그 말에 지목당한 하오문도가 골목을 꺾어 급히 달려갔다.

"헉! 이쪽입니다!"

뒤늦게 들려오는 외침에 하오문도와 장씨세가의 사람들이 급히 그곳으로 뛰어갔다.

"이런……."

"우억……."

막다른 골목에 들어선 하오문 사내들이 저마다 신음을 흘렸다.

사방에 널브러진 시체들과 핏자국.

하나같이 짓이겨지고 찢겨 나간 것이, 눈뜨고 못 볼 지독한 참상이었다.

"여기 이쪽입니다!"

장련과 광휘를 부른 홍만이 아차 하고 뒤늦게 후회했다. 젊은 소저에게 보이기에는 너무 끔찍한 광경인 것이다.

"보지 마시오. 굉장히 흉하오."

한데 다행히, 이미 광휘가 소매로 그녀의 눈을 슬며시 가리고 있었다.

그러고는 장련의 몸을 등 뒤로 세운 뒤 하오문 쪽으로 눈짓했다.

"알겠습니다."

청년은 광휘의 의도를 깨닫고는 장련을 데리고 조금 떨어진 곳으로 이동했다.

스윽.

그녀가 시야에서 멀어지자, 광휘는 주위를 한번 힐끗 둘러보며 물었다.

"이들이 혹사패인가?"

"그렇습니다."

홍만이 대답했다.

"은원 관계는?"

"소인들도 잘 모르겠습니다. 아시겠지만 소인들이 하는 일이 워낙 거칩니다. 하지만 이 정도로 손속이 잔인한 자들은 저도 본 적이……."

"한칼에 죽었군."

"예?"

홍만이 눈을 번뜩였다.

어느샌가 광휘는 바닥에 축 늘어진 시체를 바라보고 있었다.

"쾌검……."

칼로 신체를 해하면 피가 굳으면서 일종의 자국이 남는다.

일종의 시반(屍斑)으로, 그 흔적은 많은 것들을 알려주는데 광휘는 시체가 남긴 그것을 살펴보고 있었다.

"쾌검이라 하셨습니까?"

광휘의 말에 시체를 살펴보던 홍만이 고개를 갸웃거리며 물었다.

자신의 생각과는 전혀 달랐기 때문이다.

"무사님, 소인이 알기로 쾌검이란 빠르게 베거나 찌르는 것으로 알고 있습니다. 그런데 시체들을 보면 칼이 지나간 시반의 모양이 매우 불규칙합니다. 한데 어찌……."

"뜯겨 나간 거요."

"……!"

"……!"

홍만의 얼굴이 사색으로 변했다. 근처 하오문도들도 자신의 귀를 의심했다.

뜯겨 나갔다니.

대체 검으로 어떻게 베었기에, 아니, 그보다 애초에 그런 살수를 쓰는 강호인이 있었던가.

스윽.

광휘는 주위를 한 번 더 둘러보았다. 이윽고 바닥으로 시선을 내리고는 어디론가 걸어 나갔다.

그는 길목 중앙, 약간은 오른쪽으로 치우진 자리에서 조용히 멈췄다.

'이쯤이겠군.'

바닥에는 조금 선명한 세 개의 발자국이 남겨져 있었다.

특이하게도 오른발 모양이었고 옆, 앞, 뒤로 파여 있었다.

광휘는 조용히 생각에 잠겼다.

'열여섯 명……'

쓰러진 시체들은 모두 열여섯 구였다.

외벽에 기댄 채 축 늘어져 있는 시체 여덟, 벽 위에 늘어져 있는 둘, 주변에 둘, 뒤쪽에 셋, 그리고 앞쪽 모퉁이에 등을 보이며 엎어져 있는 시체 한 구였다.

스륵.

광휘는 조용히 눈을 감았다.

온몸의 감각들을 깨워내 당시의 상황을 그려보기 위함이었다.

누구냐?

광휘의 시선이 정면으로 향했다.

오른팔에 아수라의 문신을 새긴, 등을 보이며 엎어져 있는 중년인.

그가 팔짱을 낀 채 먼저 물었다.

스윽, 스윽.

그곳으로 사내들이 한두 명씩 모여들었다.

외침이 다시 이어졌다.

쳐!

칼자루를 잡았다.

'오른쪽이다!'

광휘의 고개가 반사적으로 휙 꺾였다.

파직!

꾕음과 함께 박살 난 판자문이 눈에 들어왔다.

문을 걷어차며 부지불식간에 셋이 달려들었다는 얘기다.

그와 동시에 광휘는 거기서 가장 가까운, 움푹 팬 발자국으로 발을 옮기며 눈을 번뜩였다.

'검풍(劍風)을 썼다!'

퍼어억! 퍼억! 픽!

광휘의 발이 위쪽, 파인 곳과 일치하는 순간, 달려든 세 명의 사내들이 벽 쪽으로 튕겨 날아갔다.

광휘의 주위가 요동쳤다. 뒤, 좌우로 여덟 명이 득달같이 달려든 것이다.

팟, 팟.

광휘의 발이 중간, 아래에 파인 두 곳을 연거푸 밟았다.

'여기는!'

촤아아아아악!

순간, 주위를 덮은 여덟 개의 환영이 창졸간에 모두 잘려 나가자 광휘의 표정이 굳었다.

빠르다.

그것도 상당한 경지에 오른 자의 쾌검.

스윽.

광휘가 고개를 들어 올렸다.

양쪽 외벽 위에서 몸을 숙이고 다가오는 두 명의 환영이 눈앞에 그려지고 있었다.

팟, 팟.

곧 그들이 벽을 박차고 뛰어올랐고 삽시간에 사내 둘의 몸이 뒤집혔다.

'검기!'

광휘가 눈을 부릅떴다.

그것밖에 없었다.

지금 외벽 위에 두 손을 축 늘어뜨린 모습은 공중에서 도약하다 뒤집어진 그들의 자세와 한 치의 오차 없이 정확히 맞아떨어졌다.

"저어, 뭔가……."

"쉿."

광휘의 이해할 수 없는 몸짓을 본 하오문도들이 조용히 말을 걸려 하자 홍만이 손을 내저어 멈추게 했다.

광휘는 한참 동안 그대로 정황을 짚어보다가 '음' 하고 고개를 내저으며 말했다.

"별거 아니오. 신경 쓰지……?"

정면을 보던 광휘의 눈이 일순 커졌다.

더 없나?

또다시 스쳐 가는 환영.

아직 끝난 게 아니었다.

'설마?'

광휘는 급히 정면의 모퉁이로 달려 나갔다.

등을 내보이고 쓰러진 사내 앞에 다가가서는 그의 옷을 급히 찢었다.

'대체 뭐 하시는 거지?'

홍만이 고개를 갸웃거리는 사이, 광휘의 표정이 점차 굳었다.

등에 꽂힌, 칼날이 찔러 들어간 자리에 둥근 모양이 나 있었다.

검을 받치는 검반(劍瘢)의 위치다.

'이것이 있다는 것은……'

광휘가 조금 전 자신이 서 있던 곳으로 고개를 돌리는 순간.

패애애애액.

환영이 생성되며 그곳에서 기다렸다는 듯 칼날이 날아왔다.

그 칼날은 지금 쓰러진 자의 상처 부위에 정확히 들어갔고 검 받침대 끝부분에서 멈췄다.

'검을 던졌다. 암기처럼.'

"그자가 바로 이곳, 흑사패의 두목인 사도강입니다."

광휘가 일어나자 홍만이 혹시나 싶어 한마디를 건넸다.

광휘는 고개를 끄덕였다.

"그렇겠지."

"이제 어떻게 하면 좋겠습니까? 누가 이런 짓을 했는지 저희가 알아볼까요?"

"아니, 그러지 말게."

광휘는 자신을 바라보는 하오문 사내들을 향해 말을 이었다.

"아무것도, 어떤 것도 하지 말고 그냥 있게. 괜히 눈치챌 수 있으니까."

"예?"

홍만이 당황했지만 광휘는 대답하지 않았다.

대신 부서진 판자문 그리고 외벽 위쪽을 한 번 더 둘러보았다.

'이놈… 무인이 아니다.'

제대로 된 무사라면 검을 던질 리가 없다.

병기를 자기 몸처럼 아끼는 것은 무사에게 기본이니까.

광휘는 다시금 그가 있던 자리로 고개를 돌렸다.

그곳엔 육 척에 가까운, 얼굴이 보이지 않는 사내가 광휘를 향해 이를 드러내고 있었다.

'이것들은 일부러 남긴 흔적이다. 마치……'

"어떠냐, 광휘. 이게 무슨 뜻인지 알겠나?"

자신을 향해 말을 던지는 것처럼, 그가 떠난 자리에서 묻고 있었다.

"누구냐!"

스윽.

그때였다.

하오문도 한 명이 외벽 위에 있던 사내들을 발견하고 소리 쳤다.

몇 명의 하오문도들은 주춤거렸고 홍만이 굳은 얼굴로 말 했다.

"무사님, 저 위에……."

"잠시 자리 좀 비켜주시게."

눈매가 가늘어진 광휘가 부탁을 해왔다.

"…알겠습니다."

홍만은 뭔가 눈치채고는 곧 일행들과 사라졌다.

투욱. 투욱. 투욱.

공중을 박찬 세 남자가 땅에 내려서 광휘에게로 천천히 다가 왔다.

광휘는 별다른 반응 없이 조용히 시선을 내릴 뿐이었다.

그들이 지척까지 다가온 후에야 말을 걸었다.

"언제 왔느냐?"

그들은 천중단 대원들이었다.

셋 중 가장 덩치가 큰 웅산군이 말했다.

"며칠 되었습니다."

"하긴, 어찌 보면 당연한 일이지."

광휘는 잠시 숨을 크게 들이쉬었다.

괴이한 검술의 쾌검, 병기를 집어 던지는 돌발적인 행동.

그 모든 것은 예전에 은자림의 조직들이 보이던 행동들이다.

오소리를 쫓아 사냥개가 움직이듯, 은자림의 흔적이 있는 곳에 천중단이 나타나는 것은 당연지사.

"구문중은?"

광휘가 이번엔 염악을 보며 물었다.

"명하신 대로 도지휘사를 지키고 있습니다."

"…그랬지."

광휘는 고개를 끄덕이며 이번엔 방호에게 고개를 돌렸다.

"어디까지 조사했나?"

"아직 추정 중에 있습니다. 연락책들이 철저하게 밀마를 통해 움직이고 있다는 걸 제외하곤 드러난 정보는 없습니다."

"좋아."

광휘는 천중단 대원을 훑어보며 말했다.

"되도록 멀리 떨어져 있거라. 완벽한 기회가 아니라면 접근조차 하지 마."

광휘가 엄중한 목소리로 말하자 염악이 슬쩍 웃음을 띠며 말했다.

"단장님이 있는데 뭐가 걱정이겠습니까. 더구나 믿음직스러운 웅산군도 있고······."

"염악."

말하는 도중 방호가 어깨를 툭 치며 눈치를 줬다.

의아하게 그를 바라보던 염악이 그제야 광휘의 얼굴을 보고 아차 했다.

"죄송합니다, 단장. 하도 오랜만에 움직이느라 긴장이 좀 풀렸습니다."

묵묵히 그를 응시하던 광휘가 짧게 말했다.

"다들 조심해라."

"······."

천중단원들은 조용히 침묵했다.

"상대는 일부러 흔적을 남기고 있다. 그 말이 무슨 뜻인지 아느냐?"

광휘가 염악을 지나, 방호와 웅산군을 차례로 돌아보며 말했다.

대답 없이 숨을 죽이던 천중단 대원들을 향해 광휘가 이를 악물었다.

"자신 있다는 거다."

생각하기도 싫은 과거의 기억들이 스멀스멀 피어올랐다.

동시에 몸속 깊이 내재되어 있던 살기가 꿈틀댔다.

"우리를 상대로 말이야······."

막부단 출신의 천중단 대원들은 경험하지 못한 흑우단의 끔찍한 과거.

지금은 오직 맹주와 자신만이 아는 지독한 망령들이 그의 눈 앞에 펼쳐지고 있었다.

*　　　*　　　*

따사한 햇살이 장엄한 팔각지붕에 내리쬐고 있었다.

커다란 분수대를 낀 건물은 각기 세 방향으로 지어져 있었다.

동쪽은 외부를 개방한 관(館).

남쪽은 지붕 없이 난간만 두른 대(臺).

하지만 서쪽은, 밖이 트인 동쪽과 남쪽과는 달리 문과 창이 적고 외부의 출입을 제한하고 있었다.

그 이유는 이곳이 바로 병부의 중심, 당상관의 집무실이었기 때문이다.

"하아암……."

정오가 조금 넘은 시각.

책을 보던 당상관 팽석진은 의자에 기대 하품을 했다.

날씨도 따뜻하고 방금 전에 식사를 하고 온 뒤라 그런지 졸음이 몰려왔다.

"어르신, 진숙궁(進熟躬)께서 방문하셨습니다."

나른한 표정이던 당상관의 눈이 조금 또렷해졌다.

그는 보고 있던 서책을 수납장에 넣은 뒤 문 앞에 있는 시종을 향해 대답했다.

"…들라 해라."

스윽.

팽석진이 느릿한 동작으로 자세를 바로잡았다.

얼마 지나지 않아 관모를 쓴 노인이 들어오며 예를 차렸다.

"식사는 하셨습니까?"

"들고 왔네. 이리 와 앉게."

팽석진은 노인을 한쪽 자리로 안내했다. 진숙궁이 주춤하며 조용히 고개를 숙였다.

"왜 그리 있는가?"

"죄송하지만 한 사람을 대동해도 되겠습니까?"

조금은 퉁명스레 바라보는 팽석진을 향해 진숙궁은 더욱 허리를 굽혔다.

"믿을 만한 자이옵니다."

"…뭐, 그러게."

그의 허락이 떨어지기가 무섭게 문밖에서 누군가 들어왔다.

키가 보통 사람의 허리쯤 오는 예쁘장한 소녀였는데, 팽석진을 보자마자 바닥에 엎드리며 오체투지 했다.

"그럴 것 없다."

팽석진이 손을 내저으며 의자 두 개를 빼내고는 손짓했다.

드르륵, 드르륵.

곧 모두가 자리에 앉자 관모를 쓴 노인 진숙궁이 먼저 입을 열었다.

"안색이 안 좋아 보이십니다."

"자넬 볼 면목이 없어서 말일세."

조용히 침음하는 진숙궁.

그 모습에 팽석진은 크게 한숨을 내쉬며 말을 덧붙였다.

"난처하게 됐네. 이럴 줄 알았다면 진즉 자네 말을 따를 걸 그랬어."

"그리 말씀하지 마십시오. 제가 대인의 입장이었더라도 뾰족한 묘안이 없었을 겁니다. 이 문제는 팽인호란 자 때문이지 않습니까."

"후우……."

또다시 긴 한숨을 내쉰 팽석진이 손으로 이마를 짚으며 한탄하듯 심정을 쏟아냈다.

"천재일우의 기회였지. 당연히 팽인호 녀석도 그리 여길 거라 믿었고. 일이 이리되니 이제는 팽가가 야속하게 느껴지기까지 하는구먼."

"그 와중에 현명한 처신을 했습니다. 자칫 무림공적으로 몰릴 수 있는 팽가의 상황을, 참여한 이들의 자결만으로 무마하지 않았습니까."

"무마라……. 뭐, 그럴 수도 있겠지."

팽석진은 쓴웃음을 흘렸다.

그는 상황이 이렇게 된 것을 아직도 믿기 힘든 눈치였다.

"다만, 한 가지는 잊지 마셔야 합니다."

진숙궁의 시선이 처음으로 팽석진의 두 눈을 또렷이 응시했다.

"이제 더는 계획이 틀어져선 안 된다는 것을요."

잔잔했던 그의 눈빛이 달라진 건 한순간이었다.

하지만 팽석진은 놓치지 않았다.

소심하고 겁을 집어먹은 눈빛에서 쏟아져 나온 강렬한 열망을.

"알고 있네. 그렇기에 더욱 신중을 기하고 있어."

"감사합니다."

진숙궁이 깊이 고개를 조아리는 모습에 팽석진은 곰곰이 그의 내력을 떠올렸다.

진숙궁.

그는 황궁의 정원과 산림을 관리하는 상림원감(上林苑監)이란 직책을 가진 자였다.

품계로 따지면 정오품밖에 되지 않지만 이번 거사를 수행함에 있어서는 누구보다 필요한 존재였다.

그랬기에 평소라면 거들떠보지도 않았을 자와 이렇게 얘기하고 있지 않은가.

"그나저나 이 아이는……?"

팽석진은 소녀를 바라보며 미간을 찌푸렸다.

진숙궁이 부탁한 터라 자리에 앉혔지만 방금 오간 얘기는 결코 바깥으로 새어 나가서는 안 되는 것이었다. 아이를 두고 계속 대화를 하기가 꺼림칙했다.

"아, 소개가 늦었습니다. 몇 가지 재주가 있어 데리고 왔습니다. 대인께 드리는 제 선물이지요."

"선물이라고?"

팽석진은 속으로 혀를 찼다.

시종이면 시종, 몸종이면 몸종. 이미 그의 주위엔 주체할 수 없이 넘쳐나는 판국이다.

혹여 특별한 재주가 있다면 상대가 누구든 데리고 오는 권력도 쥐고 있었다. 그런데 선물이라니?

"우선 이 아이는 글을 알지 못합니다."

"……."

진숙궁의 말에 팽석진의 눈썹이 꿈틀 움직였다.

"둘째로 말을 하지 못하지요."

글을 알지 못하고 말도 하지 못하는 시비.

갈수록 가관이다. 이런 걸 선물이라고 가져온 진숙궁에게 팽석진은 오히려 표정을 풀었다.

"…그렇군. 그런대로 쓸모는 있겠군."

팽석진 입장에서 시비는 언제든 구할 수 있다.

하지만 비밀이 새어 나가지 않는, 안심하고 곁에서 수족처럼 부려도 될 시비를 구하기란 확실히 쉽지 않았다.

"세 번째로 재미있는 재주가 있습니다. 그게 제가 이 아이를 여기에 데리고 온 이유입니다."

"흠."

팽석진이 흥미로운 얼굴로 소녀를 관찰하더니 고개를 끄덕였다.

"보여보게."

진숙궁이 옆에 앉은 아이를 보며 말했다.

"보여 드리거라."

끄덕.

소녀는 살짝 고개를 숙여 보이곤 오른손을 천천히 올렸다.

드으으윽.

"응?"

고정된 탁자가 일순간 움직였다.

팽석진은 눈살을 찌푸리고 시선을 내렸다.

분명 잡지도 밀지도 않았는데 사람이 움직인 것처럼 탁자가 반응한 것이다.

다다다다다다닥.

"이! 어어어어!"

이번엔 탁자가 요동쳤다.

앞뒤, 좌우로 미친 듯이 움직이며 마치 살아 있는 것처럼 반응하고 있었다.

팽석진의 눈이 부릅뜨인 것은 그때였다.

쉬익! 퍼어억!

"헉!"

일순, 탁자가 위로 솟구치며 천장을 강타했다.

콰직! 와드드득!

단번에 부서져 나뭇조각으로 변한 탁자.

더 놀라운 것은 그 이후였다.

부서진 나무 조각과 파편들이 공중에 두둥실 떠 있었다.

팽석진의 얼굴은 놀람을 넘어 경악으로 물들었다.

"설마… 허공섭물?"

허공섭물.

자력이니 마력이니 하는 사도의 무공에서도 수위를 다투는 괴공.

이름을 알릴 만한 사도 무리 중에서도, 보통 오십 세는 넘어야 쓸 수 있는 경지의 무공을 열서넛이나 되었을 법한 소녀가 능수능란하게 쓰고 있는 것이다.

"강호에선 이런 것을 허공섭물이라고 하지요?"

"…무공이 아니란 말인가?"

"예. 무공이면 좋겠지만 사실 이 아이가 가진 재주는 그런 것이 아닙니다."

진숙궁이 설명했다.

"세칭 구음절맥(九陰絶脈)이라 불리는 것이 있습니다. 당상관께서도 무가 출신이시니 잘 아실 테지요. 구음절맥은 몸도 몸이지만 특별한 능력을 타고난다는 것을요."

구음절맥.

무공을 익히면 아무리 둔재라도 일파의 종주에 오를 수 있다고 알려진, 하늘이 내려준 신체.

문제는 몸속 음기(陰氣)가 너무 강해 열여섯 살을 넘기지 못하고 죽는다는 것이다.

하여 강호에서는 생명을 앗아가는 저주받은 능력으로 알려졌다.

"그럼 염력(念力)이란 말인가."

그제야 팽석진은 소녀가 어떤 능력을 가지고 있는지 깨달았다.

사물을 의지대로 움직일 수 있는 희귀한 능력으로, 다른 말로는 염동력(念動力)이라 한다.

내가공부를 통해 인간의 힘 이상을 뽑아내는 것이 무인이라면, 염동력은 기력을 통해서가 아닌 심력으로 능력을 부린다.

주술이나 환술 같은 분야로 일컬어지지만 실로 그들보다 더 희귀한 재능이다.

"허어, 염력이라니……."

팽석진은 말로 표현할 수 없는 감정이 몰려왔다.

염력이란 어떻게 쓰느냐에 따라 일류 고수 그 이상의 힘을 발휘하기도 한다.

무엇보다 은자림은 폭굉을 주요 병기로 삼고 있는 단체다.

여기에 염력을 쓰는 아이가 가세한다면 그야말로 엄청난 일이 될 터였다.

투투투투툭.

때마침 탁자의 잔해가 우르르 쏟아져 내렸다.

"이 아이는 올해 열다섯입니다. 대계가 끝나고 나면 열여섯이 될 터이니. 굳이 따로 신경 쓰지 않아도 귀찮은 일이 줄어들 것입니다."

진숙궁은 소녀 앞에서도 '너는 곧 죽는 아이다'라는 말을 서슴없이 하고 있었다.

팽석진의 표정이 복잡하게 얽혔다.

곧 죽을 아이.

후환도 없이 적당히 도움이 되며, 남에게 비밀을 발설하지 않고 거기에 무시무시한 능력을 지닌 아이.

"자네 말대로 제법 괜찮은 선물이군. 그럼 얘기가 편하겠지."

팽석진은 조금 더 편안한 얼굴이 되었다.

아끼던 탁자가 부서지며 자리가 휑해졌지만, 그런 거야 이제 아무래도 좋았다.

*　　　*　　　*

딸각, 딸각.

탁자 위에 차 한 잔이 놓였다.

부서져 있던 탁자를 새것으로 바꾼 후, 소녀가 시비답게 차를 타서 올렸다. 행동거지로 보아 시비로서도 교육을 제법 잘 받은 듯했다.

"한데 영친왕께서는 강녕하신가?"

흐뭇하게 소녀를 바라보던 팽석진이 운을 뗐다.

"…듣기로 요즘 좀 걱정이 많으신 것 같습니다."

찻잔을 들던 진숙궁이 잠시 망설이더니 조용히 다시 내려놓았다.

"왜? 무슨 문제가 있는가?"

"이유는 듣지 못했습니다. 그냥 적적하신 것 같기도 하고… 아무튼 대소 신료들과 말을 잘 섞지 않습니다."

"그릇이 큰 분일세. 처음에야 부담감이 좀 있겠지만 잘 헤쳐 나가실 게야."

팽석진은 그렇게 될 거라고 애써 믿었다.

이번 계획에 있어서 영친왕은 가장 중요한 인물이었다.

내란을 종식시키고 황위에 올라야 할 자가 바로 그이기 때문 이다.

"불편하신 게 단순히 부담감 때문만은 아닌 것 같습니다."

"그럼?"

그의 말에 팽석진의 얼굴에 의아함이 떠올랐다.

"운 각사가 아직 조정으로 오지 않고 있습니다."

진숙궁의 목소리가 조금 더 낮아지자 팽석진은 곰곰이 생각 한 끝에 물었다.

"운 각사가? 왜 그런가?"

"모르겠습니다. 도독첨사께서 몇 번의 서신을 보냈지만 조금 더 시간을 달라는 말뿐이었습니다."

팽석진의 얼굴이 조금 굳었다.

"허어……."

도독첨사의 아래서 실무를 담당하는 각사난중의 직급일 뿐 이지만, 도지휘사를 설득해 삼천의 군세를 일으킨 장본인이기도 했다.

대계에서도 무시할 수 없는 영향력을 지닌 것이 운각사, 그였 기 때문이다.

"대업의 기일이 언제지?"

"이만큼 남았습니다."

슥. 진숙궁이 손가락 네 개를 펼쳐 보였다.

"흐음."

팽석진이 침음했다.

역천(逆天)의 날짜는 극비 중의 극비다.

이를 아는 자는 조정에서 협력하고 있는 자들 중에서도 한 손에 꼽을 정도였다.

거사의 그날을 위해서는 다른 누구보다 운각사가 반드시 필요했다.

"뭐, 별일 없이 돌아올 걸세. 그도 이 일이 얼마나 중요한지 알고 있지 않은가?"

"저도 그렇게 생각합니다만… 어째 예상보다 늦어질 수도 있을 것 같아서 말입니다."

"뭐라!"

팽석진이 목소리를 높였다. 그러고는 곧장 매서운 눈빛으로 그를 쏘아보았다.

"아직 추정이긴 합니다만, 영친왕께서 광휘란 자에게 필요 이상의 흥미를 느끼시는 것 같습니다."

진숙궁이 조금 느릿하게 말을 이었다.

빠득.

팽석진은 이를 악물었다.

"내가 일전에 몇 번이나 얘기하지 않았나! 굳이 상대할 필요가 없다고! 광휘가 어떤 자인지 그분이야말로 누구보다 잘 알

텐데!"

"알기에 더 그러시는 것 같습니다."

"뭐?"

"저희에게 천중단 대원들의 정보를 건네준 자들이 바로 '그들' 아니겠습니까."

천중단.

그들에 관련된 자료는 극비 중의 극비로 치부되는 것이다.

천중단이 창설되기 전의 일들이야 황궁서고(皇宮書庫)에 기록이 남아 있지만, 정작 천중단의 활약과 임무 후에 살아남은 자들의 정보는 오로지 황제만이 열람하는 비고에 비치되어 있었다.

이런 엄중한 보안 속에서 광휘와 맹주에 대해 상세하게 알 수 있었던 것은 바로 '그들'이 가져온 정보 덕분이었다.

"일단 계속 연락을 취해보게. 아직 시간이 있지 않은가."

"알겠습니다. 그럼 일어나겠습니다."

진숙궁이라 불리는 자는 그렇게 방을 나갔다.

드륵.

자리에서 일어선 팽석진은 창가 쪽으로 걸어갔다.

사락.

그 방향에 있던 벙어리 시비가, 몸을 틀어 벽 옆에 붙으며 조용히 시립했다.

문득 팽석진은 당연한 것이 떠올라서 물었다.

"정말로 말을 하지 못하느냐?"

"……."

소녀는 대답하지 않았다. 그 대신 자그마한 입을 벌려 그 안을 보였다.

입안에는 짧고 뭉툭하게 잘린 혀뿌리만이 남아 있었다.

"…허."

팽석진은 이 기괴한 짓거리에 진저리를 쳤다.

'은자림 이 미친놈들은 정말이지…….'

나른하던 기분은 이미 어느새 달아나고 가슴속에 숨어 있던 불안감이 서서히 피어났다.

염동력, 마공 그리고 폭굉.

일반 강호인들이 듣기도, 접하기도 힘든 무학들을 구비하고 있는 곳.

상식을 벗어나는 무공과 성격을 가진 미친 자들의 집단이다.

그들은 가진바 능력만큼이나 세인의 상식을 깨부수는 잔혹한 짓을 종종 벌여왔다.

당장 식솔로 키워온 시비의 혀를 잘라, 그들의 표현대로 '완성' 시켜서 선물이라고 보낸 것만 해도 그랬다.

'선물이자 감시인 게지…….'

팽석진은 사건들을 하나씩 곱씹었다.

생각해 보면 팽가의 일도 그랬다. 은자림이 정말로 우군으로서, 처음부터 제대로 개입했다면 이 싸움은 당연히 이겼어야 한다.

"하지만 따라야 한다. 어차피 이 내란을 막을 자는 세상에 없어.”

팽석진은 대업 앞에서 다시 한번 세상에 대해 한탄했다.

죽고 싶지 않다면 따를 수밖에 없었다.

은자림, 그 형체를 알 수 없는 끔찍한 마수를 누군가가 물리쳐 주기 전에는.

第八章

입맞춤

부스럭부스럭. 웅성웅성.

어둑해진 저녁, 대청은 행장을 꾸리는 사람들로 부산했다.

장씨세가에서 밥을 먹던 당가 사람들이 떠날 채비를 하고 있었던 것이다.

"독충들부터 점검해! 한 마리라도 놓쳤다간 그길로 죄다 황천 길이라고!"

대청 중앙에서 노천이 그들을 진두지휘하며 소리쳤다.

독에 관한 전문가들이 모인 곳이 당가이긴 했지만 지능 없는 벌레들을 다루는 것은 여간 힘든 일이 아니었다.

수백 마리 독충의 숫자를 일일이 계산하기도 어렵고 크기도 작아 한눈에 파악하기가 쉽지 않았다.

더구나 이번 거사를 위해, 강호에 알려지지 않은 비밀스러운 독충들을 가지고 왔기에 관리가 꽤나 힘들었다.

"무, 문주님!"

이리저리 지적하고 목청을 높인 뒤돌아서던 노천이 고개를 돌렸다.

중사당 출신의 일대 제자로 보였는데 이름은 생각나지 않았다.

"뭐냐?"

"마갈독사(痲蠍毒蛇)가 없어졌습니다."

"뭐? 그게!"

노천의 미간이 자연스레 좁아졌다.

마갈독사는 몸집이 손가락 마디만큼 가늘고 날렵한 데다 색은 나무 같은 갈색인 뱀이다.

때문에 나무 옆에 감겨 있으면 눈앞에 두고도 곧잘 놓치는 경우가 허다했다.

거기다 독은 어찌나 강한지, 그 이빨에 스치기만 해도 장정 하나는 그대로 사망이다.

"염병! 이놈이 여기 있는 사람들 모두 골로 보낼 생각이냐? 애들 몇 데리고 나가서 당장 찾아와!"

"옙!"

노천의 고함 소리에 사내는 조쇄당 인원을 데리고 부리나케 사라졌다.

"쯧쯧쯧."

노천은 혀를 차며 옆을 바라보았다.

머리를 긁적이는 중늙은이, 독충을 관리하는 조쇄당주 당의비가 어색하게 웃어 보였다.

"허허헛. 이것저것 많이 챙기다 보니 잠시 잊었나 봅니다."

원래는 적당한 수로도 충분히 위협이 가능했다.

하지만 당가 사람답게 감정 조절을 못 한 탓일까.

이번에 독물을 들고 와도 너무 많이 들고 와서 일을 만들고 있었다.

팽가 앞에 뿌린 것들을 거둬들이는 데만도 이틀이나 되는 시간을 잡아먹지 않았는가.

"한데 그냥 가실 생각입니까?"

꼽추 노인, 중사당주 당의명이 슬쩍 눈치를 보며 말을 걸어 왔다.

"그럼 이제 일이 끝났으니 집에 가야지."

"……."

간다는 말에 당의명이 입술을 삐죽 내밀었다.

"왜, 아쉬우냐?"

"뭐… 중원으로 나오기가 어디 쉬운 일입니까. 좀 더 쉬다가 그냥 여기서 밥도 먹고……."

"그럼 그냥 아주 푹 쉬는 건?"

"예? 아아, 그건 아닙니다. 하하하."

속마음을 이미 들켰지만 당의명은 뻔뻔하게 웃어 보였다.

그러자 뒤쪽에 한발 떨어져 있던 비암당 당주 당의선이 말을 걸어왔다.

"이해하십시오. 본가보다는 훨씬 맛있는 음식들이 나오잖습니까."

노천이 인상을 잔뜩 찌푸리며 또다시 혀를 찼다.

"쯧쯧쯧. 명색이 당주나 되는 놈들이 생각하는 것하고는⋯⋯. 시끄럽고! 수거하는 대로 빨리 갈 채비나 해! 네놈들이 없으면 당가는 어찌 돌아가겠느냐!"

조쇄당 당주는 슬쩍 웃음 지었고 중사당주만 또다시 입술을 내밀었다.

비암당주는 그 모습을 재미있다는 표정으로 바라봤다.

"저, 문주님."

다들 돌아가려는 그때 중사당원 하나가 걸어왔다.

당승호.

당가 비방록을 담당하고 있는, 일전에 내려갔을 때 보았던 샌님이었다.

"무슨 일이야?"

"아무리 둘러봐도 며칠째 보이지 않아서 말입니다."

"또 뭐가 없어졌는데!"

"그것이⋯⋯."

머리를 긁적이던 당승호는 세 당주의 눈치를 보며 조용히 머리를 숙였다.

"이번엔 사람인 것 같습니다."

"씨부럴!"

욕설을 내뱉으며 노천이 벌떡 일어섰다.

＊　　　＊　　　＊

당가 지부가 어떤 상황인지도 모른 채, 평상에 앉아 한가하게
놀이를 하는 사내가 있었다.

바로 당가 사람들이 찾아다니던 사내, 중사당의 당고호였다.

"잘 봐. 여기에 돌멩이가 있어."

그는 자신 앞에 앉아 있던 곡전풍과 황진수를 향해 그릇 세
개를 들어 보였다.

돌이 어디 들어 있는지 위치를 다시 한번 확인시키기 위해서
였다.

"자, 간다."

슥슥슥.

당고호가 그릇 세 개를 천천히 움직이기 시작했다. 곡전풍과
황진수가 바짝 긴장한 채 돌이 담긴 그릇의 위치를 주시했다.

스스스스슥.

천천히 움직이던 그릇의 속도가 점차 빨라졌다.

척, 척.

그리고 어느 시점에 당고호는 그릇을 잡는 손의 위치를 바꾸
며 다시금 속도를 올렸다.

적어도 당고호가 느끼기엔 그랬다. 하지만 곡전풍은 전혀 생
각이 달랐다.

'이걸 맞혀야 하는 거야, 말아야 하는 거야?'

엄청나게 빠른 속도로 묘기를 보여줘야 하는 그릇의 움직임이… 느렸다. 너무 느렸다.

아무리 좋게 봐줘도 삼류 무인도 쉽게 파악할 수 있을 정도였다.

'나도 모르겠네. 어째야 할지.'

곡전풍이 슬쩍 바라보자 황진수는 무언으로 긍정을 표했다.

스스슥, 슥, 스스슥.

시간이 꽤 지났음에도 움직임은 생각보다 빠르지 않았다.

"헉헉헉."

그때 당고호가 잠시 그릇을 놓더니 배를 움켜쥐었다. 산처럼 튀어나온 배를 습관적으로 만진 것이다.

"자! 어디에 있겠느냐?"

움직임이 멈춘 뒤 떨떠름한 표정으로 그를 바라보는 곡전풍과 황진수.

'처음 그 자리인데?'

그들을 본 당고호가 이해한다는 투로 고개를 끄덕였다.

"훗, 쉽지 않을 거야. 손은 눈보다 빠른 법이니까."

그는 만족스럽게 웃었다. 두 사내가 당황한 것으로 이해한 듯 재차 질문했다.

"자, 어디에 있을까?"

두둥.

곡전풍과 황진수는 서로 눈빛을 교차했다.

"여깁니다."

곡전풍이 먼저 손을 뻗었다.

'아! 늦었다!'

세 개의 그릇 중 가운데 그릇을 지목하자 황진수가 탄식을 토해냈다.

너무나 쉬워 잠시 당황했는데 그 틈을 곡전풍이 찌른 것이다.

"하하하, 당연히 여기지요. 이게 뭐 어렵겠습니까? 그리고 말이 나와서 말인데, 생각해 보면 그리 빠르지 않았습니다. 이번엔 눈이 손보다 빨랐습니다! 하하! 하하하!"

의기양양하게 소리치던 곡전풍.

그런데 갑자기 황진수가 그의 어깨를 찔러 왔다.

"…응? 왜?"

대체 뭐가 문제냐고 바라보는 곡전풍은 황진수와 달리 순간 당고호의 얼굴이 시뻘겋게 변한 걸 읽지 못했던 것이다.

"제가 무슨 실수라도……."

당고호가 조용히 침묵하고 있자, 곡전풍은 침을 꿀꺽 삼켰다.

"틀렸어."

"예?"

"틀렸다고. 넌 탈락이다."

곡전풍이 눈을 크게 뜨며 물었다.

"여기에 있는 게 아닙니까? 분명 그리 보였습니다. 그 정도는 저도 충분히 볼 수 있었습니다만?"

"끄응……."

당고호의 얼굴은 이제 썩은 돼지 간처럼 검붉게 변했다.

곡전풍이 황진수를 향해 물었다.

"자네도 그리 생각하는가?"

"뭘? 뭘 말이야?"

"가운데 말일세. 자네도 충분히 봤을 것 같은데……."

한데 거기서 황진수는 재빨리 말했다.

"나는 잘 모르겠네."

"뭐?"

"잘 모르겠다고. 뭐가 뭔지 보지 못했네."

황진수의 말에 곡전풍은 기가 막혀 언성을 높였다.

"아니, 이리 느린 것을 보지 못했는가? 그럼 한번 뒤집어보시지요. 아니, 제가 뒤집어……."

탁.

곡전풍이 손을 뻗자, 순간 당고호가 오른팔을 뻗어 그의 손목을 잡았다.

뿌드득!

곡전풍의 손목에서 살이 비틀리는 소리가 났다.

그제야 그는 볼 수 있었다.

온몸이 찌릿할 정도로 살기를 뿜어내고 있는 당고호의 표정을!

"죽고 싶나?"

"아, 그게……."

곡전풍은 식은땀을 뻘뻘 흘렸다.

"그래, 아직 경험해 보지 못했겠지. 독침이 피부를 뚫고 들어와 혈관을 헤집어놓는 고통을. 그러니 이리 경거망동하게 날뛰는 게지?"

"저, 저기… 어르신……."

"경험해 보면 좀 느낄 것이야."

스윽.

당고호가 왼팔을 품속에 넣었다.

그리고 곧 뭔가 끄집어내 곡전풍의 얼굴에 가져다 댔는데, 척 보기에도 독을 머금은 듯 푸르뎅뎅하게 빛나는 풍뎅이였다.

"이히히힉! 살려주십쇼!"

곡전풍이 기겁하며 자리에서 일어섰다. 당고호가 풍뎅이를 집어 던지자 그는 전력을 다해 도망쳤다.

"악! 아아악!"

그가 시야에서 사라질 때까지 비명이 들려왔다.

그 모습을 보던 황진수의 낯빛은 진즉에 변해 있었다.

"히히힛. 독 없는 풍뎅인데에에."

재미있다는 듯 웃는 당고호를 보고 황진수는 등허리에서 식은땀이 흘렀다.

'농담인지 진담인지 알 방법이 없다!'

당가에 워낙 미친놈들이 많으니, 이 인간이 제정신인지 아닌지도 헷갈리는 것이다.

"음, 흐흠. 그래, 자네는 어디에 있을 것 같은가?"

다시금 온화한 얼굴로 돌아온 당고호가 황진수를 바라봤다.

꿀꺽.

황진수는 침을 삼켰다.

곡전풍이 도망칠 때 같이 자리에서 일어나지 못해 후회가 한 가득 몰려왔다.

"내 말 안 들리나?"

재차 물어보는 당고호.

그는 잡생각을 지우고는 천천히 손을 움직였다.

'단순해야 한다. 오래 살기 위해선!'

"이쪽인 것 같습니다!"

그가 즉흥적으로 가리킨 그것은 곡전풍이 선택한 중앙과 달리 우측의 그릇이었다.

"흐음."

당고호가 조용히 팔짱을 끼며 신음을 흘렸다.

그것은 마치 심사숙고하는 모습과 같았다.

'이것도 답이 아닌 건가. 설마 이번에도 독충을 꺼내는 건 아니겠지?'

잔뜩 얼어붙은 황진수가 눈치를 보던 그때.

"좋아. 그리 판단했다면 한번 뒤집어보게."

의미를 알 수 없는 당고호의 허락이 떨어졌다.

스윽.

황진수는 천천히 그릇을 열었다. 예상대로, 너무나 당연하게도 돌멩이는 없었다.

"없습니다! 정말로 없습니다! 이게 왜 여기에 없는 거지? 와……!"

황진수는 큰 소리를 쳤다. 지나치게 놀란 모습이었다.

그 연기가 전혀 어색해 보이지 않는 듯 당고호가 흐뭇하게 고개를 끄덕였다.

"당연하지. 손은 눈보다 빠른 법이니까."

'왜… 그럴까요.'

황진수는 속이 터져 나갈 듯 답답했지만 결코 우둔하지 않았다. 곡전풍처럼 속마음을 내뱉는 대신 짐짓 고개만 갸웃거렸다.

짝짝짝!

곧이어 박수가 터졌다.

"와하하. 대단해! 정말 대단하군! 그래도 눈썰미가 있는 녀석이라 그런지 제법 위험했어. 자네, 재능은 있지만 참 아쉽구먼?"

"노력해야지요. 끊임없는 정진만이 이 험난한 강호를 헤쳐 나갈 수 있지 않겠습니까."

자화자찬하는 당고호의 행동에 황진수는 맞장구를 쳐주었다.

영혼이 담겨 있지 않은 그 말에, 당고호가 갑자기 그의 어깨를 툭 짚었다.

'헉!'

"남아일언중천금이라고 했네. 자네가 내기에 졌지만, 그 마음을 높이 평가해 내 천금보다 더한 기회를 주지."

"…예?"

일순 황진수의 눈이 커졌다.

그게 좋은 말인지 나쁜 말인지 알 수 없었던 그는 잔뜩 긴장한 채 다음 말만 기다렸다.

"내 제자가 되게. 어떤가?"

"……!"

황진수는 눈을 부릅떴다.

참고 넘어가려 했지만 이번만큼은 힘들었다.

"싫습니다."

결국, 그는 마음속 깊은 곳에 숨겨진 진심을 꺼내고 말았다.

"정말 싫어요."

"……."

＊　　　＊　　　＊

해남파 문주 진일강은 부용루에 앉아 연못을 바라보고 있었다.

장씨세가 부용루는 이렇게 앉아서 적적한 마음을 달래기에 참으로 좋은 곳이었다.

"왔는가?"

옆에서 인기척이 느껴지자, 그는 보지도 않고 슬쩍 말을 꺼냈다.

곧 한 노인이 나타났다.

"지겹도록 바다만 보고 살았으면서 자네는 여기 와서도 호수를 보고 있는가?"

그는 개방 방주 능시걸이었다.

"마음이 좀 편안해지더라고."

진일강이 피식 웃으며 말하자 능시걸 역시 슬쩍 입꼬리를 올리고는 옆자리에 앉았다.

"자네에겐 면목이 없네."

"면목은 무슨, 다 사정이 있지 않았겠나. 그렇게 따지면, 나역시 자네 방주 취임식에도 참석하지 않았지."

"그래, 자네가 온다고 해서 동네방네 소문 다 냈는데 코빼기도 보이지 않더군?"

예전에는 꽤나 가까운 사이였지만 어느새 멀어진 느낌.

이것이 오랜만에 만난 이십 년 지기의 인사였다.

"은자림이 있다고 들었는데, 어디까지 살아남은 건가?"

진일강의 물음에 능시걸이 쓴웃음을 지었다.

"파악이 안 돼. 너무 조용히 움직여서 그런 건지……."

"하긴, 아직 행동에 나서지 않고 있으니 당연한 걸지도 모르겠군."

개방이 아무리 정보를 틀어쥐고 있다고 해도, 그것은 어떤 행위가 포착되었을 때다. 즉, 사건이나 문제 자체가 발생하지 않으면 정보를 분석하고 파악하기는 불가능했다.

그만큼 조사할 양도 많고 관리하는 지역이 넓은 탓이다.

거기다 은자림은 조금 특수하다.

과거에도 그랬지만, 그들은 산속이나 혹은 빈민가 지역에 숨어든다.

바로 옆집에 그들이 있다고 해도 잘 드러나지 않는다.

"쉽지 않은 싸움이 될 걸세. 그들의 무서움은 자네도 나도 경험했지만 그건 아주 일부지. 놈들이 얼마나 지독한지는 직접 싸워본 자만이 알 수 있지 않은가."

진일강은 은자림의 존재를 떠올리는 것만으로도 몸을 부르르 떨었다.

그들의 방식은 일반적인 상식을 파괴한다.

필요에 따라서 협사보다 더욱 협사다운 일을 하기도 하며 잔악함으로는 흑도와 비교조차 할 수 없을 정도였다.

천중단이 막지 않았다면 중원을 파국, 아니 그 이상으로 몰아갈 수 있었던 그들이다.

능시걸이 진중한 표정으로 말했다.

"잔존 세력이 있다지만 예전과는 많이 다를 거야. 죽어가다가 살아남은 자들이 있다곤 하나 대부분 죽은 건 확실해."

마공에 손을 댄 절정 고수 이상의 무인들은 죽었다고 알려진 뒤에도 곧잘 다시 나타나곤 했다.

이 때문에 그들을 제대로 파악하지 못한 천중단 초기의 영재들은 수도 없이 목숨을 잃었다.

그들의 희생을 담보로 마인을 완전히 '정지'시키는 방법을 찾아낸 뒤에야 불필요한 피가 흐르지 않았다.

"정보가 나오질 않는다면 조정에 있는 그들의 동향을 먼저 쫓아야 하지 않겠는가?"

진일강의 말에 능시걸은 고개를 저었다.

"아직은 기다리는 게 낫네. 괜히 혼란만 더 부추길 수 있어."

"하지만 이대로 있기에는……."

"황실을 믿게. 아무리 양만 많고 질은 떨어진다 해도, 그 양이 정도를 넘어서면 이야기가 달라져. 과거 은자림이 황실을 공격하지 않은 이유가 바로 그 때문이었지."

백만 대군.

공공연하게 들리는 말이고 과장되었다고 알려져 있지만, 어느 누구도 황실의 힘을 부정하지 않았다.

황제를 지키는, 무예를 익힌 금의위와 동창만 해도 수백이 넘어간다.

"흐음……."

잠시 시간이 흘렀다.

두 노인은 말하지 않았지만 생각은 같았다.

결국 이후로의 일들은 은자림이 어떻게 나오느냐에 따라 달라질 것이다.

지금 뭘 정해봐야 그때가 닥치기 전까지는 별무소용.

"자네는 본문으로 돌아가는 게 좋겠네."

능시걸의 말에 진일강은 침묵했다.

그 의미를 알아챈 듯 능시걸이 거듭 말을 이었다.

"지체하지 말게. 중원과 달리 해남파는 외세의 침입을 막는 게 제일 중요하지 않나. 이 정도 무리해서 왔으면 충분히 의를 지킨 걸세."

"은자림을 보고 가만히 있을 수는 없네."

"호기 부리지 말게. 과거와 달리 자넨 지금 일파의 문주야. 괜히 중원에 힘을 기울였다가 정작 외세의 침입을 막지 못했을 경우 어찌할 텐가?"

진일강은 크게 침음했다.

해남파는 다른 문파와 달리 크고 작은 싸움이 자주 일어나는 곳이다.

인근 접견에 위치한 왜구들과의 싸움이었다.

해남파의 정예 병력은 문파이자 지역의 방위군이기도 하다.

이 많은 수를 외부에 오래 머물게 하면 무슨 일이 벌어지는지 능시걸은 누구보다 잘 알았다.

"하나……."

진일강이 뭐라 말을 하려 했지만 능시걸이 말을 끊었다.

"여긴 묵객이 있네. 자네들의 자랑이."

"그것만으로도 충분히 해남파는 제 역할을 한 걸세. 거기다 승룡이는 하오문의 서혜와 잘되어가는 모양인데, 나중에 시아비 될 놈이 지금 옆에 있어봐야 부담만 되지 않겠나."

진일강은 어제 문 총관에게 들었던 얘기를 떠올렸다.

승룡이와 잘 만나고 있는 여인이 있다고.

"크음……."

"그리고 또 다른 이유도 있어."

능시걸은 진일강을 바라보며 말을 이었다.

"자네 식구들 때문에 장씨세가의 밥값 지출이 어마어마하더군. 더구나 재정 상태도 좋지 않아 장련 소저가 동분서주하며 움직인다는 얘기가 있네."

"허, 나 참."

진일강은 피식 웃음을 흘렸다.

과할 정도로 매정하게 구는 것이, 어째 능시걸의 속마음이 보인 것 같아서 오히려 섭섭지 않게 마음이 풀렸다.

"젠장. 내 먹는 밥값이 그렇게 아깝다면 속히 꺼져주마."

스윽.

진일강은 악담을 하며 자리에서 일어섰다. 처음에 자리에 앉았을 때보다는 훨씬 밝아진 얼굴이었다.

멈칫.

"한데……."

돌아서다 따악 멎은 진일강을, 능시걸이 빤히 올려다보았다.

"그 애인가?"

"누구?"

"승룡이가 좋아하던 짝사랑 처자 말일세. 들어보니 이놈이 나에게 사기를 쳤더군? 제 말로는 장련이란 처자를 사모했다는데 어째 서혜라는 애와 만나고 있어?"

"이 늙은 거지가 남의 연애사까지 알아야겠나."

"뭔 말이야? 알면서 모르는 척하는 건 잘도 하더니만."

"…젊을 때 이야기지."

멋쩍게 웃는 능시걸을 보며 진일강은 고개를 저었다.

그러다 문득 그의 뇌리에 한 사내가 스쳐 갔다.

"자네, 광휘는 만나보았나?"

"아니, 보러 갔는데 없더군."

"어디 갔기에?"

"객잔에 갔다던데. 요즘 며칠째 장련 소저와 함께 객잔을 나간다고 하더군."

"……."

"왜 그러는가?"

능시걸이 의아한 표정으로 물었다.

전혀 이상할 것이 없는 말인데, 진일강의 표정이 좋지 않은 것이다.

"문득 생각난 건데 말이야……."

진일강은 한숨을 내쉬었다. 그러고는 호수로 시선을 돌리며 나직이 말했다.

"그 여인… 완전히 잊은 거겠지?"

전혀 예상치 못한 질문에 능시걸의 눈이 커졌다.

요동치듯 이리저리 흔들리던 그의 시선도 어느덧 호수로 천천히 떨어지고 있었다.

*　　　*　　　*

"여기까지 나오실 필요 없어요."

"아닙니다, 아가씨. 당연히 배웅해 드려야죠."

끼이이익.

장월각의 문이 열리고 남녀 한 쌍이 걸어 나왔다.

잠시 후 뒤따라 나온 장월각 책임자 장대성이 고개를 숙였다.

"그럼 살펴 가십시오."

지나친 예의에 장련은 그만하라는 듯 손짓했다.

그래도 아랑곳하지 않고 고개를 숙인 장대성의 모습에, 할 수 없다는 듯 발길을 돌렸다.

＊　　　＊　　　＊

화창한 날.

장련과 광휘는 여전히 저잣거리를 거닐고 있었다.

"일이 잘되고 있다니 다행이에요."

장련은 조금 전, 장월각에서의 일을 떠올리고 있었다.

"되게 염려했었거든요. 괜히 이러다 더 큰 타격을 입는 건 아닐까. 너무 크게 일을 벌인 게 아닌가 하고요."

광휘는 슬쩍 옆으로 시선을 돌렸다. 장련의 밝은 표정을 확인하곤 고개를 끄덕였다.

"소저가 그만큼 신중을 기했던 일이오. 만에 하나 일이 틀어졌다고 해도 그리 큰 손해는 입지 않았을 거요."

"정말 그렇게 생각해요?"

"난 잘할 수 있을 거라 믿었소. 언제나."

광휘는 당연하다는 듯 고개를 끄덕였다.

"……."

장련은 천천히 시선을 바닥에 떨구었다.

신중하고 말수 적은 사내에게서 듣는 말 한마디가 묘하게 가슴을 울린 것이다.

"당연하죠. 제가 누구 집 딸인데요? 후후훗."

장련은 두 손을 맞잡으며 배시시 웃어 보였다. 그러고는 자연스레 광휘의 어깨에 슬쩍 기대며 눈 모양을 반달처럼 만들었다.

마치 더 칭찬해 달라고 말하는 듯한 눈웃음이었다.

"후우……."

광휘는 고개를 급히 돌리며 앞서 걸어갔다.

그의 입꼬리에는 묘한 미소가 걸려 있었다.

"맞아. 올해는 정말 되는 일이 하나도 없었어!"

"오오오!"

"와! 정말 용하다, 용해!"

저잣거리의 한쪽 골목에서 탄성과 감탄이 터져 나왔다.

그 소리에 길을 가던 사람들도 뭔가 싶어 하나둘씩 모여들었다. 근처를 걷던 장련과 광휘의 눈에도 그 광경이 보였다.

"잠시만요. 뭔지 보고 가요."

"……."

광휘는 걸음을 멈추고 장련을 바라보았다.

그녀는 잔뜩 호기심 어린 얼굴로 사람들이 모여 있는 곳을 가리켰다.

"어서요. 빨리!"

광휘의 소매를 잡고 사람들이 모여 있는 곳으로 데리고 가는 장련.

빽빽한 사람들 때문에 더 들어가지 못하자 그녀는 몸을 움츠려 그 사이를 파고들었다.

"나도! 이 돈 줄 테니 나부터 좀 봐주슈!"

한 사내의 외침이 들리는 순간, 장련은 사람들 사이를 뚫고 인파 안으로 들어갔다.

[사주를 봐드립니다.]

두꺼운 책을 펼쳐 놓은 노인과 그 옆으로 바닥에 고정된 팻말이 자연스레 눈에 들어왔다.

"와! 이거 재밌겠다!"

상황을 대충 파악한 장련은 박수를 치며 아이처럼 좋아했다. 그리고는 광휘를 찾아 몸을 돌린 순간.

"뭐 하는 거요?"

"아!"

장련은 고개를 들어 올렸다.

언제 왔는지 광휘가 바로 뒤에서 그녀를 지그시 보고 있었다.

막 얼굴이 닿을 뻔한 상황이라, 장련은 순간 어색하게 웃어 보였다.

"그, 그게… 너무 궁금해서요."

무표정하게 내려다보는 광휘를 외면하고 장련은 괜히 헛기침을 하며 사주 풀이하는 사내를 가리켰다.

"이왕 이렇게 된 거, 저 사람처럼 우리도 한번 해봐요."

"……."

광휘는 뭐라 말을 하는 대신 얼굴만 조금 찌푸렸다. 사주를 봐준다는 민머리의 노인을 보며.

"음음, 그렇구먼……. 호오."

노인은 허연 턱수염을 매만지며 고개를 끄덕였다.

사주(四柱)란 생년(年), 월(月), 일(日)과 태어난 시(時)를 네 가지 기둥처럼 잡아 운세를 점치는 방식이다. 여기에 점복사마다 몇 가지 더 비방을 넣어 해석을 달리하곤 했다.

"어떻습니까?"

조금 상기된 얼굴로 사내가 묻자 주위가 조용해졌다. 이제껏 노인이 말하는 사주가 제법 잘 들어맞는지 한껏 기대하는 분위기였다.

"자네 올해 나이가 몇이지?"

"서른셋입니다."

"흐음, 서른 초반에 대운이 있는데……. 요즘 들어 일이 잘 풀리지 않던가?"

"…맞습니다."

순간 사내의 얼굴이 경직되자 사람들의 분위기도 더욱 흥미진진하게 변해갔다.

"역시 사주는 틀린 말을 하지 않지. 괘(掛)는 자네 성품이 계골(鷄骨)하다고 나오는구먼."

"계골하다니요?"

노인의 말에 사내가 고개를 갸웃거렸다.

"선천적으로 예를 소중히 여기는 것으로, 관료가 되면 유능하고 청렴한 인물이 된다는 것이네. 또한 관료가 아니라면 문장을 짓는 데 능해 글로써 한 세상을 풍미할 수도 있겠네. 한데 자네가 하려는 일은?"

"어르신의 말씀대로 문장가(文章家)의 길을 걷고 있습니다."

묻는 질문마다 예리하고, 미래를 암시하는 듯한 말에 사람들은 전부 환호했다.

"이야!"

"맞지? 내 저분이 용하다고 하지 않았나!"

사주에 이어 수상(手相:손금)을 보는 것인가.

사내의 손바닥을 보던 노인의 표정이 갑자기 굳어졌다.

"성격이 좀 걸리는군."

"예?"

사내가 눈을 또렷이 뜨며 노인을 응시했다.

"사주에는 노치(老稚)스럽다고 나왔네. 노치란 총명하고 재주가 많지만 경박한 면이 있다는 뜻이야. 자네가 문장가라고 해서 묻는 건데, 혹시 원문장 밑에 사족을 자주 다나?"

"예! 이번에 한번 잘해보려고 좀 달긴 했습니다. 한데 생각보다 글이 잘 팔려 나가다 보니 부담감 때문에 글이 잘 안 써져서……. 요 근래는 사람들이 집까지 찾아와 빨리 써내라고 위협까지 해옵니다."

"쯧쯧쯧. 자고로 남자는 세 끝을 조심해야지. 자네는 그 입이 문제야."

노인의 딴죽에 사내는 시무룩해졌다.

"자, 다음."

사내는 이것저것 더 묻고 싶었지만 노인의 손짓에 결국 자리에서 일어났다.

그의 표정과 달리 사람들은 다들 감탄했다.

과거를 꿰뚫어 보듯, 노인이 말한 것들이 전부 맞아떨어지고 있는 것이 아닌가.

스윽.

다음 사람을 기다리고 있던 노인이 눈썹을 꿈틀댔다. 복채를 받는 놋쇠 그릇에 꽤 큼직한 금액의 전표가 놓인 것이다.

"저희도 점괘를 볼 수 있을까요?"

장련이 바닥에 앉았다.

그녀가 광휘를 잡아당기다시피 하며 옆에 앉혔다.

"호오."

노인은 남녀 한 쌍을 재밌다는 듯 바라보더니 모두가 들을 수 있는 목소리로 말했다.

"이거 남자가 도둑놈이구먼!"

"하하하!"

"크하하하!"

사람들이 다시 웃었다. 거기서 나이 좀 먹은 어르신들이 한마디 덧붙였다.

"이런 건 남자가 능력이 있다고 해야지!"

"암! 능력이야, 능력!"

"흡, 흡."

사람들의 말에 장련이 입을 가리며 따라 웃었다.

노인도 기분이 좋아졌는지 슬쩍 미소를 띠다, 사내에게로 고개를 돌렸다.

"……."

"큼큼."

말없이 사나운 눈빛만 보내는 광휘.

그와 눈이 마주치는 순간, 노인은 흠칫하더니 급히 장련에게로 시선을 돌렸다.

"처자, 사주 한번 말해보게."

"예. 저는……."

장련은 생일과 축시를 알려줬다.

노인은 손가락을 짚어보며 뭐라 중얼거리더니, 휘둥그레진 눈으로 말했다.

"사주가 아주 좋구먼! 이 정도로 사주가 좋게 나오다니. 이건 궁합을 볼 필요도 없겠어. 참, 옆에 있는 사내는 복이 넝쿨째 들어왔구먼!"

그러자 사람들이 한마디씩 거들었다.

"에이, 그래도 궁합을 봐주슈!"

"겉궁합인가, 속궁합인가?"

"하하하!"

"와하하하!"

갑자기 나온 노골적인 소리에 다시금 사람들의 웃음소리가 터졌다. 그런데 노인은 이번에는 같이 웃지 못했다.

"적당히 하지?"

점차 얼굴이 벌게지던 광휘가 결국 참지 못하고 날카롭게 한마디 한 탓이었다.

사람들의 웃음이 뚝 끊겼다.

그저 짧은 한마디였지만 사람들 눈에는 가볍게 보이지 않는 듯했다.

"어, 음. 난 그만 가보겠네. 어이쿠! 이거 시간이 벌써 이렇게 나 되었나!"

분위기가 싸해진 가운데, 노인은 황급히 일어섰다. 그러고는 놋쇠 그릇에 담긴 그날의 수입을 챙겼다.

"어휴……."

"이봐, 사주풀이! 오늘은 여기서 끝인가?"

"맨숭맨숭하잖아! 기왕 하던 거 마저 하고 가라고!"

사람들이 한 번 더 웃었고, 장련도 그들과 함께 웃었다.

"아쉽네요. 조금 기대하고 있었는데. 그죠, 무사님?"

"기대 안 했소."

목소리를 높이는 광휘의 행동에 장련이 고개를 들었다.

어느덧 시간은 정오를 가리키고 있었다.

"우리 식사나 하고 가요."

자리에서 일어난 장련이 광휘를 잡아당기며 말했다.

때마침 사람들도 뿔뿔이 흩어지자, 광휘는 별다른 대꾸 없이 그녀의 뒤를 따랐다.

*　　　*　　　*

"많이들 드시오."

투욱, 투욱, 투욱.

객잔 안, 점소이가 다가와 탁자 위에 음식을 내려놓았다.

꽤나 많이 준비해 온 터라, 음식이 놓이는 데만 해도 시간이 걸렸다.

스윽.

장련이 음식을 보며 행복에 겨운 미소를 짓는 사이, 광휘는 슬쩍 주위를 돌아보고 있었다.

'여긴 없다.'

광휘는 최근 습관적으로 주위를 훑는 버릇이 생겼다.

과거처럼 닫힌 공간에 들어설 때나 인기척을 느낄 때마다 생겨나는 환각이 부쩍 줄어든 탓이다.

'안심해선 안 돼.'

그럴수록 광휘는 더욱 신경을 곤두세웠다.

약간의 방심은 곧 죽음.

너무나 지긋지긋하게 경험한 것이 아닌가.

"이게 다 뭐요?"

주위에서 신경을 거두고 탁자로 고개를 돌린 광휘의 눈에 그제야 음식들이 들어왔다.

두 사람이 먹을 정도의 양이 아니었다. 고기뿐 아니라 해삼류, 열매 등 처음 보는 음식들로 즐비했다.

"최근 저 때문에 고생도 많이 하셔서… 좀 무리해서 시켰어요."

"…흠."

광휘가 뭐라 말하려다 입을 닫고는 젓가락을 들었다.

그리고 가장 가까운 음식부터 손을 대기 시작했다.

쩝쩝쩝.

장련은 그 모습을 조용히 지켜봤다.

음식이 조금씩 줄어들 때쯤, 그녀가 광휘에게 말을 걸었다.

"처음 봐요."

"뭘 말이오?"

광휘는 젓가락을 든 채로 장련을 빤히 쳐다보았다.

"이렇게 먹는 거요. 그간 본가에 있으면서 뭘 드시는지 본 사람이 거의 없다고 하던데요."

그녀가 그간 광휘에게 궁금했던 것 중 하나였다.

내원 안에 식사를 하는 곳이 몇 군데 있는데, 그중 어디서도 광휘를 본 사람이 없었다.

애초에 배식을 담당하는 사람마저 몇 번 본 적이 없다고 할 정도이니, 그가 밥을 정말로 먹고 있는지조차 의심스러웠다.

"난 사람들과 같이 밥을 먹지 않소."

투욱.

광휘가 젓가락을 놓으며 말했다.

"어머, 왜요?"

"음식을 보면 과거에 식탐이 있었던 동료 녀석이 생각나서 말이오."

"……."

문득 흥에 겹던 장련의 얼굴이 싸늘하게 식었다.

"미안해요. 그런 줄도 모르고……."

장련은 고개를 숙여 사과했다.

과거의 동료가 누군지 알 수 없었지만, 출신을 생각해 볼 때 분명 아픈 기억이 되었을 것이다.

"괜찮소. 이젠 아무렇지 않으니까."

광휘는 편안한 얼굴로 말을 이었다.

"이렇게 된 지는 좀 됐소. 소저와 같이 있다 보니 어느 순간부터 그 녀석의 얼굴이 잘 떠오르지 않소. 그러니 당장 지금도 이렇게 음식을 먹을 수 있는 거고."

"다행이에요……."

장련이 푸근하게 웃었다.

확실히 그녀가 보기에도 광휘는 예전과 많이 달라져 있었다.

"재미있는 얘기 하나 들어보겠소?"

"뭔데요?"

장련이 미소를 띠며 물었다.

광휘는 조금 주저주저하다가 입을 열었다.

"술… 끊었소."

"정말요?"

장련의 눈이 커졌다. 광휘는 헛기침과 함께 붉어진 얼굴을 끄덕였다.

"언제부터요? 언제 끊었어요? 언제요?"

같은 질문을 세 번이나 묻는 장련을 보며 광휘가 피식 웃고는 대답했다.

"나 때문에 소저가 손을 다친 그날. 그날부터요."

"아……"

두근두근.

장련의 얼굴이 새빨갛게 되었다. 광휘는 별 뜻 없이 내뱉는 말이지만, 그날 그를 말렸던 장련은 어딘가 망가져 버린 듯한 얼굴의 광휘를 '끌어안았었다'.

'그랬었지……'

이 남자는 돌려 말할 줄 모른다. 그런 무심한 말투가 오히려 그녀를 바짝 의식하게 만들었다.

"바닥에 뭐가 있소?"

"아무것도 없어요!"

붉게 달아오른 볼을 감추려던 장련이 고개를 바짝 들었다. 하지만 벌겋게 달아오른 귀를 광휘가 놓칠 리 없었다.

"그렇게 부끄러워해서 어디 물건이나 팔겠소?"

"누가 부끄러워했다고 그러세요? 무사님도 제 얼굴을 빤히 못 보시면서."

"지금 내가 쳐다보고 있는 사람은 누구요?"

"그럼 더 가까이서 볼 수 있어요?"

"당연히 볼 수 있소. 그 정돈 아무렇지도 않소."

드륵!

장련이 자리에서 일어났다. 그러고는 광휘의 얼굴 앞으로 확 다가왔다.

"……"

광휘의 동공이 심히 떨렸지만, 그래도 피하거나 하지는 않았다.

스윽.

그사이 장련이 더더욱 다가왔다. 이제 둘 사이의 거리는 한 뼘 남짓.

숨소리가 들리자 장련이 말했다.

"부끄럽죠?"

"나, 나는 아무렇지도 않소."

"이래도요?"

스윽.

이번엔 장련이 광휘의 두 귀에 손을 포갰다.

본능적으로 흠칫한 광휘의 눈동자가 지진 난 듯 흔들렸다.

"거봐요. 역시 부끄러워하잖아요."

"……."

광휘는 이번에는 대답하지 못했다. 눈앞에 가득 담긴 장련의 장난스러운 얼굴만 보였다.

사악.

이제 장련은 코앞까지 다가왔다. 어질어질해진 광휘는 결국 시선을 돌리며 가볍게 한숨을 토했다.

"좋소. 내가 졌……."

삭.

말을 하던 광휘의 얼굴이 다시 돌아왔다. 장련이 힘을 주어 그의 얼굴이 자신을 향하게 한 것이다.

"……!"

광휘의 눈이 커졌다.

살짝 눈을 감은 장련이 지척까지 닿은 얼굴을 조금 더 앞으로 내밀며 그의 얼굴에 가져다 댄 것이다.

수많은 사람들 속에서, 시끄러운 객잔의 소음 속에서 장련의 입술이 광휘의 입술에 조용히 포개어지고 있었다.

第九章

반로환동

달그락. 달각.

의미도 없이 찻잔만 만지작거리는 소리가 울렸다.

광휘는 얼굴이 달아올라 아무 말도 건네지 못하고 음식만 먹었다.

'아, 이러다 체하겠어…….'

장련 역시 그랬다.

처음엔 무뚝뚝한 광휘를 놀려주려고 시작한 것인데, 자신도 모르게 충동적으로 움직였다.

분명 음식을 먹고 차를 마시는데 무슨 맛인지도 느낄 수 없었다.

아마도 오늘 자리에 누울 때는 신나게 이불을 걷어찰 것 같다는 생각이 들 때쯤.

"저기, 이쪽 좀 봐주시겠소?"

홱!

누군가 말을 걸어오자 두 사람의 고개가 급히 움직였다.

돌아보니 커다란 봇짐을 진 청년 하나, 큰 봇짐을 든 뚱뚱한 장한 하나가 밝은 얼굴로 그들을 보고 있었다.

"아이고! 선남선녀가 따로 없으시구려. 이리 좋은 날에 혹시 좋은 물건이 필요하지 않으십니까?"

"…물건요?"

장련이 눈을 껌뻑이는 사이 청년이 능숙하게 탁자 위, 음식 옆에 몇 가지를 올려놓았다.

여자들이 쓸 법한 장신구들이었다.

"이건 백동(白童)이라는 것이지요. 겉보기엔 그냥 예쁘장한 장식품이지만, 그렇게만 보면 아주 큰 오산이에요. 이걸 열면 작은 면경이 보이고, 밑에는 분가루가 들어가는 아주 편리한 놈입죠. 한번 보시겠습니까?"

광휘는 별 관심을 갖지 않았지만 장련의 눈이 곧바로 흥미를 띠었다.

"우와! 예뻐요!"

품에 넣고 들고 다니는 화장 도구였다.

장련 또래의 여심을 공략하려는지 청년은 호기롭게 웃으며 말했다.

"이게 끝이 아닙니다. 다른 녀석도 있지요."

청년이 주섬주섬 품 안을 뒤지더니 뚱뚱한 장한을 향해 말했다.

"그거 꺼내봐."

"……."

"그거 있잖아, 뚱보 놈아!"

그 말에 중년인의 얼굴이 벌겋게 달아올랐다.

그것도 잠시, 곧 순순히 뭔가를 꺼내 내밀었다.

손 한 뼘 정도의 넓이에 높이는 손가락 길이 정도인 목함이었다.

"이게 뭔지 궁금하시지요? 한번 열어보겠습니다."

장련의 눈이 더더욱 반짝이는 걸 확인한 청년이 목함의 뚜껑을 슬며시 열었다.

땡리링, 띠리리링, 땡땡땡.

자그마한 나무 받침 위에, 인형 하나가 손을 든 채 돌아가고 있었다.

거기다 인형 주위는 진주 같은 것들로 장식했는지 연신 반짝거리며 빛을 냈다.

"이게 전부가 아닙니다. 이 녀석이 돌아가면서 좋은 향을 풍기는데, 그야말로 기가 막힙니다. 어째, 느껴지십니까?"

청년이 장련에게 목함을 조금 더 가까이 내밀었다.

광휘의 얼굴은 굳어졌지만 반대로 장련은 더없이 행복한 얼굴이었다.

"이거 얼마예요? 이렇게 귀여운 건 처음 봐요."

"그리 비싼 물품은 아닙니다. 혹시 연인 사이시라면 형장께서 계산을 해주시는 게… 흐흐훗."

"……"

갑작스러운 그의 물음에 광휘의 표정이 일순 굳어졌다. 청년은 뭐가 재밌는지 싱글싱글 웃었다.

"이봐. 가자."

그때 갑자기 중년인이 그의 팔을 끌었다.

청년은 단번에 인상을 썼다.

"왜? 이거 팔기로 했잖아."

"저기에……"

중년인이 한쪽을 가리키자 청년의 고개가 돌아갔다.

"이놈들이 또 왔어! 빨리 안 나가!"

그 순간 멀리서 점소이가 쟁반 하나를 들고 부리나케 달려오고 있었다.

"제길, 오늘도 공치나……"

중년인이 손을 잡아당기자 청년은 못내 아쉬워하며 재빨리 도망쳤다.

"이거 미안합니다. 요즘 들어 근방에서 자주 출몰하는 자들이라……"

다가온 점소이가 이마의 땀을 닦으며 말했다.

장련은 상황이 재밌다는 듯 피식 웃어 보였고 광휘는 여전히 표정의 변화가 없었다.

"이제 가요, 무사님."

장련이 자리에서 일어섰다.

*　　　*　　　*

어느새 땅거미가 지고 있었다. 장련은 광휘와 함께 늦은 밤 저잣거리를 거닐고 있었다.

"오늘 정말 즐겁지 않았어요?"

"즐거웠소. 나도."

광휘가 짧게 응대했다.

늦은 밤이라 여인은 이제 돌아가야 할 시간이 다 되어 있었다. 저잣거리에 장씨세가의 마차가 예정대로 서 있었다.

마부가 남녀의 인상착의를 확인하고 예를 차렸다.

장련이 마차에 먼저 오를 때쯤.

"소저."

광휘의 부름에 그녀가 뒤를 돌아봤다.

"잠시 안에 좀 계시겠소?"

"네?"

"이 앞에서 만날 사람이 있소. 잠시면 되오."

장련은 고개를 갸웃했지만 얌전히 마차 안으로 들어갔다.

광휘는 슬몃슬몃 인상을 쓰고는 반대 방향으로 몸을 돌렸다.

조금 걸어 마차가 시야에 겨우 머물러 있을 무렵 광휘가 입을 열었다.

"나와라."

주변은 한적했다.

저녁 시간의 저잣거리라 그런지 주위에 사람이 없었고 유흥
가가 없어 취객도 보이지 않았다.

"내가 갈까?"

광휘가 또다시 입을 열어 경고했다.

그때였다.

"그러기에 가발 안 쓰면 들킨다고 그랬잖아! 연기도 못하는
녀석이 괜히 줏대만 세워 가지고……."

스산했던 분위기 속에서 갑자기 인기척이 들려오기 시작했다.

"무슨 소리야? 이게 다 네놈 때문인데! 늙은 분장도 아니고
괜히 젊어지겠다고 인피면구 쓰고 나타날 때부터 이미 글렀지."

"허어. 내 인피면구는 완벽했어! 오히려 옆에 있는 웅 모의 연
기가 어색했지!"

골목 사이에서 투덕거리며 세 장년인이 걸어 나왔다.

하나는 아침에 사주를 봐준 노인이었고, 또 다른 자들은 장
신구를 판매했던 청년과 장한이었다.

"안 오나?"

"아, 옙!"

광휘의 목소리가 낮아지자 그들은 투덕거림을 멈추고 일시에
달려왔다.

가발을 쓴 노인은 방호, 장신구를 팔았던 자들은 염악과 웅
산군이었다.

입술을 질끈 깨문 광휘가 그들을 하나하나 눈에 새기며 말했다.

"시키는 일은 안 하고 뭐 하는 거냐?"

"그게… 헤헤."

방호가 턱에 붙인 흰 수염을 슥슥 매만지고는 어색하게 웃어 보였다.

"하던 중이었습니다. 적당히 분장하고요. 그런데 하필 단장께서 지나가시는 걸 봐서……."

찌릿.

광휘가 매섭게 노려보자 방호는 눈을 질끈 감으며 한쪽을 가리켰다.

"아니, 딴 게 아니라 저 염악이 단장님이 모처럼 연애하시는데 한번 도와드려야 하는 거 아니냐고 바람을 잡는 겁니다. 제가 안 된다고 몇 번을 말했는데도 이런 때 등 떠밀지 않으면 안 된다며……."

"내가 언제!"

돼지기름이 뚝뚝 흐르는 인피면구를 매만지며 버럭 소리치는 청년, 염악이 광휘를 향해 손사래를 쳤다.

"아닙니다. 저놈이 먼저 그랬습니다. 단장님은 등 떠밀지 않으면 될 일도 안 된다고! 변죽을 좀 울려야 국수라도 먹어볼 희망이 생긴다고 분명히 그랬습니다!"

"허어, 이놈이! 하늘이 알고 부처님이 아신다! 단장께 그 무슨 거짓말을 지어……."

"둘 다, 입 닫아."

"헙!"

"흡!"

싸늘.

광휘의 목소리가 뚜욱, 뚝 떨어져 내리자 둘은 입을 다물었다.

광휘는 스산하게 시선을 돌렸다. 그 바람에 배에서 둥근 박을 꺼내던 웅산군이 흠칫했다.

"웅산군 너마저……."

"…죄송합니다, 단장."

웅산군이 애매하게 웃으며 한 발 물러섰다. 그러고는 슬쩍 입꼬리를 올려 보였다.

"그런데 솔직히 좀 궁금하긴 했습니다."

"뭐?"

"크흠."

"흠흠!"

옆에서 웃음을 참는 방호와 염악.

이내 광휘의 눈빛과 마주치자 숨을 멈추고는 엄숙한 자세로 정면을 바라보았다.

"여하튼 앞으로는 이런 짓 하지 마라. 그리고 어서 돌아가. 해야 할 일이 있지 않느냐."

"알겠습니다."

천중단 대원 셋이 동시에 대답했다.

그들을 불만스럽게 바라보던 광휘가 발길을 돌렸다.

"가신 거지?"

광휘가 시야에서 사라질 때까지 부동자세로 서 있던 염악이 슬쩍 곁눈질을 했다.

"마차가 움직이는 걸 보니 간 것 같은데……?"

"혹시 모르니 좀 더 이렇게 서 있자고."

다각다각!

잠시 뒤, 광휘가 탄 마차가 완전히 사라지자 방호는 그제야 한숨을 내쉬었다.

"이제 확실히 갔군."

이후, 몸을 풀고는 염악을 향해 부드럽게 손을 내밀었다.

"연기 좋았네."

"이번엔 자네도 나쁘지 않았어."

"후후후."

서로 만족스럽게 바라본 그들은 광휘와 대면했던 그 순간도 철저히 계산한 모양이었다.

그걸 아는지, 옆에 있던 웅산군이 피식하고 웃어 보였다.

"한데……."

웅산군이 주위를 훑으며 물었다.

"다들 몇 명 찾았나?"

"난 둘."

"나도 둘."

방호와 염악이 대답한 후에야 웅산군이 말했다.

"난 다섯."

광휘 앞에서야 어설픈 모습을 보이지만 그들도 만만한 이들은 아니었다.

그간 저잣거리에 똬리를 틀고 사람들의 면면을 살폈던 방호.

장신구와 방물을 판다는 명분으로 객잔을 돌았던 염악과 웅산군.

그것은 은자림의 끄나풀을 찾기 위함이었다.

심지어 광휘와 만난 이 자리는, 이제껏 그들이 파악한 간자들의 위치와 가장 가까운 곳이기도 했다.

"슬슬 시작하지?"

"그러게. 바쁜 밤이 되겠군."

훅! 후훅!

말이 끝나기가 무섭게 천중단원 셋은 일시에 그 자리에서 사라졌다.

*　　　*　　　*

호롱불이 영롱히 비치는 저녁.

도지휘사 장대풍은 젊은 청년, 운 각사와 마주하고 있었다.

'불편하군.'

장대풍은 그를 만나기 전부터 이 자리가 달갑지 않았다.

예전이었다면 눈앞의 사내를 반갑게 만났겠지만 지금은 조정과 조금 멀어진 상황이었다.

더구나 관에 돌아가야 할 그가 이 자리에 버티고 있는 것도, 무슨 할 얘기가 있다고 자신을 이리 불렀는지 그것마저 맘에 들지 않았다.

"요즘 많이 바쁘신가 봅니다?"

펄럭!

운 각사가 먼저 운을 뗐다.

늘 그렇듯 펼쳐진 부채로 얼굴을 가린 자세였다.

"갑자기 할 일이 많아졌소."

장대풍이 자연스럽게 대답했다.

"죽은 병사 가족에게 위로금을 지급하는 일과 조정에 올릴 보고서를 작성하는 것이 제일 시급하지 않겠소. 거기다 미뤄 둔 내정 관리, 국책 사업. 신경 쓸 일이 한두 가지가 아니오."

"흐음. 생각해 보니 바쁠 만하군요."

운 각사가 이해한다는 투로 말하자 장대풍이 미간을 찡그렸다.

뭔가 의심스럽게 묻다가, 대답하니 또 태연하게 납득한다.

이게 자신을 시험하는 것인지, 아님 뭔가 캐내려는 것인지 알 수가 없었다. 그게 가장 신경 쓰였다.

"아무튼 운 각사에겐 고맙소. 최악의 경우 파직당할 수도 있는 상황에서 귀하가 직접 나서주지 않았소."

"도지휘사는 제게 필요한 분이지 않사옵니까."

운 각사가 웃었다.

장대풍은 그 웃음에 바짝 긴장한 채로 자세를 고쳐 잡았다.

'확실히 뭔가 있어⋯⋯.'

말속에 묘한 억양이 담긴 언중언(言中言).

말끝에 '⋯사옵니까'라는 어미가 붙는 특이한 방언.

그것이 그의 신경을 계속 자극하고 있었다.

'거기다……'

운 각사의 몸짓이 계속 걸렸다.

다리를 꼬는 것도 그렇고 눈썹 또한 날렵하거나 짙은 게 아니라 고아하다는 느낌을 주었다.

당당한 사내라기보다 계집이 부리는 교태 비슷했다. 그 또한 미묘한 혐오감에 일조했다.

"도지휘사께서는 어디 아픈 곳은 없사옵니까?"

의도를 짚으려는 장대풍에게 운 각사가 또다시 말을 걸었다.

"흠! 그때 말하지 않았소. 더 이상 관군을 대동하지 않는다는 약속을 하고 빠져나왔다고."

"호오, 분명 그렇게 말씀하셨사옵지요. 이제 기억이 납니다. 그랬었지요?"

도지휘사의 낯빛이 점점 어두워졌다.

'대체 무슨 생각인 건가?'

의심하는 듯하다 또다시 이해하는 듯한 말을 반복하는 청년.

점점 불편한 침묵을 참지 못하고 도지휘사가 조용히 운을 뗐다.

"그래서 본관을 불러서 하려던 얘기가 무엇이오?"

"뭐, 도지휘사께서 잘 지내고 계시는지 인사차 방문한 겁니다. 특별한 얘기가 아닐 수 있지만 워낙 바쁘셔서 잘 만나주질 않으시니 어찌 보면 특별한 일이겠지요?"

"고작 그거요? 본관은 잘 지내고 있으니 걱정 마시오. 그럼 먼저 실례하겠소."

드륵.

상대의 중의적인 표현에 기분이 나빠진 장대풍이 자리에서 일어났다.

그가 운 각자를 지나칠 때였다.

"송충이가 왜 솔잎을 먹는지 이유를 아십니까?"

"……!"

멈칫.

순간 걸음을 멈춘 도지휘사를 향해 자리에 앉아 있던 운 각사가 고개를 들었다.

"그래야 살기 때문입니다. 송충이는 다른 것을 먹으면 죽지요. 참고하시라고 말씀드렸사옵니다."

"……."

스윽.

운 각사가 부채를 내리자 장대풍의 눈이 커졌다. 처음으로 그의 제대로 된 얼굴을 보게 된 것이다.

"저울질도 계속 하다 보면 어느 순간 추의 무게가 사실과 반대 방향을 가리키기도 합니다. 그럴 땐 그냥 맘 편히 처음 생각했던 곳으로 오는 게 좋사옵니다."

"…대체 무슨 소릴 하는지 잘 모르겠소."

"모르시겠다라……."

스륵.

운 각사가 자리에서 일어났다.

이내 반쯤 열린 창가 쪽으로 걸어가던 그는 창문 사이를 빤히 바라보다 입을 뗐다.

"저 호위무사분은 처음 보는군요."

"이번에 새로 뽑았소. 일신상에 워낙 큰일이 닥친지라."

"그렇사옵니까?"

투욱.

운 각사가 몸을 돌려 도지휘사를 바라보며 말했다.

"한데 맹인을 호위무사로 세우는 경우도 있습니까?"

"……!"

도지휘사의 눈썹이 꿈틀댔다.

그의 오랜 정치 경험으로 그의 의중을 그제야 파악한 것이다. 이제껏 물어본 것이 결국 '그들'과 연관되어 있음을 직감했다.

"아, 그만큼 뛰어난 무사라고 하면 되겠지요? 험한 일을 당하신 만큼 심사숙고하셨을 테니……."

또다시 이해한다는 투로 말한 운 각사가 처음으로 이를 드러내며 웃어 보였다.

'아……!'

그를 바라보던 장대풍의 미간이, 실금이 가듯 미미하게 좁아졌다.

이가 누랬다. 고고하고 반듯한 용모와는 전혀 어울리지 않는, 쳐다만 봐도 구린내가 날 정도의 치아였다.

그가 부채로 얼굴을 가린 이유가 그 때문이란 걸 이제야 깨달았다.

"대인."

운 각사가 경직되어 있는 장대풍을 부드럽게 불렀다.

"저는 대인의 결정을 존중합니다. 공포는 사람을 두렵게 만들고 이성적인 판단을 마비시키지요. 그래서 저는 다시 한번 이해해 보려고 합니다."

"……"

"한 달 드리겠습니다. 거처로 돌아가서 좀 더 깊이 숙고하십시오. 이 시간부터 대인과 저, 우리 둘에겐 정말 소중한 기회가 될 테니까요."

운각사가 스윽 고개를 숙이며 문 쪽으로 향했다.

"대체……"

겨우 풀려났다는 심중 속에서 도지휘사의 얼굴은 딱딱하게 굳어 있었다.

*   *   *

방문을 나서는 장대풍의 표정은 불쾌감 그 이상이었다.

상대가 아무리 조정의 요직을 꿰찼다고 하지만 자신 역시 일개 성을 대표하는 관직에 있다.

대화 내용 하나하나가 자신을 아래로 보는 느낌을 지울 수가 없었다.

처억.

도지휘사가 묘목 사이를 지날 때쯤 한 사내가 예를 표했다.

"무슨 안 좋은 일을 당하셨는가 보오."

그의 호위무사인 구문중의 말에 장대풍은 내심 놀랐다.

앞이 보이지 않는데도 자신의 상태를 짐작한 것인가.

"뭐, 대화는 잘 끝냈소이다."

장대풍은 숨을 고르며 말을 이었다.

"예상대로 운 각사란 자는 은자림을 부리는 놈이었소. 조금 전에도 날 회유하려 하더구려."

"……."

구문중이 대답 대신 조용히 고개를 끄덕였다.

그가 공감하는 모습을 보이자 장대풍은 좀 더 속내를 터놓기 시작했다.

"들어갈 때부터 기분 나빴소. 나긋나긋한 말투에 촘촘히 가시가 박혀 있었소. 드문드문 모욕적인 말도 하더구려. 거기다 이도 누런 것이 양치도 않는 것인가. 보기만 해도 불쾌하더이다."

"허어."

구문중이 무슨 생각인지 묘한 표정을 지어 보였다. 하지만 어둠과, 가려진 머리카락 때문에 그 모습이 잘 드러나지 않았다.

"아무튼 내 의사를 전부 전달하고 왔소. 아직은 포기하지 않은 듯했지만 언젠가 다시 이빨을 드러낼 수도 있으니 긴장해야겠소."

구문중은 고개를 끄덕였다.

대화를 마친 도지휘사가 발걸음을 옮기려다, 뭐가 생각났는지 불만스러운 심정을 토해냈다.

"한데 생각하면 할수록 이상하군. 본관이 조정에 연줄이 없지 않은데도 저런 자가 있다는 걸 들어본 적이 없소이다. 저 어린 자가 도독부의 요직에 들어앉았다니?"

장대풍이 가장 화가 난 이유가 그것이었다.

도독부에 들어가는 방법은 연줄 외에는 불가능했다. 충분히 권세가 있는 집안의, 그리고 허튼짓을 하지 않을 거라 믿을 수 있게 선별된 인원만 앉을 수 있는 자리다.

본인의 능력? 말도 안 된다.

설령 전시에서 장원 급제를 하더라도 그건 명예나 좀 주어질 뿐 나이가 어리면 황궁의 소일거리나 학림의 잔심부름이 고작이다.

그런데 그자는 척 봐도 청년이었고 아무리 쳐준다고 해도 스물다섯은 넘어 보이지 않았다.

"흐음."

구문중은 신음을 흘렸다.

초점 없는 반개한 눈을 뜨며 한쪽에 베인 나무 밑동을 바라봤다.

"도지휘사 말씀대로라면."

장대풍이 발걸음을 옮기려 할 때였다. 처음으로 구문중이 말을 꺼냈다.

"명문대가의 출신이 아닌데도 그런 관직에 앉을 수 있다면 보기보다 나이가 많을 수도 있습니다."

"그게 무슨 말이오?"

눈을 크게 뜨고 바라보는 장대풍을 향해 구문중이 나직이 대답했다.

"대인이 그와 만나기 전, 몇 발 떨어진 거리였지만 그와 잠깐 마주쳤었습니다. 그때 받은 느낌이 매우 특이했습니다."

"…특이?"

"소인은 보시다시피 맹인입니다. 그래서 감각이 예민한 편이지요. 원래는 똑같은 사람이라 하더라도 저마다 독특한 기(氣)가 느껴지게 마련입니다."

"하면……?"

"그에겐 어떠한 기운도 느껴지지 않더군요. 아마 스스로 기를 갈무리한 것이겠지요. 은자림 출신의 고수. 그리고 외모는 젊은데 유독 이만 늙은이처럼 누렇다? 여기서 떠오르는 것이 없으십니까."

"설마."

순간 뭔가 떠오른 듯 도지휘사가 눈을 부라리며 말했다.

"혹 환골탈태라도 했다는 말이오?"

환골탈태.

무의 극에 다다르고 깨달음을 얻으면 육신이 완전히 재구성되는, 절대 영역에 들어가는 와중에 발생하는 신체 현상을 가리킨다.

장대풍은 그 얘길 들었을 때 말도 안 되는 일이라고 생각했다.

하지만 은자림이라면, 그 말도 안 되는 일을 가능케 하는 집단이 아닌가.

"비슷하지만 조금 다를 겁니다."

구문중이 고개를 저으며 말을 이었다.

"환골탈태는 무공에 적합한 신체로 다시 태어나는 것입니다. 피부, 시력, 감각, 뼈마디까지 새로이 태어나는 것이지요. 그리되는 중에는 썩은 이도 다시 난다 하니 경우에 맞지 않습니다."

"그러면 대체 뭐요?"

장대풍의 고개가 다시 한번 갸웃할 때쯤.

구문중은 시선을 그에게로 돌리며 말했다.

"혹 반로환동(返老還童)이라고 들어보셨습니까?"

＊   ＊   ＊

한정당의 길은 총 세 갈래로 나뉜다.

서쪽은 연못이 있는 어로길이며, 남쪽은 대의전에서 가까운 길로 호수를 낀 부용루가 있는 곳이다.

북쪽이 길이가 가장 긴데, 꽃들이 가장 많이 심긴 곳이다.

'아무리 옷이 날개라지만 사람이 이렇게 변할 수도 있는 거구나.'

북쪽 길을 올라가고 있는 묵객은 서혜를 보며 잠시 생각에 잠겼다.

첫날의 복장은 차분했다.

둘째 날은 좀 점잖은 분위기였는데 오늘은 명가의 여인처럼 단아하고 청초한 차림이었다.

"무슨 생각을 그리 골똘히 하세요?"

묵객이 너무 빤히 바라봐서일까. 철쭉꽃을 보며 환히 웃던 서혜가 말을 걸었다.

"하… 그저 소저가 참 아름답다는 생각이 들어서 말이오."

"풋. 이게 다 화장 때문이에요."

"어헛, 무슨 소리!"

서혜가 웃어 보이자 묵객은 오히려 더 진지해졌다.

"호박에 줄 긋는다고 수박이 되오? 그 말은 아무리 화장을 해도 원래부터 얼굴이 안 되는 여인들한테 욕 들어먹을 발언이오."

"음… 묵객께서는 화장이 얼마나 대단한지 잘 모르시는군요."

서혜가 살풋 웃으며 고개를 저었다.

"무슨 말이오?"

"그런 게 있어요."

서혜는 꽃밭에서 나와 묵객의 맞은편에 섰다. 그러고는 그를 빤히 올려다보았다.

"뭘 그리 보시오?"

묵객은 괜히 어색한 동작으로 고개를 돌렸다.

말을 하면서도 그는 이 상황이 못내 믿기 힘들었다.

여인을 친우처럼 대하면 안 된다는 사소한 진리를 깨달은 이후부터 상대를 뚫어져라 보는 것은 오히려 자신이 주로 하던 방식이었다.

한데 상대가 너무 노골적으로 나오자 이번에는 그게 잘되지가 않았다.

"그냥 좋아서요."

"뭐가 말이오?"

"대협이 제 옆에 있으시다는 게."

"……."

묵객은 잠시 뭐라 말하려다 피식 웃어 보였다.

대수롭지 않다는 반응 때문일까. 서혜가 눈썹을 찡그리며 말했다.

"저 눈 높아요."

"확실하오?"

"그럼요. 전 잘생긴 사람이 좋거든요."

"허……."

편안한 분위기 탓인지 묵객이 웃으며 고개를 젓자 서혜가 재차 물었다.

"여인은 잘생긴 사내를 좋아하면 안 되나요? 대협께서도 예쁜 여인들을 좋아하시잖아요?"

"마음이 더욱 중요하오."

"거짓말. 남자들은 항상 그러죠. 마음이 제일 중요하다면서 결국은 얼굴을 먼저 보던데요?"

"뭐… 굳이 따진다면 얼굴을 보긴 보지만 그리 중요한 건 아니오."

"결국 다 보는군요?"

"오해요, 오해."

묵객의 얼굴이 붉어지자 서혜가 한 발 더 다가서며 물었다.

"그건 그렇고… 우린 언제 하죠?"

쿵!

묵객의 귀에 벼락이 떨어진 듯했다.

"무슨……."

"연인끼리 하는 거 있잖아요."

연인끼리 하는 거, 연인끼리 하는 거.

묵객은 귀에 왕왕 메아리가 울리는 기분이 들었다.

'설마 그건가!'

묵객의 얼굴이 시뻘겋게 달아올랐다.

"소저 그건, 아직 마음의 준비가……."

"왜요? 대협께서 여인들을 만날 때마다 늘 하는 건데……."

"무, 무슨 소리요!"

순간 떨 듯이 놀란 묵객이 황급히 주위를 둘러보다 목소리를 낮췄다.

"터무니없소! 난 무턱대고 밀어붙이는 사람이 아니오. 그리고 매번 '그때'마다 강요한 적은 단 한 번도 없소!"

"어머, 그래도 오는 여인을 거부한 적은 없으시잖아요. 소녀가 본 문에서 대협이 그간 만난 여인들을 기억해 보면……."

"어허허헛!"

묵객이 진저리 치며 몇 걸음 물러섰다.

생각해 보니 서혜는 하오문 출신이다. 어물쩍 넘어가려다가 제 발등을 찍은 격이다.

자신의 과거사를 생각하니 스스로도 얼굴이 화끈거리는 일들이 몇 개나 있었다.

"허허허. 정보란 것은 원래 거짓된 소문이 많은 법이오. 그리고 여긴 대낮이니 언행을 조금 더 신중히……."

"그럼 저희는 손도 못 잡는 거예요?"

"뭐요? 손?"

묵객의 표정이 변했다.

"네, 손요. 대체 뭘 생각하신 거예요?"

"허어어……."

그는 혀를 배꼼 내미는 서혜를 보곤 자기 이마를 손으로 꾸욱 눌렀다.

'당했다.'

알면서도 모르는 척해주고, 그 와중에 순진한 척까지 한다. 어째 임자 제대로 만난 것 같다는, 그런 생각이 들었다.

*　　　*　　　*

해가 질 때까지 두 사람은 한정당에 머물러 있었다.

어느덧 서쪽 길 호숫가에 자리를 잡았을 때쯤, 묵객은 궁금했던 얘길 꺼냈다.

"소저는 내 어떤 모습이 좋았던 거요?"

그동안 서혜의 행동에서 이해가 가지 않는 것이 하나 있었다.

단순히 자신을 좋아해서 쫓아다닐 수야 있다.

하지만 장씨세가의 상황이 그리 녹록지 않음을 알면서도 이리 따라다니는 것은 자신이 모르는 뭔가가 있을 공산이 더 컸다.

"솔직히 궁금하오. 처음엔 단순히 은혜를 받고 온 거라 했었지만 그것만으로 이렇게까지 헌신하듯 자신을 내려놓지는 않소. 대체 나의 어떤 점이 좋은 거요?"

묵객은 조금은 진지해졌다.

사실 그녀를 봤을 때 제일 먼저 묻고 싶은 것이었다.

이제껏 봐 온 대로라면, 그녀는 하오문 사내들을 부리며 전심으로 도와주고 있었다.

거기다 해남파 사람들에게도 성심성의를 다하고 있었다.

"돕고 싶어서요."

서혜의 말에 묵객이 의아하게 그녀를 바라보았다.

이제껏 누구의 도움도 없이 살아온 그였다. 그런데 자신을 도와주고 싶다니.

"소녀는 이제껏 꽤 많은 사람을 보아왔어요. 그중에는 특히나 무인이 가장 많았고요."

빙긋이 웃은 서혜가 진지하게 말을 이어 나갔다.

"칼을 쓰는 무인들을 보면 어느 한구석이 결여되어 있어요. 죽음을 수차례 목도하면 감성이 점점 어긋나기 때문이에요."

"손에 병기를 쥔 이상 당연한 일이오. 그래서 협의에 몸을 담고 지키는 것이지."

묵객의 말에 서혜는 고개를 끄덕였다.

"맞아요. 신념이 분명한 사람은 그런 자괴감에 빠지지 않죠.

하지만 원치 않는 죽음은 어디든 존재하게 마련이죠. 그것이 앙금 혹은 짐으로 남아요."

"……?"

묵객은 서혜를 빤히 바라보았다.

"예컨대 죽이지 말아야 할 사람을 죽였다거나, 혹은 도움이 늦어 원치 않는 죽음이 생겼다거나 하는 것들요. 또한 자신이 힘이 없어서 도와주지 못하는 경우도 있죠."

"흐음."

그 말에 묵객이 침음했다.

생각해 보면 자신 역시 그런 일을 적지 않게 당했었다. 도우려고 해도 도울 수 없는, 시간이나 자신의 능력 부족이 빚어내는 경우가 많았다.

서혜는 그게 자신의 능력 문제가 아니라고 말하고 있었다.

"협의란 원래 양면성을 띠어요. 밝지만 그늘진 곳이 있게 마련이죠. 아무리 정의롭게 행동한다 해도 결과가 좋지 못하면 결국 그 피해는 자신이 고스란히 입게 돼요. 그리고 계속 누적되지요."

"그렇기 때문에 힘을 기르는 거요. 강해지면 조금씩 멀어지게 될 테니까……"

"힘의 문제가 아니에요, 대협."

묵객의 말을 끊은 서혜가 차분한 얼굴로 그를 바라보았다.

"대협의 도움을 애타게 기다리는 손이 꼭 한 곳이 아니라 동시다발적으로 일어나면 그땐 어떻게 하실 건가요? 아무리 대협이라도 중원 전역의 모두를 다 구하지는 못해요."

"……."

"그리고 도움을 주겠다고 나섰다가 일이 틀어졌을 때는? 악인이라고 생각해서 처단한 이가, 사실은 누명을 쓴 억울한 이라면? 그 일을 한 번이 아니라 수십 수백 번 맞닥뜨리게 된다면요?"

"아마도……."

묵객은 인정할 수밖에 없었다.

"미쳐 버릴 게요."

서혜가 말하는 경우가 많지는 않았지만, 그렇다고 전혀 없었던 것도 아니었다.

그 역시 강호에 발을 들인 이래, 은원이 복잡한 일에 말려들어 곤욕을 치른 경우도 있었다. 그럴 때마다 후회와 자괴감으로 며칠을 술독에 빠져 지내곤 했다.

"대체 왜 그런 말을 하는 게요, 소저?"

묵객은 조금 불편해졌다. 서혜는 어디까지나 가정한다는 말로, 마치 자신의 약점을 집요하게 파고드는 사람처럼 말하고 있었다.

"조사를 할수록 두려워져서요."

서혜가 가늘게 한숨을 쉬었다.

"두려워……?"

"대협께서는 은자림에 대해서 얼마나 알고 계시나요?"

난데없이 은자림을 언급하자 일순 묵객의 표정이 굳어졌다.

"팽오운의 죽음 앞에서 은자림에 대해 조사를 한번 해봐야겠다고 생각했어요. 해서 각지의 정보와 이제껏 있던 모든 관련 책들을 뒤져보았어요."

서혜는 나직하게 말을 이었다.

그녀는 머지않아 은자림과 싸움이 일어날 것이라고 예상하고 있었다.

운수산의 석염. 그것은 팽가가 아닌 은자림에서 만드는 폭굉의 주재료다. 여기서 그들이 개입되지 않았다고 생각하는 게 오히려 이상하다.

"그리고 느꼈어요. 이들이 접근하고 싸우는 방식과 추구하는 사상. 이건 정말이지, 제가 읽은 자료가 의심될 만큼 충격적이었어요. 말 그대로, 미친 사람이 아니고선 할 수 없는 행동들."

서혜는 잠시 말을 끊었다가 묵객을 바라보며 숨을 내뱉었다.

"그중 가장 두려운 것은 협의의 모순점을 이용해서 공격하는 자들이에요."

"협의의 모순점?"

"이를테면 힘없는 민초들. 누구도 방심할 수밖에 없는 대상을 활용하는 거예요. 아이나 소녀들을 이용한 자살. 웃으면서 손을 내밀다가 폭사하는 사람들. 이런 걸 겪은 이들은 설령 무사하다 해도 정신적으로 엄청난 상처를 입게 되죠. 그리고 이런 일이 계속되다 보면……."

묵객은 섬뜩함을 느꼈다.

그녀의 말은 상상만 해도 끔찍했다. 아무도 믿을 수 없고, 누구에게도 안심할 수 없다. 끊임없이 경계심만 품게 되고, 그런 와중에 지친 동료들이 하나하나 떨어져 나간다…….

"은자림이 그래서 무서운 거예요……."

"지옥이군."

묵객은 인정했다. 그들의 행동이 얼마나 효율적이고 참혹한지.

이건 몸으로 싸우는 싸움이 아니라 정신을 공격하는 방식인 것이다.

"그리고 천중단이 얼마나 대단한 곳이었는지도 깨닫게 됐어요."

"…천중단?"

묵객의 눈이 커졌다. 서혜는 담담히 말을 이었다.

"피로 피를 씻은 싸움이죠. 이런 적들을 상대로 버텨내고, 잔혹함을 인내하고, 거꾸로 격파하는 이들이 있었다는 게 믿기지 않아요. 물론 그런 싸움을 버텼기에 적지 않게 망가지긴 했지만……."

'광휘…….'

묵객은 질끈 눈을 감았다.

광휘와의 첫 만남에서 그런 느낌을 받았었다.

어딘가 망가져 있다고.

생각해 보니 참으로 당연한 일이다. 자신이라면 몇 번은 미쳐도 미쳤을 것이다. 한데 그 고통을 경험하고도 살아남았다.

그것만으로도 대단하다는 생각이 들었다.

"저는 대협을 돕고 싶어요."

이제 서혜는 처음 했던 말을 꺼냈다.

그녀는 묵객을 보며 안타까운 표정을 지어 보였다.

"은자림이 나타나면 대협께서는 분명 좌시하지 않을 테니까요. 대협이 가장 중요하게 여기시는 협의가 대협을 죽이게 될지 몰라요."

"……."

묵객은 대답하지 못했다.

서혜의 고운 목소리도, 향긋한 체취도… 지금 이 순간만큼은 어떤 것도 느껴지지 않았다.

✳   ✳   ✳

휙! 휘휙!

꼬불꼬불 굽이진 골목길로 방호, 염악, 웅산군이 날아들었다.

그간 이곳에 머무는 동안, 천중단의 이들은 의심되는 자들을 눈여겨보았고 광휘를 대면하는 와중에 무언가 설명 못 할 낌새를 느낀 것이다.

"이게 대체……."

"허……."

투욱. 투욱. 투욱.

땅을 밟고 선 그들의 표정이 삽시간에 굳어졌다.

바닥에는 한 여인이 피를 흘린 채 죽어 있었고 앞쪽에도 두세 명씩 쓰러진 시체가 보였다.

"시체야."

"이거 뭔가 우릴 부르는 것 같은데?"

주검들은 하나같이 한쪽 방향으로 손을 뻗은 채 쓰러져 있었다.

단순히 우연이라고 보기엔 뭔가 이상했다.

"일단 가보지."

파파팟.

천중단 단원들은 시체가 가리킨 방향으로 몸을 날렸다. 그러면서 혀를 찼다.

"허어. 이놈들이 무슨 생각이지?"

길가에 널린 시신은 적지 않았다. 대체 무슨 생각인 건지, 거의 서른 명 가까운 시체로 길을 만들어두고 있었다.

좁은 통로 쪽으로 들어선 그들이 곧 멈춰 섰다.

눈앞에는 이름 모를 누추한 가옥이 있었다.

염악과 방호는 서로 눈빛을 교환하며 고개를 끄덕였다.

"함정일 수도 있어."

웅산군이 고개를 저었다.

시체가 이 길을 가리켰다. 분명 자신들이 쫓고 있다는 걸 아는 자들이었다.

"그렇다고 그냥 갈 수는 없지 않나?"

"내 생각도 그래. 우리를 반기는데 그냥 나갈 수야 있나."

방호의 말에 염악이 거들었다.

"흐음……"

웅산군은 주위를 한번 둘러보았다.

분명 자신들을 부르고 있다. 죽음으로써.

"만약 무슨 일이 생기면 내 뒤에 서라. 폭굉이라도 날려 버릴 테니까."

언가권의 절초 중 하나, 언가풍신권(彦家風神拳).

설령 폭굉이 날아든다 하더라도 터지기 전에 풍압으로 쳐내 버리면 곤란을 겪을 일은 없다.

물론 이곳의 모두가 폭굉의 폭발에 직격당하지 않는다고 가정했을 경우겠지만.

"알겠네."

"그리하지."

방호와 염악이 동의하자 그들은 병기를 집어 들었다.

그리고 방문을 향해 돌진하는 그때.

—불꽃과 함께 사그라지고 다시 태어나리라.

"……?"

"……?"

"……?"

다들 멈칫하며 귀를 기울였다.

허름한 판잣집에서 느닷없이 노랫소리가 흘러나오기 시작한 것이다.

—오오, 생명이여. 자애로운 파멸이여.

—시린 하늘은 불꽃 아래 녹아내리고, 새로운 왕조(王朝)가 일

어나리니.

"이건……."
세 사람의 눈이 부릅뜨였다.

*　　　*　　　*

콰아아앙!
문을 뚫고 들어간 세 명의 천중단 대원은 멈칫했다.
거칠게 뚫고 들어왔으니 당연히 반격을 예상했다.
하지만 모옥 중앙에 앉은 오십 명의 사람들은 자신들을 본체
만체하고 앉은 채로 노래를 흥얼거리고 있었다.

─이 몸을 바치오니 당신의 신명을 내려주소서.
─거룩한 불꽃 속에서 새 생명과 함께 태어나게 하소서.

그들은 소복과 흰 의복을 차려입고 있었다.
마치 죽은 이에게 입히는 수의처럼 하얀 옷차림. 그리고 그
소매에 그려진 붉은 불꽃의 문양.
"이것들이……."

─불꽃과 함께 사그라지고 다시 태어나리라.
─이 몸을 바치오니 당신의 신명을 내려주소서.

─거룩한 불꽃 속에서 새 생명과 함께 태어나게 하소서.

노래는 계속되었다. 끊임없이 주문처럼 웅얼거리는 그 노래는 무공의 고하와 상관없이, 보는 이들의 모골을 송연하게 만드는 무엇이 있었다.

"이봐, 웅산군. 이놈들……."

"맞아. 틀림없어."

─거룩한 하늘 앞에서 우리는 하나가 되리라.
─거룩한 하늘 앞에서 우리는 하나가 되리라.
─거룩한 하늘 앞에서 우리는 하나가 되리라.

"……!"

그때였다. 노래가 절정에 이르는 듯 와앙 하고 커다랗게 소리가 마무리되었다.

확! 화확!

기다렸다는 듯 일제히 고개를 돌리는 이들.

어린아이도 있고, 나이 든 노인, 젊은 처자부터 청년까지 가지각색의 사내들이 눈을 붉히고 있었다.

그보다 더 소름 돋는 것은, 다들 웃고 있었다.

"피해!"

스윽.

염악이 섬뜩함을 느끼고 물러설 때였다. 오십여 명의 사람들이 일시에 비수를 하나씩 꺼내 들었다.

방호와 웅산군이 바싹 몸을 낮추며 뭔지 모를 공격에 대비하려는 순간.

푹! 푹! 푹! 푹!

그들은 자신의 가슴을 찔러내며 그대로 자지러졌다.

"…아미타불."

"이게 대체 무슨 일이야?"

방호가 법경을 외고, 염악이 혀를 찼다.

집단 자살.

모두가 뭔가에 순종하듯, 기다렸다는 듯이 죽어버린 것이다.

"어이, 저거 보여?"

그들의 앞, 중앙에 놓인 커다란 패에 단출한 한 문장이 적혀 있었다.

하늘을 대신하여 벌을 내리노라.

마치 피로 쓴 듯 아직까지 바닥으로 핏물이 뚝뚝 떨어지는 끔찍한 글귀였다.

第十章

대동

햇볕이 내리쬐는 이른 아침.

방문을 열고 들어서는 청년의 발걸음이 몹시 조심스러웠다.

"끄응!"

인기척이 들리자 노인이 몸을 일으켰다.

빛이 내리쬐는 창가 쪽, 침상에 누워 있던 장원태였다.

"누워계십시오, 아버지. 일어나실 필요 없습니다."

급히 다가온 장웅이 눕히려 했지만, 장원태는 앙상한 손을 힘겹게 내저었다.

장웅은 할 수 없이 그가 편히 앉을 수 있도록 등을 받쳐주었다. 자리에서 겨우 몸을 세운 장원태가 말했다.

"아비가 이래서… 고생이 많구나."

"그런 말씀 마십시오. 이제껏 본가를 이끌어온 것은 다름 아닌 아버님이십니다."

"녀석, 여전히 말은……."

장원태는 입가에 미소를 띠었다.

팽가의 침입으로 이들 부자는 장씨세가를 잠시 떠났다. 그리고 본가로 돌아오고 나서도 장원태는 며칠 동안 의식을 잃었다.

이따금 의식을 차릴 때마다 장웅이 항상 그의 곁을 지키고 있었다. 장원태는 힘 빠진, 하지만 약간 후련한 얼굴로 솔직히 말했다.

"이제 나도 다 내려놓을 때가 된 모양이다. 네가 이렇게 장성했으니……."

"당치도 않은 말씀입니다. 소자, 아직 부족한 점이 많습니다. 장씨세가에는 아버님이 필요합니다."

장웅이 펄쩍 뛰어오를 듯 놀라며 그를 붙잡았다.

"의원이 말하기를 아버님의 병세가 점점 나아지고 있다고 했습니다. 약한 말씀 마시고 빨리 기운 차리십시오. 병은 모름지기 마음에서 온다고 했습니다."

"그래그래. 그런 게지."

장원태는 장웅을 보며 말없이 미소를 지어 보였다.

잠시 창가로 고개를 돌린 그가 뭔가 떠올랐는지 입을 열었다.

"련이는 요즘 뭐 하고 있다냐?"

"심주현 일대의 상인들을 불러, 여러 가지 말을 나누고 있습니다."

"…나름 방법을 찾는 모양이구나. 고생이 많겠다. 재정 상태도 좋지 않을 텐데……."

장원태는 장씨세가가 겪고 있는 재정 상태를 보지도 않고 추측해 냈다.

사실, 굳이 들여다보지 않아도 전쟁이 너무 길었다. 그로 인해 쌓였을 피로감이 이제야 터져 나오는 것이리라.

"잘해낼 겁니다. 그간 연락이 끊겼던 상단만이 아니라 다른 지역에서도 새로운 손님들이 문의를 해오고 있다고 합니다. 런이가 제 생각 이상으로 운영에 소질이 있었던 모양입니다."

장웅은 장련이 최근 진행하고 있는 것들을 설명했다.

단순히 특산품을 파는 것에 그치지 않고 독자적인 상품 판매를 하는 방식, 그로 인해 각 상회마다 폭발적인 수요가 늘어나는 상황까지 상세히 설명했다.

"장하구나. 어찌 그런 생각을 다 했을까."

장원태는 감탄을 내뱉었다.

장웅의 설명을 듣는 와중에 몇 번이고 어깨가 들썩일 정도로 장련의 계획은 독창적이었다.

"그러게 말입니다. 조금만 방향을 잘못 잡으면 큰 손해를 보게 될 텐데 과감하게 계획을 짜고 또 실행하는 걸 보면 런이는 그릇이 정말 큰 것 같습니다."

여동생을 향한 부러움일까. 장웅은 약간 쓸쓸한 미소를 지었다.

"런이가 실수하거나 부족한 부분은 웅이 네가 좀 도와주거라."

아들의 속내를 짐작한 장원태가 나지막이 입을 열었다.

"상품을 묶어 팔기란 초기에 자본이 많이 들고 사람들의 생각도 잘 읽어야 한다. 거기에 정보를 적시에 알아내 사람을 모으고 운용하는 것도 필요해. 네 동생은 능력이 있지만 혼자 모든 것을 다 하기엔 벅차다."

"알겠습니다."

장원태의 격려 아닌 격려에 장웅의 표정이 조금 편해졌다.

"네 이야기도 들어보자. 네 성격에 그간 련이가 하는 걸 가만히 지켜보고만 있진 않았겠지? 무슨 복안이 있느냐?"

장웅이 멈칫했다. 장원태의 말처럼 그 역시 장씨세가의 부흥에 큰 전략을 세우고 있던 중이었다.

그건 지난번처럼 팽가에 고통받지 않을, 좀 더 큰 미래에 대한 대비였다.

하지만 지금 내놓기에는 이르다고 생각했다. 조금 더 가닥이 잡힌 후에.

그때까지 장웅은 내심에 품은 생각을 잠시 미뤄두기로 했다.

"그것보다 아버님, 제가 들른 건 이유가 있습니다."

"무엇이냐?"

"곧 해남파 사람들과 당가 사람들이 떠난다고 합니다."

장웅의 말에 장원태의 눈이 스르륵 감겼다. 그는 몇 초간 생각하다가 다시 눈을 떴다.

"그들이? 왜? 좀 더 편안히 계시다 가지 않고."

"나름 이유가 있는 듯합니다. 소자도 방금 해남파와 당가의 사람들에게 연락을 받고 아버님께 말씀드리러 온 겁니다."

"그렇구나."

장원태는 긴 한숨을 내쉬었다.

저 멀리 세외에서 나타나 도움을 준 해남파와 정예 고수들을 이끌고 온 당가.

평생 보지 못할 것 같은 무가들의 은혜는 아직까지 가슴에 큰 표식처럼 새겨져 있었다.

"웅아, 나 좀 일으켜 다오. 그분들이 가시기 전에 인사나 드려야겠다."

"아닙니다. 아버님은 쉬시는 것이……."

"어허. 본 가의 안위를 위해 목숨 걸고 도와준 영웅들이 가신다는데, 도움은 못 드려도 배웅은 해드리는 게 도리 아니겠느냐."

장원태는 한쪽 옷장을 가리키며 말했다.

"옷을 주거라. 어서."

장웅은 만류하려다 슬쩍 웃었다. 좀 전만 해도 축축 늘어져 있던 장원태의 얼굴에 활기가 도는 것이 보기 좋았던 것이다.

＊　　　＊　　　＊

정문 앞에는 당가와 해남파 사람들로 붐볐다. 그중에 장씨세가 사람들은 거의 없었다. 장씨세가를 떠난다고 공개적으로 알리지 않은 탓이다.

"허허헛. 그간 정말 고마웠습니다."

장웅 외에 유일하게 소식을 전해 들은 일 장로 장운이 일찌감치 나와 사람들을 배웅했다.

"뭐, 그릇된 일이라면 당연히 도와야지. 것보다 그간 알게 모르게 신경 써줘서 고맙네."

"그런 말씀 마시지요. 저희가 이 정도밖에 해드릴 수 없다는 게 더 가슴 아픕니다."

일 장로는 해남파 문주 진일강의 손을 잡고 거의 울먹일 듯 말했다.

장씨세가를 도와주는 과정에서 이들은 문도를 수십이나 잃었다. 하나같이 십여 년을 가려 기른 문파의 정예 인원들이었다.

그 손실을 메우자고, 해남파가 과도한 요구를 해온다 해도 장씨세가는 할 말이 없다. 그런데 보답을 일절 거절하고 그저 조용히 떠나겠다고 하니 그 고마움이야 이루 말할 수 없었다.

손을 쉽사리 놓지 않던 일 장로를 향해 문자운이 타이르듯 말했다.

"귀 세가에서 많이 신경 써주신 덕분에 우리 집처럼 편하게 지낼 수 있었습니다. 우리가 이걸로 다시 안 볼 사이도 아니지 않습니까? 지난번에 말씀드린 교역 건, 잘 부탁드립니다."

"여부가 있겠습니까. 그건 본 가에서도 반기는 일입니다."

"허허. 우리보다 아무쪼록 승룡이를 잘 부탁합니다. 아, 또 서 소저와의 관계도……."

문자운이 슬쩍 눈가를 찡그리자 일 장로가 고개를 끄덕였다.

장씨세가에서 지내는 동안 둘 사이에 무슨 대화가 오고 간 듯했다.

"흐음……?"

진일강은 무슨 영문인지 몰라 고개를 갸웃거렸지만 굳이 묻지 않았다. 아니, 그보다 시끄러운 소리 때문에 그럴 생각조차 잊어버렸다.

"아, 이놈이 독을 잘못 처먹었나? 대체 무슨 헛소리를 하는 게야!"

조금 떨어진 곳에서 부산스러운 광경이 펼쳐졌다.

당가 사내들이 모여 있는데 무슨 일인지 길길이 날뛰는 모습이었다.

"아, 저분이 형님이 말씀하셨던 노천이란 분인가 봅니다."

문자운이 알은체를 하자 진일강이 고개를 끄덕였다.

"그래, 참 지랄맞은 노인네지. 괜히 피곤해질까 봐 도망 다녔는데 결국 이렇게 보고 가는군."

"후후. 역시 듣던 대로 성격이 괄괄하신 것 같습니다."

크아악! 와아아악!

말하는 가운데 노천이 뭐라 불호령을 내리고, 그 살벌한 당문의 제자들이 메뚜기처럼 후드득 도망치는 것이 보였다.

그에 진일강은 고개를 절레절레 저었다.

"저 봐봐. 말 섞으면 정말 피곤하다니까. 괜히 건드렸다간 낭패 보기 십상이니 우린 먼저 떠나자고. 어서."

"장웅 공자와 광 호위까지 보고 가지 않으시고요?"

"다시 볼 일이 있겠지. 그리고 괜히 지금 봐서 뭐 해. 눈치 보이게."

진일강의 말뜻을 이해한 문자운이 고개를 끄덕였다.

"은자림은 그동안 와신상담해 왔소. 은자림을 상대하기 위해선 만전에 만전을 기해야 할 것이오."

팽가 팽인호가 죽으며 남긴 묘한 어감, 그것은 앞으로 장씨세가에 닥칠지도 모를 위기를 대변하는 것이었다.

그런 상황에서 왠지 도망가는 듯한 모양새를 염려해 진일강이 언급한 것이다.

"알겠습니다. 모두 가자!"

문자운의 말에 해남파 문도들은 천천히 발을 돌렸다.

그들이 발길을 돌리는 사이에도 당가 쪽 사람들의 목소리는 작아지지 않았다.

*　　　*　　　*

"뭐라고? 안 가겠다고?"

노천은 자신의 귀를 의심하며 재차 물었다.

그의 앞엔 두 사내가 무릎을 꿇고 있었는데, 한 명은 중사당 비방 기록 담당인 배불뚝이 당고호였고 다른 하나는 어쩌다 그와 엮이게 된 황진수였다.

"제자를 놔두고 갈 수 없습니다."

"제자아—? 이게 무슨 말이야? 내가 계절에도 안 맞게 더위를 처먹었나?"

노천이 되물었다. 흘깃 옆으로 시선을 돌리는 그의 시야에 흠칫 몸을 떨고 있는 황진수가 보였다.

"그, 그게 말입니다……."

황진수가 입을 열자마자 당고호가 그의 말을 막았다.

"제자야, 나서지 말거라. 이 사부님이 다 알아서 할 테니까."

"예? 대체 누가?"

아연실색하는 황진수를 보는 듯 마는 듯 당고호가 눈을 부릅뜨며 말했다.

"노천 어르신, 물론 어르신이 화내시는 거 이해합니다. 알고 보니 이 아이는 어르신의 제자였더군요. 하긴, 눈보다 빠른 제 손을 볼 수 있는 재지(才智)를 가진 자를 어르신이 못 알아보실 리 없지요."

"뭐? 무슨 재지?"

"그렇다고 해도 제 생각에는 변함이 없습니다. 바쁘신 어르신 보다는 그래도 시간 많은 제가 각별히 신경 쓰면 무공의 성취를 더 도울 수 있다고 판단했습니다."

"아, 이놈이 독을 잘못 처먹었나? 대체 무슨 헛소리를 하는 게야!"

노천의 어이없다는 표정에도 당고호는 굴하지 않았다.

"어쨌든 한번 사부는 영원한 사부. 굳이 어르신께서 허락하지 않으시면 제자로 삼지 않겠습니다. 그러나 그게 아니라면 제가 옆에서 가르치도록 허락해 주십시오."

노천은 황당할 지경이었다.

황진수와 자신의 관계는 강호의 사부(師父)와 달리, 그냥 기연을 내려준 은사 정도였다.

당연히 신경 쓸 생각도, 당가로 데리고 갈 생각도 없었다.

한데 눈앞의 당고호는 전혀 다르게 이해하고 있었다.

"이런 돼먹지 않은 놈을 봤나! 당가로 돌아가지 않겠다니! 대체 무슨 말이냐! 크아아악!"

그때였다.

갑작스레 나타난 중사당 당주 당의명이 호통을 치며 그의 앞으로 다가온 것이다.

"당주, 앞서 말씀드렸다시피 저의 뜻은 확고합니다."

그를 보자 당고호가 머리를 숙였다. 하지만 그런 반응이 당의명의 화를 더욱 부추겼다.

"무슨 개소리냐! 너 정신 나갔어? 정녕 뒈지고 싶으냐?"

'이제 살았구나!'

순간, 황진수의 얼굴에 희망이 빛이 떠올랐다.

이상한 돼지 뚱보에게 이끌려 이리로 왔는데 이제야 제대로 된 당가 사람을 만난 것이다.

하지만 상황은 그의 바람대로 순탄하게 흘러가지 않았다.

"장부가 말을 하면 옆구리에 칼이 들어와도 지키는 법! 저를 죽이신다고 겁박하신들, 제자를 놓아두고 갈 수는 없는 겁니다."

"이 배은망덕한 놈을 봤나. 정녕 뼈가 갈라지는 고문을 당해 봐야 정신 차리겠느냐?"

"당주! 무슨 말씀을 하셔도 이미 전 결심을 굳혔습니다. 각고의 노력 끝에 드디어 찾은 제자입니다. 사부를 공경할 줄 알고 실력도 제법 있는 놈입니다."

"야, 이 미친놈아! 제발 정신 차려!"

오고 가는 고성 속에서 황진수는 정신을 차릴 수 없었다.

보기에도 당주쯤 되는 거물인데 당고호는 한 치의 물러섬이 없었다.

오히려 자신을 압박에 굴하지 않는 협의지사라고 착각이라도 하는지 더욱 강하게 나가고 있는 것이다.

결국 참다못한 황진수는 당고호를 향해 조용히 말을 붙였다.

"저기, 사부님……."

"왜, 제자야."

당고호의 얼굴에서 한순간 결연한 표정이 사라졌다.

언제 그랬냐는 듯 더없이 밝아지는 그의 표정을 보며 황진수는 심중을 굳혔다.

'근래에 본 또라이 중에 최상급이야!'

"당가 어르신들께서 이리 말씀하시는데 그냥 따르시는 게 어떻겠습니까?"

"왜? 그럼 너도 가고 싶으냐?"

당고호의 말에 황진수는 식겁했다.

지랄맞은 당가.

사람은 속에 독심(毒心)이 있고, 땅에는 독의 절진이, 하다못
해 장원의 연못에도 독이 가득하다고 전해지는 곳.

강호에 온갖 살벌한 소문이 가득한 당문이다. 그런 곳에 가
는 건 죽음보다 더 두려웠다.

"제자, 사부님의 뜻을 어떻게 거역하겠습니까. 하지만 장씨세
가는 긴 전쟁으로 인해 지금 어려운 처지에 놓여 있습니다. 그
리고 만에 하나란 것도 있기에, 협의를 따르는 무사가 이런 곳
을 등한시할 수는 없지요."

"그래, 제자야. 네 말이 옳다!"

당고호가 납득한 듯 따뜻하게 웃어 보였다. 그러고는 천천히
고개를 돌려 눈을 부라리는 당의명을 쏘아보며 말했다.

"다시 한번 말하지만 저는 가지 않겠습니다. 이런 협의를 가
슴에 품은 제자를 두고 어찌 사부 된 자가 자신의 안전만 찾겠
습니까? 저는 제자가 성장할 때까지 옆에서 지켜본 다음 돌아
가겠습니다."

"이놈이 정녕!"

툭. 툭. 툭.

"진정 좀 하게."

그때였다.

도저히 해결될 기미가 보이지 않자, 조쇄당주 당의비가 슬쩍
다가와 그의 어깨를 건드렸다.

"당고호의 고집은 본 가에서도 유명하지 않았는가?"

"이봐, 조쇄당주! 말 함부로 하지 말게! 고호는 중사당 삼십

년 미래를 책임질 놈이야. 그런 놈이 이런 곳에서 썩는다는 게 말이 되는가?"

"그렇긴 하네만, 그래도… 크흠."

뭔가 말하려던 조쇄당주가 움찔하며 입을 막았다.

한 발 떨어져 있던 비암당주의 '괜히 건드리면 골치 아프니 그만하라'는 손짓을 본 것이다.

"미안하네."

스윽.

결국 조쇄당주는 사과하고 한 발짝 물러났다.

사실, 말이야 바른 말이지 당의명의 말대로 당고호는 중사당의 차기 당주로 지목된 자다.

당가에 내려오는 모든 독에 내성을 가지고 있는 데다 몇몇을 제외하고 어떤 독의 해독도 가능한.

어찌 보면 앞으로 중사당만이 아니라 당가의 미래를 이끌, 중사당주 당의명의 모든 비기와 경험을 습득한 고수였다.

"차라리 이 배를 째십시오. 그 전까지 전 한 발짝도 안 움직일 겁니다."

"이 새끼가. 그래, 오냐, 째주마! 아니, 그 전에 황천길부터 보내주고 시작하마!"

투욱.

당의명이 품 안에 손을 집어넣었다.

이윽고 목함 하나가 손에 딸려 나오자 지켜보던 중사당 당원들이 기함했다.

"이히힉!"

"당주!"

"산신환이다!"

냄새만 맡아도 중독되는 무시무시한 절독을 꺼낸 것이다.

"으하하하! 사부도 몰라보고 어른도 몰라보는 이런 놈 놔두면 뭐 해! 다 죽자, 이 새끼들아! 오늘 그냥 다 같이 죽어버리자!"

"말려!"

"뭐 해! 열지 못하게 말리지 않고!"

조쇄당주와 비암당주가 소리치자 다른 당원까지 합세했다.

수십 명이 달라붙어 당의명의 손과 온몸을 부여잡고 나서야 겨우 멈췄다.

'모두 또라이야!'

그 모습을 지켜보던 황진수는 극도의 긴장과 두려움으로 점철되어 있었다.

당문 문도들의 성격이 지랄맞다는 말을 듣긴 했어도, 설마 이정도일 줄은 상상도 못 했다. 이건 그냥 무식을 넘어, 백 년 원수를 대하듯 광기에 휩싸인 모습이 아닌가!

탁! 철썩!

그때였다.

당문 제자 수십 명이 달라붙어 겨우 붙잡은 당의명.

누군가 그의 뒤통수를 거세게 후려갈겼다.

"아, 이놈아! 여기 있는 사람들을 다 죽일 생각이냐!"

노천이었다.

도저히 참지 못하고 그가 나선 것이다.

"아니, 형님도 분명 들으셨잖습니까. 이게 말이 됩니까? 저놈이 감히 본 가를 배신하고⋯⋯."

"염병. 너도 어릴 때 저랬어!"

"예? 제가 언제 그랬습니까?"

"하나하나 다 읊어주랴? 당가뿐 아니라 장씨세가 사람들까지 다 부를까?"

매섭게 째려보는 노천을 보고 당의명은 그제야 뭔가 기억난 듯 동작을 멈췄다.

하지만 불만스러운 눈빛은 여전했다.

"형님, 그때 그 일과 이번 일은 다릅니다. 당시에 저는⋯⋯."

"오셨습니까?"

때마침 누군가 다가오자 노천은 짧게 묵례를 해 보였다.

당의명의 시선이 그제야 그곳으로 옮겨 갔다.

"가신다고 들었습니다."

장원태였다. 그의 등 뒤로 장웅이 서 있었다.

"일단 일은 해결되었으니 돌아가는 게 맞겠지요."

"그간 너무 감사해서 면목이 없습니다. 이렇게 큰 도움을 주셨는데 어찌 다 갚아야 할지 막막합니다."

"괘념치 마십시오. 우리가 하고 싶어서 한 일입니다."

노천과 장원태는 몇 마디를 나눴다.

간단한 안부였는데 그리 오래 걸리지는 않았다.

잠시 뒤, 노천이 떠난다고 운을 떼자 장원태가 말했다.

"굉 호위와 한번 만나보고 가지 그러십니까?"

"큰일 할 사람을 이런 것으로 오라 가라 하는 건 실례지요. 그리고 말씀드리기 좀 민감한 부분도 있습니다."

노천도 진일강과 같은 마음이었다.

그 역시도 이번 일에 은자림이 개입했다는 얘기를 들었다. 아직 아무것도 밝혀지지 않은 상황.

장씨세가도 위험하지만, 그들 때문에 언제까지나 본가를 비우고 여기 머물 수는 없었다.

놈들의 표적이 여기로만 집중된다는 보장도 없으니.

"그럼 먼저 가보겠습니다. 안녕히 계십시오."

그는 장원태와 장웅에게 인사한 뒤 몸을 돌렸다.

"뭐 해, 안 가?"

"하지만 형님……."

중사당주 당의명은 여전히 미련이 남았는지, 무릎을 꿇고 있던 당고호에게 시선을 집중했다. 조금 특이한 건, 처음과 달리 당고호를 바라보는 표정에 슬며시 애잔함이 깃들어 있었다.

"정말 안 갈 생각이냐?"

"죄송합니다, 당주."

"에휴……."

당의명은 한숨을 내쉬었다. 그러고는 다시금 품속에 손을 집어넣었다.

"이이이힉!"

"안 됩니다!"

그 모습에 당가 사람들이 또다시 달려들려고 했다.

뭔가 다른 낌새를 눈치챈 듯 조쇄당주와 비암당주, 노천이 동시에 손을 들어 제지하자 더는 움직이지 않았다.

"이걸 들고 있거라. 그리고 최후의 순간에 한 알씩 먹어라."

당고호가 눈을 들었다.

"이게 뭡니까?"

"묻지 마. 그냥 위급할 때 써. 괜히 있다가 뒈지지 말고."

무슨 영문인지 모르겠다는 표정으로 바라보는 당고호.

당의명은 그런 그를 더는 돌아보지 않았다.

"그리고 문제가 있거든 연락하거라. 네 뒤엔 항상 내가 있다."

그 말을 끝으로 당의명은 먼저 걸어 나갔다.

그 모습을 지켜보던 노천이 입꼬리를 올렸다.

"염병. 내 말이 맞지 않나. 예전과 하나도 다를 게 없군, 그 정 깊은 마음은. 안 그래?"

비암당주와 조쇄당주를 바라보자 그들은 어깨를 으쓱하며 짧게 미소 지어 보였다.

중사당주가 되면 받는 내환이란 걸 그들이 모를 리 없었다.

한산한 오후, 해남파와 작은 소란을 일으킨 당가는 그렇게 장씨세가를 떠났다.

*   *   *

그믐달이 검은 구름에 반쯤 가려진 어두운 밤이었다.

마을에서 가장 큰 장원. 그곳에 수십 명의 사람들이 모여 있었다.

"동도여, 다들 모이시오."

단상에서 사람들의 시선을 받는 백발의 노인이 입을 열었다.

그의 앞에는 기다란 탁자 하나가, 그 위에는 사람이 누워 있었다. 죽은 지 제법 시간이 지난 듯 얼굴에 퍼런빛이 감돌았다.

"이 형제의 이름은 유대립(劉大立)이라 하오. 다들 아시다시피 하연시(河蓮市)에 집 몇 채를 가진 재력 있는 사람이었소."

유 장주.

사람들에게 그렇게 불린 이였다. 나름대로 부를 쌓았으며 굶주린 이에게 먹을 것을 나눠 주기도 하는, 인덕도 쌓은 이였다.

"오늘 아침 현령이 그를 불렀소. 수십 년간 별의별 명목으로 유 장주의 재산을 갈취했던 현령은 결국 터무니없는 죄목을 들어 그를 감옥에 가뒀지. 옥중에서 모진 고초를 겪던 그는 거액을 주고 풀려났지만 장독(杖毒)이 번져 결국 목숨을 잃었소. 이게 그가 오십 평생을 우리 마을에 바친 대가라오."

흐윽, 흑.

사람들 사이에서 흐느낌이 번져 나갔다.

웅성거리는 소음을 뚫고 노인은 목소리에 더욱 힘을 실었다.

"참담하도다. 아무리 선인이라도, 어떤 신분이라도 우리는 더 높은 권력에 복종해야 하오. 한데 조정은 세금을 명목으로 많은 재물을 약탈하고, 힘없고 뒷배 없는 자들은 그들의 명령에 하루아침에 목이 날아가오. 이것이 우리가 사는 오늘날의 현실이오."

으윽! 윽!

흐느낌은 어느새 울분으로 변해갔다.

백발의 노인은 사람들이 모여 있는 중앙으로 걸어갔다.

"언제까지 이렇게 살 것이오?"

조용히, 그가 손을 들었다.

하얀 소복처럼 잘 정돈된 그의 소매에는 붉은 불꽃이 새겨져 있었다.

"옛말에 이르기를, 왕후장상이 어찌 따로 씨가 있는가 하였소. 하늘은 사람을 내려 보내며 모두를 아낀다 하였소. 하나 과연 지금 우리는 평등하게 살고 있는가? 그렇지 않소. 그러니 바로잡아야 하오. 오래전부터 우리 교단에서는 진정 사람을 위한 세상을 만들고자 힘을 모아왔소. 모두 저곳을 보시오."

노인이 한 곳을 가리키자 우측에 몸을 낮추고 있던 청년이 벽장의 손잡이를 잡아당겼다.

좌르르르르.

"은보다!"

"돈이야!"

사람들 속에서 몇몇의 목소리가 커졌다.

엄청난 양의 은원보.

시중에서 백 냥의 가치를 지닌 은덩이들이 바닥에 쏟아져 내렸다.

환호하고 웅성대는 사람들 사이로 노인의 창노한 목소리가 울려 퍼졌다.

"돈은 위험하나 편리한 물건. 아픈 사람에겐 치유할 약을 주고, 배고픈 사람에겐 배불리 먹을 음식을 주며, 집 없는 사람에겐 잘 수 있는 보금자리를 만드는 것부터 시작할 것이오. 이것이 우리 교단의 뜻이오."

사람들은 웅성거렸다. 아는 사람의 손에 붙들려 온 사람, 호기심에 따라온 사람, 그냥 하릴없이 시간을 때우러 온 사람들조차 이제 그의 말에 귀 기울이고 있었다.

하루하루 힘겹게 살아가는 민초들에게, 눈앞의 돈은 그만큼 위력적이었다.

"하나 이것은 극히 일부. 돈은 잠시 행복을 줄 뿐, 써버리면 그만이오. 생각해 보시겠소? 영원히 배고프지 않은 삶, 영원히 고통받지 않고 누군가를 두려워하지 않아도 되는 삶. 죽음 그 이후의 영원한 세계를."

"영원히……."

"배고픔도 두려움도 없는……."

노인의 말에 사람들이 홀린 듯이 중얼거렸다. 지그시 좌중을 돌아보던 노인이 천천히 고개를 돌렸다.

"유 장주는 일찍부터 본 교단에 믿음을 바친 사람이오. 오늘 우리는 이제껏 검소하고 성실히 살아온 그에게 새 생명을 부여할 것이오. 여기에 모인 모두가 그 증인이 될 것이고."

"사람이……."

"죽은 사람이 새 생명?"

"이게 말이 되는 거야?"

사람들의 웅성임이 커졌다.

유 장주가 죽었다는 사실은 이미 장내에 파다했고, 그를 되살리겠다는 충격적인 선언은 쉽사리 믿을 수 있는 게 아니었다. 일반적인 경우였다면.

끼이이익.

굳게 닫혔던 문이 열리며 누군가 작은 등불을 들고 들어왔다.

"성화(聖火)께서 오셨도다!"

"우리를 구원하러 오셨도다!"

앞줄에 있던 노인들이 벌떡 일어나며 소리쳤다.

불꽃과 함께 사그라지고… 새 생명과 함께 태어나게 하소서.

오늘 우는 자들의 눈물을 닦아주시고, 당신의 품에 안아 하늘에 오르게 하소서.

그리고 노래가 울려 퍼졌다.

소복을 입은 여자가 노래하는 사람들에게 간단히 묵례를 하고는 노인이 비운 단상 앞, 탁자를 보고 섰다.

"이라나샤… 타나샤……."

여인의 자태는 음산하기도 하고 신비롭게도 보였다.

사람들은 어느새 숨을 죽이고, 몇몇은 고개를 젓기도 하고 몇몇은 정말 가능할까 하는 호기심을 비치고 있었다.

두 손을 모아 조용히 불꽃의 형상을 그린 여인은 몇 마디 주문을 외우더니 오른손을 들어 탁자 위에 누운 시체의 배를 강하게 내리쳤다.

퍼억!

얼마 지나지 않아 여인의 손에서 빛이 일렁이기 시작했다.

"어어어!"

"허어!"

그러자 지켜보던 사람들의 표정에 갑자기 변화가 일었다.

"쿨럭!"

그 순간 시체가 기침을 토해냈다.

"마, 맙소사!"

"말도 안 돼!"

지켜보던 사람들이 저마다 소리쳤다.

사실이었다. 분명 시체였던 유대림, 유 장주가 눈을 껌뻑이더니 자리에서 천천히 일어났다.

이윽고 자신을 손을 말없이 바라보던 그는.

"내가⋯ 죽은 게 아니었나?"

입을 열어 말하기까지 했다.

"와!"

"죽은 사람을 살렸어!"

"기적이야!"

"천신님이시다!"

사람들의 목소리가 떠나갈 듯 커졌다.

이름 모를 소녀부터 덩치 큰 장정까지, 괴성을 지르거나 두 손을 맞잡으며 저마다 다른 방식으로 기쁨을 드러냈다.

불꽃과 함께 사그라지고, 다시 태어나리라.
이 몸을 바치오니 당신의 신명을 내려주소서.
거룩한 불꽃 속에서 새 생명과 함께 태어나게 하소서.

그믐달이 지던 밤, 사람들과 사람들 사이로 전해지는 노랫가락.
오래전 사라졌던, 은자림의 태동이었다.

＊　　　＊　　　＊

장련과 광휘는 저녁이 되어서야 거처로 돌아왔다.

근방의 저잣거리가 아니라 다른 지역에 기반을 둔 상단 쪽까지 두루두루 돌아본 까닭에 시간이 꽤 오래 걸렸다.

"죄송해요. 저 때문에……."

장련은 장씨세가로 돌아오고 나서야 당가와 해남파가 떠났다는 얘길 전해 들었다.

광휘가 그들과 친분이 있어 보였는데, 괜히 자신 때문에 배웅할 기회를 잃었다 싶은 것이다.

"괜찮소. 오히려 군이 배웅하는 게 더 민폐가 될 거요."

광휘는 그다지 개의치 않는 모습이었다.

"민폐라니요?"

"그런 게 있소."

광휘는 이미 알고 있었다. 은자림의 준동이 다시 시작되었다는 것.

여기서 장씨세가를 떠나는 그들을 배웅한다면, 되레 그들에게 부담을 안겨주는 꼴이 될 것이다.

사박사박.

말없이 창가를 보던 광휘가 고개를 돌렸다.

어느새 장련은 탁자 위에 있는 서책 중 한 권을 펼쳐 보고 있었다.

"한데 소저……."

"네, 무사님."

장련이 방긋 웃으며 광휘를 바라봤다.

"책을 그리 들여다보면 잠이 오지 않소?"

광휘는 솔직히 늘 궁금했다.

장련은 일이 끝나고도 매번 밤늦게까지 서류를 검토하고 자료를 찾는다.

때로는 걸을 때조차 서책을 살피는 모습이 이해가 가지 않았다.

"처음엔 힘들었는데 지금은 괜찮아요. 어느새 재미있어졌거든요."

"그게 재밌소?"

"그럼요."

장련은 서책을 덮으며 말했다.

"처음 이 일을 할 땐 실수도 많이 했었어요. 물품에 관세를 너무 많이 납부하기도 하고, 높은 분들을 만날 때 예의 없이 굴다가 거래가 끊기기도 했죠. 제 모자란 부분을 채우며 실수를 줄여 나가니 어느 순간 재밌더라고요."

"……."

"처음부터 좋아하는 일은 아니었어요. 사실, 하고 싶은 일이 뭔지 잘 몰랐거든요. 그런데 열심히 하다 보니 이 일도 잘하게 되었죠."

'잘하는 일이라…….'

장련의 말에 광휘는 잠시 생각에 잠겼다.

생각해 보면 자신도 그랬다.

칼을 들고 사람들과 싸우는 것을 좋아하는 것은 아니었다. 영웅놀이가 하고 싶었기에 칼을 들었고 어쩌다 보니 나름 뛰어난 위치에 서게 된 것이다.

"그것도 재능이오. 소저가 없을 때 살펴보니 참으로 알 수 없는 용어들만 가득하더군. 나 같은 사람은 그런 걸 보면 한 식경도 안 되어 잠이 들 것 같소."

광휘가 절레절레 고개를 젓자 갑자기 장련이 갸웃거렸다.

"혹시 제가 없을 때 제 방을 살피신 건가요?"

"……!"

광휘의 눈빛이 흔들렸다.

아주 짧은 순간이었지만 가만히 보고 있던 장련은 알아차렸다.

스륵.

그녀가 자리에서 일어났다. 그러고는 낯빛이 굳어진 광휘를 향해 천천히 다가오며 말했다.

"세상에. 여인의 방을 말도 없이 들어와서 제가 읽던 책을 보다니……. 예의가 너무 없으신 것 아니에요?"

"아, 그게 말이오……."

광휘는 머뭇거렸다.

그사이 장련과의 거리가 점점 가까워지자 급히 변명했다.

"실수로, 잘못 말했소. 생각해 보니 책을 펼쳐보진 않았소."

"그럼 몰래 들어온 적은 있으시단 말이네요?"

"모, 몰래라고 하기보다……."

"그러고 보니 그런 적도 있었죠? 제가 죽립 만들어 드렸더니 이상하다시고, 나중에 제 방에 몰래 들어와 조용히 다시 써보시고?"

"그때 그 죽립은 정말 맘에 들지 않았소!"

광휘가 느닷없이 목소리를 높였다.

그새 지척까지 다가온 장련이 방긋 웃었다.

"아, 그럼 제가 드린 죽립을 버리셨겠군요?"

"……?"

순간 광휘의 눈이 또다시 커지며 다급히 대답했다.

"버리지 않았소."

"그럼 어디에 있나요?"

"어디 있냐고 하면……."

구슬처럼 돌아가던 광휘의 눈동자가 심하게 떨리더니, 이내 천천히 멎었다.

"잃어버렸소."

"역시."

장련은 토라진 얼굴로 팔짱을 꼈다.

"제가 만들어 드린 건 잃어버리시고, 처자의 방에도 허락 없이 들어오시고…… 정말 실망이에요. 전 무사님이 바르고 곧은 사람인 줄 굳게 믿었는데……."

광휘의 표정은 뭐라 얘기할 수 없을 정도로 끊임없이 변하고 있었다.

어째서인지 반박할 때마다 수렁에 빠져드는 기분이었다.

"괜찮아요, 무사님. 그런 건 중요하지 않아요. 뭐든 다 잃어버리셔도 돼요."

"……."

광휘는 이제 적이 의심스러운 얼굴로 장련을 바라보았다.

"대신에 저는 잃어버리지 마세요. 그래 주실 수 있죠?"

장련이 갑자기 방긋 웃으며 말했다.

광휘는 뭐라 말을 찾으려다 순순히 고개를 끄덕였다.

"알겠소."

"그런데 무사님, 원래 그렇게 부끄러움을 많이 타시나요?"

"무슨 소리요?"

"요즘 제 얼굴을 보지도 못하시잖아요. 그래서……."

"못 보는 게 아니라 굳이 보지 않는 거요."

"부끄러워서가 아니고요?"

"누가 부끄럽다고……."

사락.

장련이 광휘의 얼굴 앞까지 다가갔다.

벽에 바짝 붙어 있던 광휘가 급히 고개를 돌렸다.

"풋."

그런 반응이 재밌는지 장련은 웃어 보였다.

난처함과 부끄러움으로 광휘의 얼굴이 찌푸려졌다.

장련은 고개를 저으며 천천히 돌아섰다.

"이제 그만 놀릴게요. 근데 무사님 놀리는 게 너무 재밌어서… 아!"

타악!

그때였다. 갑자기 그녀의 어깨가 휙 돌아가더니 광휘와 장련의 위치가 바뀌었다.

장련이 벽을 등지고 서게 된 것이다.

"정말 내가 부끄러워서 피하는 것 같소?"

"아……."

놀란 듯 장련의 눈이 커다랗게 뜨였다.

하지만 짧은 사이 마음을 다잡은 듯 다시 평소의 얼굴로 돌아왔다.

"…그게 아니라면 뭔데요?"

당당히 노려보는 장련.

그러다가 광휘의 얼굴이 숨이 닿을 듯 다가오자 눈동자가 흔들렸다.

"뭐일 것 같소?"

두 사람의 얼굴이 점점 가까워졌다.

어느새 입술이 닿을 듯 말 듯 하자 결국엔 장련이 급히 말했다.

"아, 이제 그만 놀릴게……."

말이 끊어지기 전에 그녀의 눈이 커졌다. 광휘가 입술을 포개어 버린 것이다.

반사적으로 밀어냈지만 그 힘도 얼마 안 가 약해지기 시작했다.

투욱.

그러다 두 손이 힘없이 아래로 떨어지며 장련의 눈이 감겼다.

"……."

두 사람은 한참을 벽에 기대 입을 맞추며 서로의 체온을 느꼈다.

"하아, 하아."

한동안 고요하던 방 안에 장련의 숨소리가 울렸다. 감았던 눈을 뜨자 광휘의 눈과 마주쳤다.

광휘가 또다시 앞으로 다가갔다.

"읍!"

몸을 흠칫하며 두 손으로 입술을 막은 장련을 보고 광휘가 짧은 미소를 지었다.

"괜히 자극하지 마시오. 나는 인내심이 많은 사람이 아니오."

투욱.

광휘의 입술이 이번에는 가볍게 그녀의 이마에 닿았다.

바들바들 떨던 장련의 눈이 그제야 천천히 가라앉았다.

그때였다.

"계십니까?"

와다다다닥!

광휘가 전력을 쏟아내며 급히 떨어졌다.

장련도 침상으로 고개를 돌린 채 머리를 숙이고 있었다.

"누구신가요!"

거의 비명처럼 장련이 외쳐 물었다.

"…능자진입니다. 밖에 손님이 오셔서 말입니다."

바깥에서 약간 당황한 목소리가 울렸다.

"아! 네! 잠시만요!"

장련은 화장대로 가서 헝클어진 머리를 정리했다. 그러고는 천천히 밖으로 나가서 문을 열었다.

"누가 오신 건가요?"

"누군지는 저도 잘 모르겠습니다. 광 호위를 급히 뵈러 온 사람이라고……."

"무사님, 무사님을 보러 오셨대요."

"알았소."

어느새 책장 앞에서 책을 펼치고 있던 광휘는, 타악 책을 꽂아 넣고는 문밖으로 나갔다.

우두커니 서 있던 능자진은 멀어져 가는 광휘를 보다 뒷머리를 슥슥 긁적였다.

'근데… 책을 왜 거꾸로 읽고 계신 거지?'

*　　　*　　　*

'이거 참…….'

슬며시 미소가 걸린다.

광휘는 자꾸만 입가가 위로 올라가는 것을 잡느라 힘을 써야 했다.

뜻하지 않게 갑작스레 일어난 일이지만 기분이 나쁘지 않았다.

오히려 당황하는 장련을 보니 내심 흐뭇하기까지 했다.

'이런 것도 정말 오랜만이군.'

말로 설명하기 힘든 설렘. 즐겁고 약간은 흥분된 기분.

잊고 있던, 정말 오래전의 기억. 마치 십 대 후반의 젊은 시절로 돌아간 것 같은 느낌이 들었다.

"……!"

그러다 멈칫했다. 광휘의 객방에서 기다리고 있던 사내가 천천히 일어나 인사를 해왔다.

"잘 계셨습니까."

"네가 왜 여기 있느냐?"

광휘의 얼굴이 굳어졌다.

늦은 밤에 찾아온 이는 웅산군이었다. 분명 저잣거리에서 은자림의 종적을 찾아야 할 그가 장씨세가에 온 것이다.

터억!

객방 앞에 가져다 놓은 평상에 앉으며 광휘는 주위를 살폈다.

주위는 한산했고 늦은 밤이라 사람들도 지나다니지 않았다.

듣는 귀가 없음을 두 번 세 번 확인한 후, 광휘가 질문했다.

"무슨 일로 왔느냐?"

소집 이후로 따로 얘길 나눌 기회가 없었지만, 지금 이 상황에서 뭔가 말을 꺼내기도 그랬다.

"단장……."

웅산군은 말하기 힘든 듯 잠시 침묵했다.

광휘가 물끄러미 그를 보았다. 한참 뒤 웅산군이 고개를 떨구었다.

"아무래도 장씨세가를 떠나셔야 할 것 같습니다."

*　　　*　　　*

"상황이… 그 정도인가?"

광휘는 긍정도 부정도 하지 않았다.

이제껏 마음 한구석에 있던 불씨가 화악 타오르는 듯한 느낌이었다.

이건 이미 예정된 바였다.

웅산군이 이렇게 찾아오기 전부터, 지금 자신이 처한 상황이 어떤지 누구보다 잘 알았다.

"아직은 아닙니다만… 그래서 더 적기입니다."

광휘는 조용히 고개를 숙였다.

이번엔 긍정이었다. 암묵적으로 동의한 것이다.

웅산군, 그는 천중단 출신이다.

살수 암살단 소속이 아니라 하더라도 은자림에 대해선 강호의 어떤 자들보다 자세히 알고 있었다.

그가 그리 말했다는 것은.

"아시다시피 단장, 은자림은 소수 정예였습니다. 제일 먼저 자신들의 뜻에 따르는 고수들을 모으지요."

아마도 그들이 발원한 흔적을 발견했다는 것이리라.

"놈들이 민간인들을 포섭한 정황을 확보했습니다. 이미 제단을 수비할 고수를 확보했다는 뜻이고 얼마 지나지 않아 본격적인 활동을 시작할 겁니다."

"음."

광휘는 침음했다.

은자림이 예전과 같은 단계를 밟았다고 가정하면, 놈들이 민간인을 포섭하는 것은 모든 준비를 마쳤다는 것을 의미한다.

고수, 부자, 관료 등 각계각층에 독버섯처럼 뿌리박은 교도들은, 얼마 지나지 않아 숫자를 기하급수적으로 늘려갈 것이다.

"꼭 지금이어야 하나?"

광휘의 물음에 웅산군이 그를 슬쩍 보았다.

예전이라면 이 정도 이야기로도 상황을 파악하고 결단을 내렸을 사람이다.

하지만 지금 그의 얼굴에서는 진한 아쉬움 그 이상의 무엇이 보였다.

"그들이 바보가 아닌 이상, 단장을 대놓고 겨냥하지는 않을 겁니다."

웅산군은 질끈 입술을 깨물었다.

지금은 냉정해야 할 때였다. 그의 앞에 선 사내, 광휘의 판단이 먼 훗날의 미래를 바꿀 수도 있기 때문이다.

"그렇다고 가만히 있지도 않을 겁니다. 은자림과 누구보다 적대적인 곳은 바로 천중단, 그중에서도 맹주와 단장이 있던 살수암살단이었으니까요."

놈들은 이미 광휘의 존재를 안다고 봐야 했다.

그간 그가 어디에 있었는지, 무엇을 했는지도 철저히 조사했을 것이다.

원래라면 진즉 손을 뻗어 왔을 터이나, 과거의 쓰라린 경험때문에 신중하게 움직이는 것일 터.

바꿔 말하면, 완벽한 기회가 있다면 누구보다 격렬하게 공격해 올 것이라는 말이다.

"만약에 말이다."

오랜 시간 침묵을 이어 가던 광휘가 입을 뗐다.

"내가 떠날 생각이 없다고 하면?"

"단장……."

웅산군의 미간이 좁아졌다.

전혀 생각하지 못했던 대답이었을까.

그는 표정을 풀고는 나직이 말했다.

"저보다 더 잘 아시잖습니까."

"……."

광휘는 대답하지 않고 담 너머를 바라보고 있었다.

오늘따라 달은 보이지 않았다.

곧 비가 쏟아질 모양인지 별 하나 보이지 않았다.

"시간을 좀 주겠느냐?"

광휘의 대답에서 웅산군은 정리하지 못한 미련을 보았다. 그리고 간절함도 느꼈다.

"얼마 안 될 겁니다."

"그렇겠지."

광휘는 자리에 일어섰다. 하지만 웅산군은 움직이지 않았다. 이곳에서 기다리려는 것이다.

"언산군(彦山君)."

"……!"

웅산군이 당황한 듯 고개를 치켜들었다.

오래전, 언가의 가주로 있을 때 불렸던 자신의 이름을 광휘가 거론한 것이다.

"너도 그러했느냐?"

광휘는 뒤돌아보지 않았다.

표정을 보이기 싫은 것인지, 아니면 또 다른 뜻이 있는지 웅산군을 보지 않고 묻고 있었다.

"전쟁이 끝나고도 너는 본가로 돌아가지 않았지. 아무리 천중단의 규정이 있었다 해도 쉽게 그런 결정을 내릴 수는 없었을 것이다."

천중단에 속한 이들은 본가로 돌아갈 수 없다.

광휘가 처한 상황은 당시의 그들과 흡사했다.

당대의 천중단은 하나하나가 십대고수급의 인물들이다. 가문과 문파에서도 하나같이 영재, 준재로 미래를 이끌어갈 자들이었다.

그들이 다시 자파로 돌아갈 수 없었던 이유는 바로 구파일방그리고 무림맹의 견제 때문이었다.

또한 천중단의 대원들은 적과 싸워 이기기 위해 가능한 한할 수 있는 모든 방법을 총동원했다.

그중 하나가 절기를 전수하거나 비급을 교환하는 것인데, 이는 천중단의 막부단, 흑우단을 가리지 않았다.

그러다 보니 차후에 살아남은 천중단 단원들은 다른 문파나세가의 비급들을 자연스레 알게 되어, 당연히 본가로 돌아갈 수없게 된 것이다.

'물론 그런 걱정을 할 필요도 없이 대부분이 죽어버렸지만.'

어쨌든 그로 인해 피해를 가장 많이 받은 사람 중 하나가 바로 웅산군이었다.

그는 언가의 가주로 왔기 때문에 다른 자들보다 슬픔도, 가문에 대한 미안함도 클 수밖에 없었다.

"오래돼서 기억이 나지 않습니다."

웅산군의 대답은 건조했다.

"그래, 오래되긴 했지."

그의 대한 광휘의 말도 건조했다.

서로 말하지 않았지만 지금 이 순간만큼은 광휘도 웅산군도 같은 감정을 느끼고 있었다.

第十一章

결심

사박. 사박.

광휘는 조용히 내원의 거리를 걷고 있었다.

그의 얼굴은 평소처럼 무표정했다. 그러나 머릿속은 그 어느 때보다 어지럽게 뒤엉키고 있었다.

'정말 생각지 못했는가.'

이렇게 되리란 걸.

결국엔 이런 일이 벌어질 것이란 것을 눈치채지 못한 것일까.

아니, 아니다.

잘 알고 있었다. 누구보다도 그는 매우 잘 알고 있었다.

'이 기분은 대체 뭐란 말인가.'

문제는 그것이었다.

어차피 평범하게 사는 것이 불가능한 것임을 누구보다 잘 알고 있었다.

그래서 그냥 떠나가면 되는 것이라고 생각했다.

하지만 지금 이 느낌과 감정은 전혀 예상에 없는 것이었다.

'감정을 느끼지 못하는 게 아니었나.'

광휘는 잠시 걸음을 멈추고 자신의 손을 내려다보았다.

감정을 느끼지 못한다고 생각했다. 아니, 정확히 말하면 예전의 감정을 유추하여 그저 기분을 떠올리는 정도 그 이상도 이하도 아니었다.

그런데 왜 이렇게 발이 떨어지지 않는가.

스윽.

광휘는 잠시 왼쪽 건물을 바라보았다.

영롱한 불빛이 새어 나오는, 몇 번 지나치긴 했지만 따로 방문한 적이 없는 장웅의 서재였다.

투욱.

때마침 불빛이 꺼졌다.

광휘는 가만히 멈추어 있다가 이내 발길을 돌렸다.

드르륵! 탁!

"광 대협 아니십니까?"

한데 창문으로 그를 본 것일까.

어느새 장웅이 문 앞에 나와 광휘를 불렀다.

"오랜만이오."

"무슨 일이 있으십니까?"

최근에 장웅을 본 적이 없던 그였다.

적당한 대답을 고르던 광휘가 나직이 말했다.

"그냥 얼굴 한번 보러 왔소."

"아, 그러십니까? 안으로 드시겠습니까?"

"아니오. 그럴 필요 없소."

광휘가 고개를 저었다. 그러자 장웅은 고개를 끄덕이며 말했다.

"그럼 날도 선선하니 혹시 괜찮으시면 같이 좀 걷지 않으시겠습니까?"

"……."

광휘는 무슨 생각인지 가만히 있었다. 이윽고 광휘가 장웅을 돌아보며 말없이 고개를 끄덕였다.

한정당을 걷던 장웅의 얼굴은 유난히 밝았다.

평소 존경하는 상대와 함께 있는 것도, 그가 자신을 찾아와 준 것도 그렇게 기쁠 수가 없었다.

"밤이라 그런지 참 조용합니다. 머리가 복잡하고 잡념들이 생길 때는 이렇게 밤길을 걷는 것도 좋은 방법이지요."

장웅의 들뜬 행동과는 달리 광휘는 그저 조용히 따라 걷고 있었다.

"고민이 있으신 게지요?"

그렇게 한동안 걷던 장웅이 슬쩍 운을 뗐다.

목석처럼 말없이 걷기만 하던 광휘가 그제야 반응을 보였다.

"…그렇소."

장웅은 고개를 끄덕이며 다시 걸었다.

이럴 땐 무엇인지 물어보는 게 예의이나, 그간 겪어 온 광휘의 성격상 재촉하면 안 된다는 걸 알고 있었다.

그런 사람은 그저 스스로 털어놓을 수 있는 분위기를 만들어 줘야 한다.

"잠시 쉬었다 가시겠습니까?"

장웅은 연못 옆, 그루터기를 가리켰다.

곧 둘은 걸음을 멈추고 그곳에 섰다.

"웅 공자."

꽤 시간이 흘렀을 때쯤 광휘가 입을 열었다.

"예, 대협."

"듣기로 어릴 적 문(文)이 뛰어났다는 얘기를 들었소."

"그리 얘기할 것까지는 못 됩니다. 그냥 남들 보기에 부끄럽지 않은 정도였지요."

"……."

잠시 또 침묵이 흘렀다.

장웅은 기다렸다.

얼마 지나지 않아 광휘의 목소리가 들려왔다.

"내가 아는 사람의 얘기를 들어보겠소?"

"물론입니다."

장웅은 그제야 조용히 몸을 돌리면서 경청하는 자세로 바꿨다.

"한 한량이 있었소. 원래 동네에서 큰소리 좀 치고 살던 자였는데, 어느 날 인근의 불한당이 몰려와 시장에서 행패를 부리기 시작했소. 한량은 사람들을 모아 그들을 몰아냈고 시장은 평화로워졌소. 사람들이 더 이상 고생하지 않게 된 것을 본 한량은 만족하고 다시 평소처럼 하릴없이 시간을 보내며 지냈소."

"…예."

"한데 얼마간 세월이 지난 후, 불한당들이 또다시 몰려왔소. 사람들은 예전처럼 한량이 나서서 그들을 몰아내 주길 바랐소. 하지만 이번에 그 한량은 주저했소."

"어째서입니까."

"나이가 들었지. 예전만큼 기운이 넘치는 것도 아니고, 지켜야 할 가족도 생겼소. 무엇보다 예전의 경험상 원수는 지기 쉬워도 감사는 받기 어렵다는 것을 알게 되었기 때문이오."

광휘의 목소리가 낮아졌다. 장웅은 가만히 그를 바라보고 있었다. 얼마 후 광휘가 한숨을 쉬듯 나지막이 말을 이었다.

"묻고 싶소. 이 한량은 어찌해야 하는 것이오? 한때 그는 본인이 다치는 것이나 손해 보는 것을 망설이지 않았소. 하지만 이제 더는 나서기를 두려워하오. 누군가는 반드시 해야 할 일임을 알면서도. 이건 사람이 변한 것이오? 타협하고 타락하는 것이오?"

"흐음."

장웅은 침음했다. 들어보니 광휘 자신의 이야기를 남의 이야기로 돌려 말한 듯싶었다.

장웅은 주의 깊게 생각하고 고민한 끝에 물어보았다.

"대협, 그 사람은 어떤 사람입니까?"

"……?"

광휘는 선뜻 대답하지 못했다. 장웅이 재차 물었다.

"질문이 어려웠습니까? 그럼 다르게 물어보겠습니다. 그 사람은 평생 어떤 삶을 살아왔습니까?"

"어떻게라……."

광휘는 조용히 장웅의 말을 따라 읊었다. 장웅이 연못으로 시선을 돌렸다.

"대협의 말씀대로 생각해 보면 그 사람은 아마도 한평생 사람들을 도우며 살았을 겁니다. 시장은 백성들이 먹고사는 문제를 해결하는 소중한 곳이지요."

"그걸 꼭 그렇게 좋게만 볼 수는 없지 않소. 한량이 명예를 원했을 수도 있고, 그 지역을 휘어잡아 다른 사람들이 돈을 바치기를 바랐을 수도 있소."

"그랬다면 우리가 여기서 이런 고민을 할 필요가 없겠지요."

"……!"

광휘의 눈이 커졌다.

전혀 생각지도 못한 대답이었다.

"제가 어릴 적에 말입니다."

장웅은 여전히 의연한 자세로 말을 이었다.

"믿기 어려우시겠지만 저도 한때는 총명하다는 소리를 들곤 했습니다. 자주 듣다 보니 어깨에 좀 힘이 들어가곤 했지요. 하지만 조금 나이를 먹고 보니 세상이 그리 만만하지 않더군요."

추억에 잠기듯 장웅이 나직한 목소리로 입을 열었다.

"참 많이 힘들었습니다. 책에서 배운 바와 달리 눈앞에는 문제들이 산재해 있더군요. 서책만 판 저는 사람과의 관계도 서툴러 자주 실수를 범하곤 했습니다. 그런데 제가 아무리 노력해도 안 되는 것을, 련이는 척척 해내곤 했지요."

장웅은 웃고 있었다. 그 웃음은 결코 즐거운 그것이 아닐 터였다.

장자로서 자신보다 뛰어난 여동생을 보는 마음, 당사자 외에는 알 수 없을 속 타는 심경을 그는 습관처럼 웃으며 말하고 있었다.

"그런 련이를 보곤 늘 칭찬하고 장하다고 다독였습니다. 가문을 위해서라면 내가 아닌 동생이 이끌어가는 것이 더 낫다고 판단했기 때문입니다. 하지만."

장웅은 광휘 쪽으로 고개를 돌리며 말했다.

"저도 사람입니다. 왜 시샘 한번 해보지 않았겠습니까? 아무리 어진 현자라 하더라도 모욕을 당하면 화가 나는 법입니다. 아무리 못난 사람도 자신에게 듣기 좋은 말을 하는 자에겐 관대한 법이지요."

"……."

"그게 사람입니다. 도움을 줬다고 반드시 은혜를 갚는 것이 아닙니다. 오히려 더 주지 못한 것을 보고 비난하고 화를 내는 사람도 많습니다. 불쌍한 것이, 가난한 것이 꼭 바르고 착한 것만은 아니기 때문입니다."

둘은 잠시 대화가 없었다.

장웅이 다시 연못으로 고개를 돌렸다. 광휘는 그의 말이 무슨 뜻인지 생각에 잠겼다.

그때였다.

"저는 그 한량이 행복해졌으면 좋겠습니다."

"……!"

광휘의 고개가 홱 꺾였다.

뭐라고 반박하려 했지만 장웅의 말이 더 빨랐다.

"이제는 누가 아니라 자신을 위해서, 본인을 위해서 사셨으면 좋겠습니다."

"공자, 그는……."

"저도 그러려고 합니다. 련이가 두각을 나타내면 낼수록 더욱 말입니다. 제가 갖지 못한 재주를 시샘하기보다 제가 잘할 수 있는 분야에서 더 노력하려 합니다. 그래야 제가 행복해질 것 같아서입니다."

"……"

"저는 그 사람이 걱정스럽습니다. 내가 행복하지 못한데 남을 위하는 척, 베푸는 척한다면 결국 그의 삶을 망칠 것 같습니다. 왜 그가 지금은 주저할까요? 한때는 마을을 위해 앞장섰던 그가 지금은 왜 그러지 못할까요?"

"……."

"사람은 스스로 즐거워하는 일은 남이 시키지 않아도 나서는 법입니다. 계기가 무엇이든, 그가 망설이게 된 까닭은 행복하지 않아서인 것 같습니다. 저는 그 한량이 지금 나서느냐 나서지 않느냐보다, 먼저 그가 행복해지는 것이 더 중요하지 않을까 싶습니다."

"……."

장웅의 끝말은 여운이 길었다.

광휘는 자신의 삶을 돌아보았다.

어느 순간부턴가 그의 삶 속에는 장웅의 말처럼 자신의 삶이 없었다.

왜 살아가는 건지 알 수 없는 나날들, 죽고 죽이며 살아남기만 반복하는 시간들.

그것이 이어지다 보니, 그냥 그렇게 살아온 것이다.

꽤 시간이 흘렀을 때였다.

광휘가 더는 말하지 않자, 장웅이 슬쩍 예를 표하며 뒤돌아섰다.

"만약에 말이오……."

광휘가 불쑥 그의 뒷모습을 보며 물었다.

"그 한량이 이기적으로 변했을 때 주위가 불행해진다면… 그럴 땐 어떻게 해야 하는 거요?"

그것이 광휘의 가장 큰 고민이었다. 현재 자신의 상황에 가장 근접한 부분이기도 했다.

"그때 가서 한량이란 분이 도우면 되지요."

장웅이 후훗, 가볍게 웃었다.

"그러다 늦거나 손을 쓰기 어렵다면……."

"대협, 모두를 구할 수는 없습니다."

장웅이 진지해진 표정으로 광휘를 쳐다보았다.

그는 진즉에 한량이 광휘란 것을 알아챘다. 그럼에도 모른 체하다 결정적인 순간에 '대협'이라 언급한 것이다.

"지금 생각하는 그것만 잊지 않으시면 됩니다. 그리고……."

장웅은 광휘의 고민을 대단히 쉽고 간결하게 규정지었다.

"누군가 대협께서 행복해지길 바라지 않는 사람이 있다면, 전 그 사람들이 잘못된 거라고 생각합니다."

잠시 침묵이 흘렀다.

광휘의 시선은 바닥으로 떨어졌고 그사이 장웅은 한 번 더 예를 차렸다.

"장웅 공자."

"…예."

돌아서려다 또다시 멈추는 장웅을 보고 광휘는 천천히 고개를 저었다.

"…아니오."

"먼저 가보겠습니다."

장웅은 그렇게 천천히 광휘와 멀어졌다.

"이제야 알겠소."

광휘의 눈길이 다시금 장웅에게 머물렀다.

왜소한 체격의 뒷모습을 바라보던 광휘가 말을 이었다.

"그대 같은 분 때문이었소……."

나직이 말하는 그의 목소리는 매우 작았다.

하지만 그 작은 소리가 한정단을 울리고 있었다.

"내가 이리 결정 내리기 힘든 이유가……."

광휘는 슬며시 미소 지었다.

좁은 어깨의 청년.

그런데 만날 때마다 듬직해 보였던 건 아마도 이것 때문이 아니었을까—라는 생각을 하면서.

✽　　　✽　　　✽

투욱, 툭, 툭.

투툭, 투툭, 쏴아아아.

오후부터 밀려오던 먹구름이 결국 비를 만들어냈다.

탁, 탁, 탁.

빗줄기가 거세지자 건물 곳곳마다 창문이 닫혔고 조금 열어 놓은 문을 닫아 외부를 차단했다.

습기를 머금은 호롱불도 꺼지기 시작했다.

드르륵, 탁.

장련도 탁자 옆, 창문을 차례대로 닫았다.

"되게 많이 오네……."

거세던 빗소리가 곧 잔잔해졌고 장련은 침상으로 걸어갔다.

"풋."

장련은 조금 전 일이 어렴풋이 기억났다.

하필이면 그때 능 대협이 들어올 게 뭐란 말인가.

"누구였을까?"

장련은 이불을 덮으며 곰곰이 생각해 보았다.

"나는 경험이 많은 사람이오."

딱히 기분이 상하지는 않았다. 광휘는 자신보다 훨씬 나이가 많으니까.

과거 인맥이 많았던 사람이라 누가 오더라도 이상하지 않을 것 같았다.

하지만 이 밤중에 누군가 그를 만나러 왔다는 것이 지금은 괜히 맘에 걸렸다.

"없으니까 왠지 허전하네……."

요즘 아침저녁으로 매일 광휘와 붙어 다녔다.

이전에도 이런 적이 있었지만 그때는 석가장과의 전쟁으로 인해 마음의 여유가 없었다.

그래서일까. 요즘 그와 함께 있으면 뭔가 안심이 되고, 이제 는 옆에만 없어도 허전하고 아쉬웠다.

캄캄한 방에 있는 지금도 그가 머릿속을 가득 채울 정도로 생각날 만큼.

"내 생각은 하고 계실까?"

침요를 덮고 잠을 청하려던 장련의 눈은 생기가 넘쳤다.

피곤한데도 어쩐지 잠자기 싫은 그런 느낌.

"아!"

순간 뭔가 장련의 뇌리를 스쳐 가자 심장 박동이 빨라졌다.

광휘와의 입맞춤.

조금 전 기억이 떠오른 것이다.

"아… 몰라……."

그녀는 침요를 얼굴까지 덮어버렸다. 그리고 침상에서 몇 번이고 이불을 차며 뒤척였다.

그렇게 조금 시간이 흘렀다.

"아, 도저히 안 되겠어."

파랏.

결국 잠을 청하지 못한 장련은 자리에서 일어나 화장대 앞으로 걸어갔다.

투욱.

호롱불을 켠 다음, 면경 앞에 자신의 얼굴을 바짝 가져갔다.

이후 뭔가 실망한 듯이 얼굴을 찡그렸다.

"언제 피부가 이렇게 많이 상했지?"

잡티들이 조금 보였다.

그간 경황이 없어 신경 쓰지 못했더니 확실히 피부는 잠시만 방심해도 바로 상한다.

"하필 이런 때에 이런 게 나 있어서……."

이내 장련이 호롱불을 꺼버렸다.

그녀는 조금 전과 달리 시무룩한 표정으로 변해 있었다.

"바람이나 쐴까?"

드르륵.

장련은 창문을 활짝 열었다.

시원한 바람이 확 몰려오자 답답함이 조금은 가셨다.

그러다가 그녀는 소스라치게 놀랐다.

"무사님? 여기에서 뭐 하고 계세요?"

그녀의 시선이 창문 우측으로 향했다.

광휘가 한쪽 벽에 기대어 비를 맞고 있었던 것이다.

솨아아아아.

빗소리와 함께 광휘의 고개가 천천히 움직였다.

그 순간.

"자! 잠깐만요! 보지 마세요!"

장련은 놀라며 도망치듯 방 안으로 들어갔다.

자기 위해 누워 있어서 침의 차림인 것을 뒤늦게 알아차린 탓
이다.

잠시 뒤, 옷을 입고 방을 뛰쳐나온 장련이 손짓을 했다.

"왜 여기에 서 있어요. 안으로 일단 들어……."

"소저."

광휘의 부름에 장련은 눈이 동그랗게 변했다.

잔뜩 가라앉은 눈빛으로 그가 자신을 바라보고 있었던 것
이다.

"만약에 말이오."

벽에 기대 있던 광휘가 자세를 풀며 그녀를 정면으로 마주 보았다.

비에 젖은 머리카락과 눈썹.

충혈된 그의 눈은 장련을 당황하게 만들었다.

"나의 잘못된 선택으로 인해 소저가 불행해질 수도 있다면 어찌하겠소?"

"네?"

선뜻 이해하지 못하는 장련을 보며 광휘가 말을 이었다.

"나와 있는 게, 내가 곁에 있음으로 해서 예전보다 더 지옥으로 변한다면… 어찌하겠소?"

장련은 멈칫하고는 광휘를 바라보았다.

두 사람의 눈빛이 잠시 허공에서 얽혀 들어갔다.

"무슨 일이 생겼나 보군요."

장련은 한 발짝 물러섰다.

틱.

이번엔 광휘가 그녀의 어깨를 붙잡고 말했다.

"대답해 주시오, 소저."

평소와 다른 광휘의 행동.

굳어진 얼굴로 그를 보던 장련은 이내 살풋 미소를 띠며 말했다.

"무사님, 제가 가장 힘들었던 게 뭔지 아세요?"

빗물이 볼을 타고 뚝뚝 떨어지는 광휘를 보며 장련이 담담히 대답했다.

"죽음에 대한 공포? 희망 없는 삶? 맞아요. 그런 것들이었죠. 그런데 그중에 가장 힘들었던 건 웃기게도 저 자신이었어요."

"……"

"제가 아무것도 할 수 없다는 게. 그냥 가만히 앉아 죽음을 기다려야 한다는 게… 슬펐어요. 나도 힘이 있는데, 나도 할 줄 아는 게 있는데 왜 아무것도 도움이 되지 못하지 하면서 말이에요."

광휘는 기억을 떠올렸다.

삼천의 군세가 장씨세가에 도착하기 전, 아무것도 할 수 없었다는 장련의 말을.

"하지만 시간이 조금 지나고, 나만 그런 게 아니란 걸 알게 됐죠."

"……"

"무사님 덕분에 우리를 핍박하던 석가장도, 완전히 끝을 내려던 팽가도 그들 마음대로 하지 못했죠. 그런 무사님도 술에 의지하지 않으면 온전하게 버티기 힘들어하셨어요. 그토록 강한 무공을 지니고서도."

"……"

"사는 게 그런 거 같아요. 나보다 더 강한 상대, 사람 아니면 병마 아님 흘러가는 세월. 사람은 늘 그런 것들과 마주하고 있어요."

"소저, 이 문제는……"

"같은 곳을 바라보며 걷지 않을래요?"

사륵.

장련은 자신의 어깨에 올린 광휘의 두 손을 잡아 내렸다.

이후, 소중히 가슴에 품듯 꼬옥 잡으며 말했다.

"의지하지 않을게요. 부담 주지도 않을게요. 그냥 말없이 걷다가 힘들어서 잠시 돌아보면 그 자리에 무사님이 있어주시면 안 될까요? 너무 오랫동안 혼자 걸어서 그런지… 조금 힘이 드네요."

"소저는 내 말을 잘못 이해한 것 같소."

광휘는 어금니를 꽉 물었다가 차분히 말을 이었다.

"지금 내가 묻는 건 장씨세가가 아니라 지극히 개인적인 일이오. 내가 여기 없었다면 위험해질 이유도 없다는 말이오."

"맞아요. 이미 죽었을 테니까."

"소저!"

광휘가 목소리를 높였지만 장련은 눈 하나 깜짝하지 않았다.

그녀를 향해 광휘가 뭐라 말하려다 결국 한숨을 쉬었다.

상황이 이리되니 말을 돌리긴 힘들었다.

"내 말을 잘 들으시오. 과거 은자림이란 곳이 있었소. 사이한 무공과 특이한 정신세계, 괴이한 물건을 통해 중원을 뒤흔들었던 지독한 놈들이었소. 천중단이라는 중원 최고의 고수들이 모여… 뭐 하는 거요!"

광휘가 장련의 손목을 급히 잡아끌었다.

갑자기 비가 내리는 마당으로 걸어갔기 때문이다.

"봐요. 이렇게요."

장련은 장난기 어린 얼굴로 방긋 웃었다. 영문을 알지 못해 어리둥절해하는 광휘에게 그녀는 말했다.

　"제가 비 맞는 걸 무사님이 가만히 보고 있을 리 없잖아요? 막아서고, 지켜주시잖아요. 앞으로도 무사님이 지켜주시면 되죠. 지금처럼."

　광휘의 시선이 그녀의 옷섶 주위에 머물렀다.

　그 짧은 순간에도 세찬 비로 인해 옷이 반쯤 젖어버렸다.

　"소저는 아무것도 모르오."

　광휘의 눈빛은 가라앉아 있었다.

　은자림, 단순한 호기로 덤벼들 수 없는 상대.

　그들은 잔악무도한 흑도들보다 더욱 간사하고 비열하다.

　"이번에 상대할 자들이 얼마나 무서운지를."

　"아뇨, 무서워요. 그래서 더 행복해지고 싶어요. 무서우니까."

　궤변이었다.

　광휘는 눈살을 찌푸렸지만 장련은 조금 전과 달리 진지해진 표정으로 그를 바라보고 있었다.

　"무사님과 함께 있을 때가 가장 행복하니까."

　"……."

　장련이 그를 향해 방긋 웃어 보였다.

　"제 옆에 있어주세요."

　투투툭.

　한동안 멎은 것 같던 빗소리가 그제야 그들의 귓가로 들려오기 시작했다.

비가 거세게 몰아치는 밤.

유등 빛이 희미하게 주변을 밝히는 늦은 밤.

광휘와 장련은 한동안 그 자세로 서로를 바라보고 있었다.

*　　　*　　　*

투투투툭.

웅산군은 비가 내리는 객방 앞, 평상에 앉아 있었다.

처마가 가리지 못하는 평상이라 그는 흠뻑 비를 맞아야 했다.

하지만 그는 석상이라도 된 듯 움직이지 않았다.

"너도 그랬느냐?"

광휘의 말이 떠올랐다.

그리고 그간 기억 너머에 조각조각 흩어져 있던 단편적인 장면들이 눈가로 스쳐 갔다.

"…크."

잠시 후, 그의 눈이 붉게 충혈되어 갔다.

눈가에 뜨끈한 물기가 흘렀지만 곧 사그라졌고 세차게 쏟아지는 빗물에 섞여 들었다.

"다 지나간 일이라 생각했거늘……."

음울한 웅산군의 목소리가 빗물과 함께 씻겨 내려갔다.

투투투툭.

얼마를 그렇게 있었을까, 누군가의 발소리가 들렸다.

비를 추적추적 맞으며 걸어오는 광휘였다.

투욱.

광휘는 말없이 웅산군 옆자리에 앉았다.

담 너머 능선을 바라보는 광휘.

웅산군도 같은 위치를 바라보며 묵묵히 기다렸다.

"남겠다."

기다림이 무색하게 광휘의 대답은 짧았다.

그의 결정에 대한 웅산군의 반응은 침묵이었다.

투투투툭.

빗줄기는 여전히 강했다. 두 남자의 몸은 빗물로 완전히 젖어 있었다.

"단장께서 너도 그랬냐고 묻지 않으셨습니까?"

움찔!

광휘는 어깨가 조금 움직였다.

"후회하고 있습니다. 아닌 척, 아무렇지 않은 척하고 있지만 실은 많이 그렇습니다."

웅산군은 뒤늦게 긴 한숨을 토해냈다.

"…그렇구나."

"저만이 아닐 겁니다. 염악, 방호, 구문중. 그리고 죽은 명호까지. 천중단에서 나온 후 모두 다 벗지 못할 굴레를 안고 살아갑니다."

웅산군은 광휘를 바라보았다.

그는 여전히 먼 산에 시선을 고정하고 있었다.

"천중단을 떠나서 지내다 보니 세상은 굳이 내가 아니라도 잘 굴러가겠다는 생각이 듭니다. 협(俠)을 위해 한평생 살아왔지만 홀로 아픔을 감내해야 할 때면 문득문득 슬퍼질 때가 많습니다."

웅산군은 대원들을 떠올렸다.

분명히 의미 있는 죽음을 맞았던 협사들, 강호의 안녕을 위해 스스로를 불살랐던 이들.

하지만 결국 그들은 죽었다. 그리고 사람들의 기억 속에서 잊혀 버렸다. 살아남은 자신을 포함해서.

"그러니 더 잘 살아야지. 우리에게 목숨을 넘겨준 대원들을 위해서라도."

광휘는 그제야 웅산군을 바라보았다.

"그것이 그들이 바라던 삶이 아니겠느냐?"

"……"

웅산군은 뭐라 대답하지 않았다. 광휘의 말은 정론이었다.

아마도 염악이라면 여기서 반발했으리라. 명호라면 투덜거렸으리라.

"맞습니다."

하지만 그는 그냥 광휘의 말을 조용히 긍정했다.

이미 죽은 자는 죽은 자고 산 사람은 산 사람이니까.

"언젠가 맹주의 얘기도 한번 들어보자꾸나."

단리형.

천중단 대원들 중 그 누구보다 무거운 짐을 안고 있는 사내였다.

그는 맹주라는, 굳이 하지 않아도 될 자리를 맡았다.

그가 원해서가 아니라 살아남은 천중단 대원을 위해서였다.

본가로, 자파로 돌아가지 못하고 뿔뿔이 흩어졌던 천중단 대원들을 위해서였다.

"그가 그저 존재해 주는 것만으로도 우리는 많은 빚을 지고 있다."

혹여나 단리형이 아닌 다른 자가 맹주를 맡았다면 한때 무림 최강이었던 천중단을, 그들의 숨겨진 과거와 힘을 끌어내 멋대로 이용하려 했을지 모를 일이다.

단리형이 있기에, 그가 무림의 정점에 서서 지키고 있기에 천중단 단원들은 무사한 것이다.

"산군아, 은자림은 강하다."

광휘는 웅산군을 향해 진지하게 말했다.

"알고 있습니다. 몇 번 본 적 있고 많이 들었지요. 저는 상관없습니다."

웅산군은 자리에서 일어섰다.

처음 왔을 때보다 조금은 홀가분해진 모습이었다.

"그래서 더 기쁩니다."

"……?"

"복수할 기회가 생긴 것이니까요."

"복수라……."

이런 말을 들을 줄은 몰랐는지, 광휘의 얼굴이 살짝 찌푸려졌다. 그런 광휘에게, 웅산군은 정중히 읍을 해 보였다.

"다시 소식이 들어오면 알려 드리겠습니다. 그럼 먼저 가보겠습니다."

파팟.

말이 끝나자마자 웅산군은 사라졌다.

광휘는 조용히 하늘을 올려다보았다.

자신의 선택이 어떤 결과를 만들어낼지 알 수 없었다.

하지만 확실한 건 있었다.

이제는 누구를 위한 삶이 아닌 자신의 삶을 살기로.

'괜찮은가?'

광휘는 스스로에게 물어보았다.

장씨세가에 남기로 한 선택. 이로써 어떤 일이 일어나게 될지는 누구도 모른다. 하지만.

"아니지. 괜찮아야지."

광휘는 여름밤의 굵고 냉랭하게 쏟아져 내리는 빗속에서 다짐했다.

그 자신에게 들려주듯이.

"한 번쯤은 나를 위한 삶을 사는 것도 나쁘지 않아."

＊　　　＊　　　＊

쏴아아아.

폭이 좁은 개울 아래로 냇물이 세차게 흘렀다.

비는 몇 시진째 계속 내렸고, 그 바람에 주위는 안개가 자욱했다.

휘드득! 끼득!

비바람이 불어닥칠 때마다 대나무들이 거칠게 흔들렸다.

그렇게 첩첩이 둘러싸인 대나무밭 안쪽에는 조그마한 누각 한 채가 서 있었다.

"부황께서는 오늘도 그곳에 가계시더냐?"

사박.

이 층 난간을 짚고 산경을 바라보는 사내의 말이 비바람에 실려 소슬하게 퍼져 나갔다.

또렷한 이목구비, 선이 곱지만 호목(虎目:호랑이 눈)처럼 부리부리한 눈에서 강인함이 느껴지는 사내.

그는 현 황제의 다섯 번째 아들인 영민왕이었다.

"예. 최근 차도가 있어서 그런지 며칠 사이에 왕래하시는 일이 잦아졌습니다."

단출하게 만들어진 탁자에 앉은 노인이 오왕의 말에 답했다.

태자가 오랜 지병을 앓아 바깥나들이를 않은 지 삼 년.

황제의 발길이 끊어진 것도 그쯤이었다.

한데 요즘은 그 무심하시던 천자가, 병약하고 성마르던 태자를 살뜰히 챙기고 계셨다.

"흐음."

오왕이 가볍게 침음하자 노인의 대답이 이어졌다.

"너무 심려치 마십시오. 누가 뭐래도 태자는 폐위될 것입니다. 그 자리에 앉게 될 분은 바로 주군이십니다."

"…그건 그때 가봐야 알겠지."

환관 이염(李髯)은 가볍게 눈을 내렸다.

요즘 들어 불안과 초조함을 자꾸 내비치는 오왕이다.

이제 곧 대업의 날이 가까워지니 신중을 기하는 것은 좋지만, 평소 그답지 않게 지나치게 우려하는 모습이 보였다.

"일왕인 공선왕은 매우 괄괄한 자다. 성격이 불같고 급해서 상황이 불리해지면 조급해하지."

일왕. 엄연히 황태자의 자리를 가지고 있는 형님을 영민왕은 조소하듯 불렀다.

"그간 병으로 인해 쇠약해져 사람을 많이 잃었지만, 그렇다고 만만히 볼 자는 아니다. 조정의 소식을 끊임없이 보고 받았을 테니 곧 발톱을 드러낼 터."

"소인배지요. 그래서 더 상대하기가 편한 게 아니겠습니까?"

노인이 부드럽게 말을 이었다.

"하는 일마다 성과를 내지 못하고 시행하는 법마다 실수를 저질렀으니까요. 그런 자가 오래 와병하였으니……. 이제 와서 회복한다고 해도 결국 본성을 이기지 못하고 조급함에 스스로 화를 부를 것입니다."

"맞는 말이지. 한데 문제는……."

오왕이 난간을 짚은 손을 떼며 말했다.

"그 또한 자신의 성격이 그렇다는 걸 정확히 파악하고 있다는 것이지."

"그 말씀은……?"

"이런 가정은 어떨까. 그가 병을 앓는 게 아니라, 일부러 와병을 가장하고 몸을 낮추고 있는 것이라면?"

이염의 눈동자가 구슬처럼 움직였다.

잠시 오왕의 말을 숙고해 본 그는 고개를 저었다.

"지나친 억측이십니다. 그를 진료한 환중가(丸重家)의 어의는 화타에 비견할 정도라고 불리는 자. 의술이 뛰어난 것도 있지만 그보다 덕망이 높아 그런 평을 듣지요. 만약 정말로 일왕이 모든 것을 계획했다고 해도 환중가 어의만큼은 결코 회유하지 못했을 것입니다."

당금 태자의 환후를 거짓으로 꾸며 말한다.

이건 탄로 날 시 구족을 멸하는 참형이다.

상황이 그럴진대, 어의까지 지내고 있는 환중가의 의원이 그런 위험한 일을 하겠냐는 지적이었다.

"그렇지. 그런데 만약 부황께서 개입하신 일이라면?"

그 순간 이염의 눈이 찢어질 듯 커졌다.

오왕의 생각이 지나친 염려라고 보았지만, 그런 가정을 한다면 이 또한 가능해진다.

"…주군."

"이유가 뭐냐고 묻는 것이냐?"

오왕은 차마 말을 못 하고 입술을 떠는 이염과 시선을 맞추었다.

"바로 나 같은 자들을 솎아내기 위함이지."

일왕, 공선왕.

천자의 유일한 적자로, 그는 젊은 시절부터 크고 작은 사고를 많이 일으켰다.

직언하는 명신들을 놀리거나, 제 흥에 겨워 장수들에게 무안을 주기가 일쑤라 천자에게 직접 불려 가 고역을 치른 일도 심심찮게 있었다.

"하지만 어렸을 때는 달랐다."

신료들과 세인은 지금의 태자만 보고 있지만, 오왕자는 어려서 보았던 형, 일왕자의 명민하던 성품을 기억하고 있었다.

그는 다섯 살에 이미 사서삼경을 떼고, 일곱 살에 대학을 논하며, 열다섯 살 무렵에는 부황의 일을 함께 나누어 정무에도 참여하는 모습을 보여줬기 때문이다.

"만약 부황께서 조정의 보이지 않는 불만 세력을 한 번에 일소하려고 하신다면… 모반과 진압은 더없이 좋은 수단이 될 것이다. 가뜩이나 태조께서 세우신 법제로 세상을 오시하는 거만한 자들이 반드시 낚여들 테니까."

원나라가 전란으로 멸망한 이유 중 하나는 봉건제의 폐지에 있었다.

천자가 가진 직할령 이외의 토지를 제후에게 나눠 주어 중앙의 권위가 떨어졌기 때문이다.

이것이 명대에 들어 강력한 법제를 바탕으로 통치하자 사방에서 피가 흘렀다.

잔뜩 뜨거운 맛을 본 신료들이 몸을 낮추어 황제의 말을 따랐지만, 그들은 이미 오래전부터 힘을 갖추고 있었다.

권력을 쥐었던 자들이 그 힘을 내놓으라는 말에 가만히 있을 리 없었다. 불만은 팽배하고, 그걸 건드리면 모반이 일어나는 법이다.

그 구심점이 되는 것이 바로 자신 같은, 황제의 서자들이 될 터였다.

"그렇다면 이 모든 일을 천자께서 일부러 의도하시고……."

"아마 동창에서 움직였겠지."

영민왕이 이염의 말을 받아 고개를 끄덕였다.

삼 년 전 공선왕이 몸져누웠을 때부터 영민왕은 조심스레 몸을 낮췄다.

천자와는 피를 나눈 부자간이지만, 오히려 그렇기에 그는 자신의 아버지를 너무도 잘 알았다.

그간 발걸음도 뜸했던 부황께서, 지금 일왕을 공공연히 만났다는 것은 솎아내기가 본격적인 준비에 들어섰다는 의미이리라.

"더 지켜보자. 그저 내 억측일 수도 있으니."

드르륵.

영민왕은 이염이 앉은 탁자 맞은편에 자리했다.

그는 조금 전까지 위험한 이야기를 한 사람 같지 않게, 빙그레 웃으며 말했다.

"그건 그렇고… 강호의 소식은 없느냐?"

"달리 알려온 바는 없습니다."

"음, 그 동네는 항상 재미있는 이야기가 끊이지 않는 줄 알았는데……."

영민왕은 뭔가 애석한 표정을 지었다. 그 모습에 이염이 슬쩍 운을 뗐다.

"광 호위란 자가 그리 마음에 드십니까?"

"너는 안 그렇더냐?"

영민왕의 안색이 밝아졌다.

"그 강대하고 은밀했던 은자림. 그들의 재앙이라 불리던 천중단. 단신으로 모든 전쟁의 고리를 잘라 버린 자라. 참으로 일세의 영웅이라 할 만하지 않느냐."

"소인도 듣긴 하였지만… 허무맹랑한 얘기가 많습니다. 폭굉의 폭발에 휘말리고도 살아남고, 홀몸으로 은자림의 고수 수십명을 눈 깜빡할 사이에 죽였다느니, 경맥이 모두 파괴되었다가 기적적으로 되살아났다느니 하는 말들 말입니다."

"……."

"말이 되지 않습니다. 오왕께서도 아시지 않습니까. 저희가 본 은자림의 힘을."

"그랬지."

영민왕은 잠시 기억을 떠올리며 나직이 읊조렸다.

"거악(巨嶽)을 칼 한 자루로 조각조각 잘라내는가 하면, 분명 눈앞에 있었던 사람이 거짓말처럼 사라지기도 했다. 이미 숨이 멎은 자도 술수로 살려냈고, 손바닥에서 괴이한 녹광이 피어오르면 철검이 진흙처럼 흘러내렸지."

영민왕은 수긍하고, 다시 화색이 도는 얼굴로 말했다.

"그러니 대단하다는 것이야. 그런 괴인들을 상대로 모두 물리쳤다니. 대체 어떤 신비한 힘을 가지고 있기에 그걸 해냈단 말이냐. 만약 그를 손에 넣을 수 있다면 세상에서 두려울 것이 없어진다는 것 아니냐?"

"……"

이염은 영민왕의 눈에서 강렬한 탐욕을 보았다.

그는 어려서부터 가지고 싶은 건 반드시 가져야 하는 성격이었다.

힘을 동경하는, 병적이라 할 만한 그의 사상과 일치했다.

"그런데 정말 운 각사는 광휘와 만난 적이 없는 건가?"

오왕이 화제를 돌리자 이염이 대답했다.

"서로 본 적은 없을 겁니다."

"왜지? 되살아난 백령귀는 광휘가 죽였다고 하던데?"

"백령귀는 광휘가 죽인 자고, 운 각사는 맹주가 죽인 자니까요."

"호오. 그런 겐가?"

오왕은 재밌다는 듯 입꼬리를 올렸다.

늘 그렇듯 은자림과 천중단이 얽혀 있는 관계에 대해 기대 이상의 흥미를 보였다.

요즘 들어 중원에 일어나는 상황을 보고받는 것을 삶의 낙으로 삼고 재밌어했다.

팔짱을 끼며 무언가 생각하듯 고민하던 영민왕이 입을 열었다.

"한데 운각의 별호가 뭐였던가?"

그를 향해 이염이 나직이 대답했다.

"곤붕이라 들었습니다."

*　　　*　　　*

심주현 저잣거리는 정오에 가장 사람들이 붐빈다.

소일거리를 찾으러 다니는 사람과 물품을 내놓고 파는 상인, 잠시 쉬는 곳에는 이야기꾼이 있고 문화생활을 즐길 사람들은 경극장으로 향한다.

구석진 골목 샛길에는 여러 유형의 도박판이 성행한다.

사람들은 저마다 관심 있는 곳에 머물거나 물품을 산다. 다루에서 여유롭게 차를 마시며 저잣거리의 풍경을 감상하는 자들도 있었다.

"살려주십쇼!"

시장 한복판의 사거리, 사십 줄에 들어선 사람 한 명이 소리쳤다.

그는 혈기 넘치는 청년의 바짓가랑이를 잡고 애원하다시피 빌고 있었다.

"돈 빌릴 땐 좋았지? 이 새끼야!"

"악!"

퍽! 퍽퍽!

청년의 발길질에 중년인의 고개가 뒤로 꺾이며 몸이 뒤집어졌다. 그럼에도 청년의 무차별 공격은 계속되었다.

"저 사람 죽겠어."

"그냥 가자. 괜히 싸울 필요 없어."

웅성웅성.

주위 사람들은 한 번씩 돌아봤지만 이내 발길을 돌렸다.

청년이 입고 있는 옷은 정운전장의 소속임을 뜻하는 것이었다.

괜히 끼어들었다 불이익을 당할 수 있다. 저 장년인처럼 돈을 빌린 뒤 갚지 못해 봉변당하는 사람들이 이 거리에서도 수십 명씩은 되었던 것이다.

"그만."

정운전장의 중년인이 손을 올렸다. 청년은 씩씩대다 이내 한 발짝 물러서며 고개를 숙였다.

"이봐, 양장. 그러게 왜 그랬나."

중년인 황무가 양장의 어깨에 묻은 흙을 털어냈다.

"사알려… 주… 쇼……."

양장의 얼굴은 알아보기 힘들 정도로 변해 있었다.

퉁퉁 부은 눈두덩과 입술, 모래 바닥에 긁히고 찢어진 비부, 발길질에 가격당한 코는 내려앉았고 흘러내린 피로 인해 옷섶은 홍건했다.

"그러기에 돈을 빌렸으면 갚아야지. 우리 정운전장은 말이야,

사람과의 신뢰를 매우 중시하거든."

"일만 하는 무지렁이라… 금리가 뭔지도 잘 몰랐습니다. 조금만 시간을 주시면… 정말로 갚을 수 있습니다."

"그러다 네놈이 야반도주라도 하면?"

"…아닙니다. 하역 일밖에 할 줄 모르는 놈이 어찌 일을 놓아두고 도망가겠습니까? 믿어주십시오."

"늦었어, 이미. 그럼 미리 와서 사정이라도 고하든가."

황무는 양장이 내미는 두 손을 뿌리쳤다. 그러고는 숨을 몰아쉬고 있는 청년을 향해 짧게 말했다.

"도망 못 가게 어디 하나 분질러 놔."

"옙!"

양장은 그 얘길 듣자 얼굴이 샛노래졌다. 그는 급히 황무에게 매달렸다.

"대인! 대인! 사지가 멀쩡해야 어떻게든 일을 할 수 있습니다. 제발 시간을 주십시오! 제발, 제발… 악!"

청년이 두 손으로 양장의 머리채를 잡았다.

그는 아등바등 필사적으로 저항했지만 힘 좋은 청년에게는 그다지 효과가 없었다.

우득!

"악!"

기분 나쁜 소리와 함께 그의 한쪽 다리가 꺾였다.

사람들이 불편한 표정으로 돌아봤지만 이내 얼굴을 돌려 버렸다.

"내달 초까지야. 그때까지 안 갚으면 네 딸년을 대신 데려가지. 그리고… 어디 도망갈 생각 마. 하루 종일 감시를 붙여놓을 테니까."

툭툭.

바닥에 널브러진 양장을 향해 청년은 손을 털고 일어났다.

그가 황무 옆에 찰싹 붙으며 고개를 숙였다.

"가자."

"옙."

그렇게 그들이 몇 걸음 걸었을 때였다.

"이 개새끼들……."

어디선가 자신들을 향해 욕설이 날아들었다.

"뭐야?"

황무와 청년이 돌아보자, 입가에서 피를 뚝뚝 흘리며 양장이 바닥에 앉은 채 웃고 있었다.

"내 그럴 줄 알았다. 빌려줄 때는 아무 말도 하지 않더니, 요상한 말로 금리를 불린 것도 모자라 이제는 내 딸년까지 뺏어 가려느냐?"

조금 전 맞으며 매달렸던 모습과 달리 그의 눈에는 시퍼런 독기가 서려 있었다.

"너 미쳤냐?"

"삼시 세끼 밥 굶지 않으려고 빌린 돈을, 집 날려먹고 딸까지 빼앗아 가려 들어? 개자식들! 너희들은 이 세상에서 사라져야 할 종자들이다!"

"어허. 허허허허."

황무가 어이없다는 듯 웃었고 청년은 미간을 찌푸리며 두 손을 불끈 쥐었다.

"너 이제 끝장난 줄 알아라. 본 어르신들의 기분을 상하게 했으니 이제 돈이고 뭐고 없이……."

불쑥!

청년의 말이 끊겼다. 곤죽이 된 양장이 품속에서 뭔가를 꺼내 든 것이다.

"…뭐냐?"

누렇게 빛나는 놋쇠로 된 둥근 공.

크기는 주먹만 했고, 그 위에는 핏빛으로 선명한 '벌(罰)' 자가 씌어 있었다.

"뭐긴? 쓰레기 같은 너희 놈들이 이 세상에서 발 뻗고 살지 못하게 이 어르신이 내리는 벌이다!"

양장은 그들을 향해 음흉하게 웃어 보였다.

딸깍!

그가 뭘 어떻게 했는지, 손에 들린 금속구에서 예리한 금속성이 났다.

"조금 있다 보자……."

"뭐 하고 있어!"

"옙!"

황무의 안색이 변하고, 청년이 재빠르게 달려들었다. 하지만 양장이 한발 빨랐다.

휘익! 퉁! 퉁!

그는 자신에게 달려드는 청년을 피해, 놋쇠 공을 바닥에 집어 던졌다. 그리고 씨익 웃었다.

"하늘에서……."

쿠와아아아아아아앙!

웃음과 함께 반경 오 장에 뻗친 불꽃이 사거리를 통째로 뒤흔들었다.

* * *

쿠와아아아아왕!

엄청난 폭음이 지축을 흔들었다.

사거리 한복판에서 터진 거대한 화마는 주위에 있는 수십 명의 사람들을 휘감아 버렸고, 그것도 모자라 비명 소리를 지를 새도 없이 다시금 폭발했다.

쿠우우우우우!

동시에 강렬한 풍압이 치솟았다.

근처 건물 안에 막 발을 들이려는 사람이 튕겨 날아갔고 근방에 있던 사람들도 저만치 날아가 쓰러졌다.

쿠와아아아앙! 쿠와아아아앙! 쿠와아아아앙!

곧이어 다른 구역에서도 폭음이 터져 나왔다.

심주현 저잣거리의 총 여덟 군데서 순차적으로 폭탄이 터진 것이다.

폭발이 이는 곳은 사거리만이 아니었다. 객잔, 포목점 가릴 것 없이 전방위로 나타났다.

드드드드득.

폭발과 함께 건물들이 부서져 내렸다.

거대한 화마가 옆 건물로 옮겨붙었다.

"어서어서!"

"빨리 도망가!"

사방에서 사람들이 소리치자 건물 안에 있던 사람들이 밖으로 뛰어나왔다.

"악!"

"아아아아!"

밖에 나온 사람들은 괴성을 질러댔고, 구석진 곳으로 도망치는 사람, 건물 밖으로 나왔다 다시 들어가는 사람들도 있었다.

그야말로 아수라장.

시장에 있던 사람들은 어찌할 줄을 몰라 하며 방방 날뛸 뿐이었다.

"불꽃과 함께 사그라지고, 우리는 다시 태어나리니……."

혼비백산하며 흩어지는 사람들 사이로 마차 한 대가 보였다.

"…당신의 신명을 내려주소서."

그 안에서 비명을 지르며 길길이 날뛰는 사람들과 대조적인, 흥얼거리는 노랫소리가 흘러나왔다.

"거룩한 불꽃 속에서 새 생명과 함께 태어나게 하소서……."

드르르륵.

마차 안쪽 창문이 열리며 누군가 모습을 드러냈다. 입술이 붉고 턱선이 매우 고아한 사람이었다.

"개소리지."

픽!

노래 끝에 그는 피식 웃었다.

천민은 어디까지나 천민일 뿐이다. 항상 이용당하고, 쥐어 짜이고, 그러고도 살아남는다.

그렇기에 마음만 먹으면 언제든 부릴 수 있는 것이다.

"몰라, 그 병신들은. 크크큭."

이히히히힝.

마부가 발광하는 말을 진정시키고 마차 안의 웃음소리가 점점 작아질 때쯤 언뜻 그의 치아가 드러났다.

붉은 입술과 전혀 어울리지 않는 누런 이였다.

"가지."

그의 명에 마차가 천천히 움직였다.

"아아악!"

"아아아아악!"

도처에서 여전히 비명이 울렸다.

"불꽃과 함께 사그라지고……."

멈췄던 그의 노랫소리가 다시금 흘러나오기 시작했다.

第十二章

긴급 문서

"합! 합합!"

이른 아침부터 장씨세가의 연무장은 함성 소리로 떠나갈 듯 들썩였다.

특별한 일을 제외하곤 단 하루도 거르지 않고 수련에 매진하는 이는 다름 아닌 능자진이었다.

"후우."

기식을 정리함과 동시에, 능자진은 천천히 동작을 멈췄다.

이후 마음을 가다듬고 조금 전 자신의 초식을 복기했다.

쾌검의 찌르기.

이후로 이어지는 두 번의 횡베기.

다 괜찮았다.

다만 매화검법 종장(終章)으로 이어지는 검초에서 부자연스러움이 느껴졌다.

"역시 속도가 문제가 아니야."

강호에서 화산파 하면 떠오르는 것은 쾌검이다.

번쩍번쩍 매섭게 빛을 발하는 검광이, 흡사 눈앞에 매화꽃이 피는 듯 보일 정도로 정신없이 빠른 연환속공을 가한다.

하지만 쾌검만을 추구하다 보면 그 검수는 십중팔구 무너진다.

속도와 함께 무언가가 담겨 있어야 일정 이상의 경지에 이를 수 있는 것이다.

'그것이 시작이지.'

정확도가 겸비되면 '즉각적인 반응'에 필요한 외공이 필수다.

외공을 갖추고 나면 그다음에는 검에 힘을 실어야 하는 심법(心法)의 영향을 받는다.

그다음엔 심득과 경험을 토대로 검로를 이해해야 하며, 그 후엔 검에 내공이, 마지막엔 일순간 내공을 폭발시킬 수 있는 신체와 정신력이 있어야 한다.

지금 능자진이 눈앞에서 본 바로 그 경지였다.

"이겨내야 한다. 그래야 더 강해질 수 있어."

그는 일전에 싸웠던 팽가의 무사를 떠올렸다.

그때의 싸움에선 자신이 밀렸다. 하지만 지금 생각해 보면 자신이 충분히 이길 수 있는 상대였다.

내공을 좀 더 검에 실을 수 있었다면.

"한 번 더 해보자."

그의 수련은 계속되었다.

그리고 날이 밝을 때까지 멈추지 않았다.

※   ※   ※

푸우우우. 푸우우우.

능자진은 얼굴을 씻어댔다.

차가운 우물물은 피곤함과 땀으로 범벅되어 있던 그의 정신을 맑게 해주었다.

"거의 반나절을 있었구먼."

능자진은 수건으로 얼굴을 닦으며 나무 아래 잡초 바닥에 앉았다.

수련을 끝내고 휴식하는 이 시간이 하루 일과 중 가장 기분이 좋을 때였다.

"쳐다보지 마. 정들어, 새끼야."

밝았던 능자진의 표정이 일순 굳어졌다.

재수 없었던, 말도 섞기 싫었던 한 사내의 목소리가 뇌리를 스쳐 간 것이다.

"똑똑히 기억해라, 화산파 샌님아. 이게 살수다."

'소위건……'

몇 번을 생각해도 답이 떠오르지 않았다.

대체 왜, 뭐 때문에 자신을 구해줬는지 아직도 이해할 수 없었다.

"어디라고?"

"부운현 우룡객잔이라고."

"못난 놈. 얼마나 많은 돈을 숨겨놓았기에 저승길 가는 와중에도 그리 애타게 찾는 건가……"

능자진은 생각난 김에 혀를 차며 자리에서 일어섰다.

흑도 녀석에게 빚을 졌다는 느낌.

이런 뒷맛 찝찝한 기분은 오래 끌고 싶지 않았다.

그놈이 뭐 또 대단한 사정이 있는지 모르겠지만, 기왕 발을 들여놓은 김에 마무리를 해야 잠자리가 편안할 것 아닌가.

"밥맛없는 놈."

능자진은 툴툴대며 어디론가 향했다.

그의 거처와는 반대 방향이었다.

*   *   *

"아하하하. 하하하하하."

뙤약볕이 내리쬐는 장씨세가 대청.

커다란 동이 앞에서 황진수는 반쯤 실성한 듯 웃고 있었다.

"농담하시는 게지요? 여기에 어떻게 손을 담근단 말입니까?"

그의 앞에는 동이 가득히 독물이 담겨 있었다.

"처음엔 다 그런 법이다. 한 번 하고 나면 쉬워. 정말이야."

당고호가 위로하듯 황진수의 어깨를 치며 말했다.

"남만의 독충과 서역의 독뱀들의 독을 짜내 물에 희석한 것이지. 상처 난 피부에 닿거나 입에 닿는 순간 그대로 황천길을 보게 될 것이다."

'하라는 거야, 말라는 거야……'

황진수는 이제 자신의 운명을 저주했다.

"사부님, 장난이 너무 심하신데……. 이건… 정말로 말이 안 되지 않습니까? 너무… 너무 무섭습니다."

"원래 첫발을 떼기가 어렵다. 일단 익히고 나면 얼마나 좋은 기회인지 너도 알게 될 것이다. 당문의 독사장을 수련하면 누구든 중독시킬 수 있는 절세의 손을 가질 수 있으니까!"

'이 미친놈아! 그 전에 내가 뒈진다고!'

황진수는 목구멍까지 올라오는 말을 가까스로 붙들었다.

보통 사람이 아니었으면 진작 몇 번을 들이받고도 남았지만 상대는 성질 더럽기로 유명한 당가의 사람이다.

몇 번을 고심한 끝에 황진수는 결국 생각을 굳혔다.

'그냥 말하자. '이 미친 당가 새끼야!'라고 한마디만 하면 되잖아! 아무리 강해질 수 있다고 하더라도 이건 절대로 못 해!'

그래도 설마하니 욕 한 번 했다고 죽이지는 않을 것이다. 강호에서 기사멸조가 아무리 중한 잘못이라 해도…….

아니, 아니다. 애초에 자신은 그를 사부로 모신 적이 없지 않은가?

"이 미친 당……. 응?"

황진수가 목청을 돋우던 그 순간, 때마침 능자진이 눈에 들어왔다.

언제 도착했는지 당고호에게 읍을 해 보이고 있었다.

"능자진이라고 합니다. 당가의 분이라고 들었습니다."

"그렇다만?"

초면에 인상을 거하게 쓰는 당고호를 보고도 능자진은 밝게 웃었다.

"지나가던 중 보여 인사차 들렀습니다. 듣기로는 눈보다 빠른 손을 보유한 고수분이시라고……."

"오호. 내 위명을 들은 적이 있는가?"

'눈보다 빠른 손'이란 얘기에 가늘게 떴던 당고호의 눈이 부드러워졌다.

인상뿐만 아니라 말투도 나긋나긋하게 변했다.

"타고난 자질에 정련을 멈추지 않으시는 성품으로, 앞으로 백년 동안 당문의 미래를 책임지실 분이라 들었습니다."

능자진이 흥을 더 북돋자 황진수는 속으로 생각했다.

'백 년은 무슨!'

"뭐… 사실이긴 하지만 아무튼 반갑네. 난 당고호라고 하네.

옆에 이놈은 이제 내 제자가 되었고."

당고호가 황진수를 향해 턱짓하자 능자진이 흐뭇하게 미소를 지으며 그를 바라보았다.

울상을 지은 애처로운 그 눈빛을 보자 능자진은 내심 '풋' 하고 웃음이 나왔다.

하지만 당고호는 그 시선을 다른 뜻으로 받아들였는지 고개를 저었다.

"참고로 말하지만 난 제자를 더 들일 생각은 없어! 괜히 기대하지 말게."

"아, 물론입니다. 소인이 감히 대협의 가르침을 받을 그릇이나 되겠습니까. 그보다……."

"……."

"혹 나중 시간이 되신다면 저랑 비무를 해주실 수 있겠습니까?"

"흠! 당분간은 수제자를 교육하느라 바빠. 후에 여유가 나면 내 직접 너를 찾아가 가르침을 주도록 하지."

"감사합니다, 대협."

능자진은 정중히 읍을 해 보였다.

끝까지 예를 잃지 않는 모습에 고개를 끄덕이며 흐뭇한 미소를 지은 당고호가 갑자기 뭔가 생각난 듯 품속에 손을 집어넣었다.

"참 제대로 된 사내로군. 내 너에게 큰 선물을 하나 주마."

그는 품속에서 작은 봉투 하나를 꺼내 보였다.

손바닥만 한 것이, 접지면에 검은색 줄이 여덟 개가 나 있었다.

"이게 뭡니까?"

능자진이 봉투를 보며 묻자 당고호가 거드름을 피웠다.

"호신용이다."

"…호신용?"

"남만에 사는 풍뎅이인데 상당히 집요한 벌레야. 자신의 몸에 닿는 건 물건이든 사람이든 가리지 않고 달려들어 녹여 버리지. 아, 물론 지금은 내가 그리 안 되게 조치해 놓았다."

"허!"

능자진은 신기하기도 하고 섬뜩하기도 한 기분으로 그의 말을 경청했다.

"여기 튀어나온 게 더듬이야. 위기에 처하면 이거 두 개를 집어서 던져. 그럼 풍뎅이가 알아서 죽여줄 거……. 아, 나도 하나 챙기고 있어야지."

당고호는 능자진에게 건네던 봉투 접지면을 하나 찢었다.

촤라락!

그 순간 다리와 몸은 새까맣고 등껍질은 푸르스름한 풍뎅이가 튀어나왔다.

척 보기에도 일반적인 풍뎅이와 확연히 다른 모습이었다.

능자진은 흠칫 놀라 물러섰고, 황진수 역시 입이 쩌억 벌어진 채 눈이 휘둥그레졌다.

"가, 감사합니다."

능자진은 감히 거절하지 못하고 떨리는 손으로 받아 든 뒤 황진수를 향해 말했다.

"자넨 열심히 배우도록 하게."

"예?"

"한 치의 주저함도 없이 말일세. 당가분께 가르침을 받을 수 있는 기연이라……. 참 부럽구먼."

"저기 능 형… 저도 데려……."

파파팟.

능자진은 눈 깜짝할 사이에 사라졌다. 황진수가 말을 붙일 새도 없이 신법을 발휘한 것이다.

"근데 제자야, 조금 전에 말인데……."

원망스러움과 난감함 그리고 약간 불만 어린 표정의 황진수에게 당고호가 슬쩍 말을 걸었다.

"이 미친 당가 놈이라고 하려던 것 아니냐?"

"예?"

황진수의 눈이 부릅뜨였다.

파르르륵!

당고호의 손에 잡힌 풍뎅이가 시퍼런 독니를 드러내고 있었다.

"……."

일순, 수만 가지 생각이 머릿속을 스쳐 지나갔다.

황진수가 씨익 웃으며 말했다.

"오른손부터 담글까요? 아니면 왼손입니까?"

그러자 당고호가 박수를 치며 그를 격려했다.

"둘 다 처넣어! 쭉쭉쭉! 쭉쭉쭉!"

＊　　＊　　＊

"계십니까?"

반쯤 달음질쳐서 달려온 능자진은, 서혜의 거처 앞에 당도해서 조심스레 목소리를 높였다.

"계십니까?"

오랫동안 답이 없자 한 번 더 불러보았다.

한참을 기다리다 못해 그만 발을 돌리려 할 때쯤.

"들어오세요."

방 안에서 서혜의 목소리가 들려왔다.

드르륵.

들어서자마자 여인의 방 특유의 꽃내음이 풍겼다.

벽 한쪽에는 병풍이 펼쳐져 바람결에 흔들거렸다.

탁자에 앉은 서혜가 업무를 보는 중인 듯 눈만 들어 가볍게 인사했다.

"능자진 대협이시죠?"

"예, 서혜 소저. 처음 뵙겠습니다."

"저도 뵙고 싶었어요. 무슨 일이신가요?"

"괜찮으시다면 몇 가지 묻고 싶은 게 있어서 말입니다."

"이리로 앉으세요."

서혜는 능자진을 한쪽 의자로 안내했다.

"차는 무엇으로?"

"괜찮습니다."

서혜는 더 권하지 않고 고개를 끄덕였다. 그녀가 보기에도 능자진은 한담을 나누기보다 용건이 있어 온 것 같았다.

"음, 저, 오해하지 말아 주셨으면 좋겠습니다만……"

슬쩍 운을 뗀 능자진은 잠시 주저했다.

"혹 소위건에 대해서 아시는 게 있습니까?"

서혜에게 그 말을 하기까지 나름 고심이 있었다.

흑도에서 악명 높은 인물. 괜히 잘못 이야기를 꺼냈다간 삽시간에 말이 퍼져 나가는 하오문에 대놓고 소문의 구실을 주기 때문이다.

"소위건이라면……"

다행히 서혜는 별다른 표정 없이 잠시 손가락만 꼽아보다가 입을 열었다.

"아실지 모르겠지만 하오문이 일차적으로 주시하는 사람들이 사파죠. 그중 흑도의 인물이라면 눈을 여러 개 달아둬요. 괜히 그들의 비위를 상하게 하면 여러 사람이 다치거나 손해를 입기 때문이죠."

서혜는 지나가는 말처럼 이야기했지만 사실은 묻고 있었다.

왜 엄연한 화산파의 제자가 흑도의 고수 일을 묻느냐고.

"간단히 말해서, 빚을 졌습니다."

능자진은 그와의 관계에 대해 짧게 설명했다.

소위건이 마지막 분투에서 자신의 목숨을 살려주었고, 그가 죽으며 남긴 말과 부탁을.

"부운현의 우룡객잔이라⋯⋯."

서혜는 고개를 끄덕이며 말을 이었다.

"그건 저도 모르는 부분이군요. 본 문에 따로 연통을 넣어 조사한 것을 가져오게 해야겠어요."

"뭐, 대단한 건 아닐 겁니다. 그간 모은 돈푼이나 좀 되겠지요."

툴툴거리며 말하는 능자진에게 서혜가 고개를 저었다.

"그럴 가능성이 높겠죠. 아닐 수도 있고요."

"아닐 수도 있다는 말씀은?"

"사실 소위건은 조금 특이한 인물이라서요. 원래 그는 이곳을 거점으로 활동하는 자가 아니에요. 더구나 부운현 우룡객잔이라면 이곳과도 그리 멀지 않은데⋯ 확실히 흥미롭군요."

"흐음."

능자진은 고개를 갸웃했다. 흑도가 돈이 아니면 무엇 때문에 자신에게 부탁을 했단 말인가.

"뭐가 있는지 제가 한번 알아볼까요?"

서혜의 물음에 능자진은 고개를 저었다.

"아닙니다. 이건 제가 직접 확인해 보겠습니다."

아무래도 본인이 진 빚이니 본인이 갚고 싶다는 마음이 더 강한 것이다.

"부운현?"

끼익!

그런데 참으로 뜻밖의 사람이 병풍 뒤에서 나타났다.

"…묵 대협?"

"방금 부운현이라고 했소? 부운현의 우룡객잔?"

묵객의 얼굴은 어마어마하게 진지했다. 그래서인지 능자진은 처자의 방 병풍 뒤에 숨어 있던 것을 힐난하는 것도 잊어버렸다.

"아, 예. 분명히 그렇게 들었습니다만?"

"이거 묘하군. 방각 대사가 돈을 보내고 있다는 곳도 바로 거기였는데……."

묵객이 생각에 빠져 중얼거리는 사이, 서혜가 살짝 얼굴을 붉히며 찌릿! 그를 노려보았다.

"대협."

"아! 이런. 이건……."

뒤늦게 묵객의 얼굴이 시뻘게졌다. 능자진은 내심 혀를 차며 고개를 저었다.

"저는 그냥 아무것도 안 본 것으로 하겠습니다. 그보다 방각 대사라뇨?"

"석가장과의 싸움에서 만난 구룡표국의 방각 대사 말이오. 형장과 비슷하게 나 역시 그분께 목숨을 빚졌소."

급히 말을 돌리는 느낌이 있었지만, 어쨌든 묵객은 그간 나름대로 알아본 것에 대한 얘기를 했다.

"묘하군요. 방각 대사가 돕던 사람들도, 소위건이 무언가를 남긴 곳도 부운현이라……."

서혜가 가늘게 미간을 좁히며 생각에 잠겼다.

"일이 이렇게 되었으니 형장, 괜찮다면 나도 동행시켜 주시지 않겠소?"

묵객이 제의하자 능자진은 두말할 것 없이 고개를 끄덕였다.

"이를 말씀입니까. 그렇지 않아도 험한 곳이라 들어서 혼자 가기 망설여지던 것도 있었습니다."

"부운현이… 좀 그렇죠."

서혜도 고개를 끄덕였다.

부랑자, 걸인, 노상강도 등 빈민가에서도 최하층민이 사는 것으로 알려진 곳이다.

톡톡. 포르릉!

그때였다. 전서구가 창가에서 부리로 창문을 두드리고 있었다. 창문을 연 서혜의 얼굴이 굳었다.

"본 문에서 온 연락이에요. 그런데… 지급(至急)?"

전서구의 발목에 매달린 붉은 첩지를, 그녀는 급하게 풀어 헤쳤다.

하오문의 정보 교환은 대개의 경우 인편을 통해 이루어진다.

전서구는 사냥꾼 등에게 공격당할 수도 있거니와, 혹여 적대 세력에 넘어가게 된다면 정보를 고스란히 빼앗길 수도 있는 탓이다.

차르륵!

때문에 전서구로 지급 서신을 전달하는 경우는 극히 이례적인 일이었다.

서신을 펼치고 하오문 독자적인 암호책으로 하나하나 내용을 적어가는 서혜를 보고 능자진은 크흠! 헛기침을 했다.

"어, 그럼 소인은 이만 나가보……."

"가지 마세요."

멈칫.

감히 하오문의 암호 체계 같은 걸 알고 싶지 않았던 능자진이 서혜의 서릿발 같은 목소리에 움찔했다.

사락! 사락!

신속하게 암호를 해석한 서혜가 세필을 들어 탁자에 글을 썼다. 얼마나 마음이 급한지 종이 위에 옮기지도 않은 것이다.

"일이 터졌어요. 심주현에서."

사악. 사악.

[긴급 문서]

─ 집단 자살

─ 인신매매

─ 전대미문의 위력을 보인 벽력탄

─ 폭탄을 쥐고 흔드는 빈민가

─ 위급. 위급. 위급. 위급.

글을 적어가는 서혜의 얼굴이 창백하게 변했다.

묵객은 설마설마하며 그녀에게 물었다.

"소저, 이게 무슨 일이오?"

꾹 다물린 입술, 팽팽하게 힘줄이 당겨진 턱으로 서혜가 입을
열었다.

이제껏 단 한 번도 본 적 없는 얼굴로.

"은자림이 움직이기 시작했어요."

*　　　*　　　*

"뭘 또 그런 걸로 가냐?"

산만 한 배를 내밀고 뒤뚱뒤뚱 걷는 당고호의 앞에서 황진수
가 식은땀을 흘리며 억지웃음을 지었다.

"사부님, 저는 장씨세가에서 밥을 빌어먹는 처지입니다. 급하
다는데 당장 가봐야죠."

황진수의 두 손은 붕대로 칭칭 감겨 있었다.

당고호가 익히라고 한 독사장은 끔찍했다.

독물에 손을 집어넣은 지 한 식경(15분)도 지나지 않아 온몸
에 독이 퍼졌다.

당고호가 쯧쯧 혀를 차며 독을 몰아냈지만 아직도 온몸이 저
릿저릿했다.

당장에라도 도망치고 싶던 차에 마침 장씨세가에서 전갈이
온 것이다.

"어. 저기, 문 좀 열어주시겠소?"

황진수가 두 팔을 보여주며 어색한 듯 웃자 앞에 서 있던 경
비 무사가 문을 열었다.

끼이이익.

대문이 열리자 이미 가주전에 도착해 있던 십여 명의 사람들이 그들을 바라보았다.

장웅과 장련, 광휘와 장련, 능자진과 곡전풍, 그리고 장씨세가일 장로와 세가 사람 대여섯 명이 와 있었다.

대부분 문 앞에 있는 두 사내를 향해 의아한 시선을 보였는데 당고호가 무신경하게 손을 흔들며 말했다.

"반갑소. 당문의 당고호라고 하오. 이 자리에 오게 된 건 내 제자 놈 때문이지. 제 자리는 있소이까? 아, 제자 자리도."

존대와 하대를 섞은 말투에 사람들은 멀뚱히 그저 바라볼 뿐이었다.

"당 대협, 앉으십시오."

능자진이 급히 의자를 내오자 당고호는 자연스럽게 황진수와 같은 뒤쪽 줄에 앉게 되었다.

"거 분위기가… 꺼억."

당고호는 걸쭉하게 트림을 했다. 오기 직전에 닭을 세 마리나 먹었더니 그게 소화가 덜 된 모양이었다.

"그런데 무슨 일?"

"자세히는 듣지 못했습니다. 일단 대단히 심각한 일이 터진 것 같습니다만."

"흠. 뭐 좀 그러네?"

능자진의 말에도 당고호의 표정은 풀어지지 않았다.

당문의 당고호 하면 으레 나오는 칭찬과 공치사를 기대하고 있었는데 영 반응이 뜨뜻미지근한 것이다.

끼이이익.

잠시 뒤 서혜가 들어오자 사람들의 시선이 일제히 그리로 쏠렸다.

서혜는 간단하게 묵례하고는 단상으로 올라갔다.

촤라락.

뒤이어, 그녀가 반 장이나 되는 커다란 종이 두루마리를 펼쳤다. 좌중의 시선이 일순 집중되었다.

"인사는 생략하도록 하겠어요. 워낙 급박한 얘기라."

탁.

심주현 일대가 그려져 있는 지도였다. 서혜는 그중 한 곳을 짚었다.

"조금 전 심주현에서 폭발이 일어났어요. 장소는 총 여덟 곳."

쿡. 쿡.

서혜는 지도를 벽에 고정시키고는 품속에서 백묵 하나를 꺼냈다.

"포목점 앞 사거리. 운성객잔(雲成客棧). 지운객잔(紙云客棧). 감운성의 장원(莊園). 간선전당포(揀選典當鋪). 지총부(支摠府), 남쪽 푯말이 걸려 있는 삼거리의 민가."

스윽, 슥, 슥.

그녀는 지도 위에 폭발 위치를 찍으며 말을 이었다.

"추정하기로 폭발 범위는 직경 사 장. 보통의 객잔을 초토화시키는 위력이에요. 물론 몇 개를 동시에 쓴 위력인지는 아직 파악하지 못했어요."

그녀는 백묵을 내려놓으며 말했다.

"대략 한 시진 전후로 폭발이 일어난 것으로 파악됩니다. 모두 저잣거리나 그 일대에 일어난 일이고요. 누가 폭굉을 사용했는지, 어디서 구했는지 이 또한 조사하고 있어요."

전서구의 서신을 해독하자마자, 그녀는 급히 장씨세가 사람들을 불러 모았다.

그리고 사람들이 모일 때까지 추가적으로 들어온 정보도 모두 공개했다.

"우리는 괜찮은 것이오?"

설명이 끝나자 장씨세가 사람들 중 한 명이 일어서며 물었다.

장씨세가는 상계라는 특성 때문에 외부의 출입이 잦다.

저런 폭발이 이 집 안에서 일어나지 않으리라는 보장이 없는 것이다.

"장담을 못 하겠어요. 그들이 정확히 누구인지, 어떤 의도로 폭발을 일으켰는지, 이 참사로 무엇을 얻고자 하는지. 지금 아는 것은 아무것도 없어요."

"우선 외부 상단과의 거래를 일시적으로 중지하겠습니다."

장웅이 일어서며 한숨을 쉬었다.

"새로 거래를 틀자는 사람들에게 다짜고짜 몸수색을 요구할 수는 없습니다. 그건 굉장한 무례가 될 테니까요. 그렇다고 위험이 눈앞에 보이는데 운을 기대하며 안전하기를 바라는 것도 어리석지요."

그 말에 장씨세가 사람들은 고개를 끄덕였다.

지금 남아 있는 사람들은 그간의 싸움에서 폭굉을 직간접적으로 경험했다.

그 끔찍한 폭탄이 장씨세가의 장원에 들어온다는 생각만으로 소름이 끼칠 지경이었다.

"사람만 아니라 물품도 따로 관리해야겠지요. 기존 거래처의 물품 속에 폭탄이 숨겨져서 들어올 수도 있지 않겠습니까."

일 장로가 한마디 더 거들었다.

"물품들에 대한 조사도 함께 합시다."

장웅이 고개를 끄덕이며 자리에 앉았다.

잠깐의 침묵 뒤.

스윽. 묵객이 손을 들고 일어나며 서혜에게 물었다.

"혹 다른 정보는 더 없소? 폭발에 쓰인 폭탄의 생김새라든가 위력이라든가……."

"몇 가지 목격담은 들어왔지만 아직 검증되지 않았어요. 충격으로 이야기들이 엇갈리기도 하고요."

서혜가 살풋 눈살을 찌푸렸다. 정보기관에 속한 사람답게, 검증되지 않은 정보를 드러내기 꺼리는 것이다.

"일단은 나온 것만이라도 들어봅시다. 형체 없는 공포라는 건 더더욱 위험한 법이오."

묵객이 재차 청했다. 그 말이 일리 있다고 생각한 서혜는 작게 접힌 서신을 꺼내 또박또박 읽었다.

"둥근 형. 재질은 놋쇠로 추정되고, 그 위에 훈(訓) 자니 혹은 벌(罰) 자니 하는 글자가 적혀 있었다고 해요. 불꽃을 보지 못했다는 것으로 미루어 심지가 외부로 나와 있는 것은 아닌 것 같아요. 작동시킨 얼마 후에 스스로 터졌다고 했어요.”

‘이건!’

한쪽에서 조용히 듣고 있던 광휘의 몸이 굳었다.

심지조차 없이 스스로 터지는 벽력탄.

그건 천중단 대원을 죽음으로 몰고 간 최종형 폭굉이었다.

꾸욱!

광휘의 손에 힘이 들어갔다. 얼마 전부터 웅산군이 경고한 대로, 결국 놈들이 움직이기 시작한 것이다.

“크흠.”

“흐흠……”

장내에 불편한 신음이 흘렀다.

무사들은 바짝 긴장했고, 장씨세가 사람들은 불안감으로 몸을 움츠리며 입조차 열지 못했다.

“꺼억.”

조용한 가운데 조그마한 트림 소리는 가히 천둥같이 들렸다.

사람들의 불쾌한 시선이 몰려들자 당고호는 큰 소리를 내며 웃었다.

“미안하오. 아직 소화가 안 됐는데 분위기가 영……. 허허허허!”

“크흠!”

“어흐흐흠!”

질책하는 듯한 사람들의 헛기침 소리에 그는 조금 풀이 죽었다.

어쨌든, 덕분에 분위기가 좀 바뀌었다.

"제가 한마디 해도 될까요?"

장련이 일어서며 주의를 환기했다.

"우선은 동기. 이 참사를 일으킨 자들이 뭘 원하는지 그 목적을 알아야 하지 않을까요. 혹 저들의 목표가 애초에 우리였다면 일을 이런 식으로 벌일 이유가 없어요."

그 말에 사람들이 다들 고개를 끄덕였다.

저잣거리에 광범위하게 퍼진 폭굉은 장씨세가만을 겨냥했다고 보기 어려웠다.

만약 그랬다면 이런 거창한 일을 벌이기 전에 먼저 폭탄이 터져야 한다.

지금의 경우는 차라리 대놓고 '경계하라'고 일러주는 격 아닌가.

"팽가의 팽인호의 말을 떠올려 봅시다. 그는 중원의 혼란을 야기하는 게 목적인 단체가 있다고 말했소. 그렇다면 이 싸움은 우리의 대처에 따라 피할 수도 있다는 말이 아니겠소?"

묵객이 대답했다. 이제 사람들은 모두 '은자림'이라는 단어를 떠올렸다.

"아니요, 이 싸움은 할 수밖에 없어요."

장련의 강한 말에 사람들의 시선이 쏠렸다.

"본 가의 재정 상황이 그리 좋지 않아요. 이 판국에 폭발로

인한 참사가 다른 곳도 아닌 심주현에서 일어난 걸 생각해 보면 앞으로도 더."

장씨세가는 그간 많은 전쟁을 해 왔다.

그리고 큰 이득을 볼 새 없이 자금 출혈이 계속됐다.

그런데 폭굉이 그들의 앞마당인 심주현의 저잣거리에서 터졌다.

사람들은 불안해할 것이고, 인파는 드물어질 것이며, 그나마 있는 사람도 다 빠져나갈 것이다.

심주현을 무대로 장사하는 장씨세가엔 더없이 치명적일 거란 얘기였다.

"크흐음."

"흐음."

장련의 얘기를 들은 장씨세가 사람들의 안색이 딱딱하게 변했다.

현재 그들이 보기에도 장씨세가의 기둥뿌리가 흔들거리는 게 눈에 선했다.

최근 장련의 노력으로 이제 막 새로운 수입을 기대하고 있었는데, 하필 이때 은자림이란 괴이한 단체가 나타난 것이다.

"광 대협은 어떻게 생각하세요?"

서혜가 한 사내에게로 시선을 돌리며 물었다.

자신의 머리론 쉽게 대안이 나오지 않았다.

꾀 많은 여우가 궁지에 몰리면 오히려 머리를 못 굴린다던가, 너무 많은 정보와 억측이 난무하니 오히려 신중함이 지나쳐 판단하기 힘든 것이다.

이런 때는 직접 은자림과 싸워본 무사인 그가 무언가 방법을 알고 있을 거라 생각한 것이다.

"흠."

광휘는 짧게 신음하며 눈을 감았다. 그리고 얼마 후 한 사람을 지목했다.

"응?"

쩝쩝쩝.

아까 한차례 질책을 받아 조용히 다과만 씹어대고 있던 당고호였다. 광휘의 시선을 받은 그가 어깨를 으쓱했다.

"어허허. 과자가 너무 맛있어서… 한번 먹어보실 분 있소?"

좌중의 시선이 다시 불쾌하게 돌아섰다. 몇몇은 대놓고 '그러면 그렇지'라고 중얼거리기도 했다.

"당문의 생각은 어떻소?"

광휘는 여전히 당고호를 바라본 채 말을 걸었다.

사람들은 의아했다.

평소 그의 행동을 보아 단순히 핀잔을 주기 위해서가 아닌 듯했다.

"당문? 나? 이건 폭탄이라며?"

당고호는 어깨를 으쓱했다.

이게 우리와 무슨 상관이냐는 그런 물음이었다.

'아! 그래.'

그사이 서혜가 눈을 번뜩였다.

독이나 폭탄이나 매한가지다. 많은 사람들을 죽이고 무작위 살상을 하고 엄청난 파괴력을 가진 물건이다.

그것을 알고 물어보는 것이다.

때마침 광휘가 말했다.

"나도 폭탄에 대해 전문가는 아니오. 하지만 지금 여기엔 독에 대한 전문가가 있지."

그는 당고호를 보며 말을 이었다.

"중사당 부당주. 그렇지 않소?"

*　　　*　　　*

사람들의 시선이 당고호에게 옮겨졌다.

독과 폭탄이 같다는, 생각도 못 한 광휘의 발언에 그를 보는 눈이 달라진 것이다.

"흠흠."

다과를 입에 넣으려던 당고호의 눈이 가늘어졌다.

주위를 흘깃 돌아본 그가 들고 온 검은 자루에 다과를 천천히 집어넣고는 말했다.

"나라면 그런 짓거린 하지 않을 거요."

말을 하곤 다시 주변을 돌아본 당고호는 조금 전과 달리 대단히 근엄한 얼굴이었다.

"그건 굉장히 초보적인 행동이오. 누군지 모르겠으나 백주 대낮에 혹은 사람들이 주로 움직이는, 주변이 개방되어 있는 곳을 목표점으로 삼았소. 이는 독의 살상력을 극대화하기 위해서 피해야 하는 행동이지."

당고호의 발언은 거침없었다.

조금 전에 보였던 어수룩한 행동과는 전혀 다른 느낌이었다.

"독을 사용함에 있어 가장 고려해야 하는 것이 뭘 것 같소? 바로 환경이오. 밀폐된 공간에서, 사람들을 모아서 터뜨려야 살상력을 극대화할 수 있기 때문이오. 그러니 폭탄을 쓴 자들의 수법은 본 가의 사람이라면 절대로 하지 않을 행동이지. 만약에 그게 의도적인 거라고 하면 목적은 하나뿐이지."

"그 목적이 뭔가요?"

서혜가 왠지 모를 으스스한 기분을 느끼며 물었다.

"과시."

당고호가 말했다. 즉, 일부러 보여주기 위한 행동이란 뜻이다.

"우리가 이런 힘을 가지고 있다. 함부로 건드리지 마라. 혹은 알아서 모두 꿇어라. 이런 거지. 가급적 많은 사람이 보는 곳에서 터뜨린 걸 보면……."

"허!"

"흐음."

분위기가 점점 심각해졌다.

그렇게 보면 이번 폭발은 당고호의 말대로 마침 심주현 전체가 다 주목하는 그런 광경이 된 것이다.

내내 심각한 표정이던 장웅이 물었다.

"본인은 장웅이라고 합니다. 당 대협, 혹시 저 폭탄… 아니, 독을 막기 위해 우리가 어떻게 대응해야 하는지 알려주실 수 있으십니까?"

장웅은 폭굉과 독의 지독한 살상력을 감안할 때 방도 역시 그와 비슷할 거로 판단했다.

"그거야 뭐… 커억."

말끝에 트림을 내뱉는 당고호가 애꿎은 자신의 배를 툭툭 치며 입을 뗐다.

"독은 말이오, 원한을 가진 사람이 작정하고 풀면 누구도 막을 수 없소. 그런데 그 의도를 알고 대비를 철저히 한다면 의외로 쉽게 중독당하지 않는 것 역시 독이지."

뜬구름 잡는 듯한 당고호의 말이 이어졌지만 사람들은 그의 말에 오히려 귀를 기울이기 시작했다.

"독에 대비하기 위한 방법으로는 세 가지가 있소. 첫째, 수단. 어떤 독을 쓰는지 알아야 하오. 물에 타는 독인지, 피부에 닿으면 스며드는 독인지, 또는 호흡만으로 중독되는 독인지를 말이지."

북북.

한참 집중되는 와중에도 당고호는 자신의 배를 긁었다.

이제 사람들은 더는 그의 품위 없는 행동에 신경 쓰지 않았다. 그저 그의 말에만 집중했다.

"둘째는 환경이지. 사람들의 발길이 많이 닿는 지역일수록 방비하기 힘드니까. 독에 중독되지 않기 위해선 결국 사람과 접촉을 피할 수밖에 없어. 즉, 좁은 의미로는 사람이랄까? 아, 오늘 따라 왜 이렇게 가려운 거지?"

당고호가 허리춤으로 손을 가져가며 재차 입을 열었다.

"셋째로 돈. 세 가지 중 이게 젤 중요해."

당고호는 엄지와 검지를 모아 둥글게 만들었다.

꿀꺽.

잠시 침묵이 흘렀다.

돈이란 말에 다들 제각각 반응을 보이고 있었다.

고개를 갸웃거리는 사람부터 잠잠히 듣고 있는 사람, 어느 정도 이해하고 고개를 끄덕이는 사람 등.

"독을 쓰기 위해선 우선 특이한 재료가 필요하오. 한 방울로 사람 수십을 죽이는 독이라는 걸 쉽게 구할 수 있을 리가 없거든? 구하느라 산에도 들러야 하고 바다에도 가야 하지. 재료부터 찾기 힘들고, 그 재료를 조합해서 독을 만드는 비방을 찾아야 해. 노력과 시간이 어마어마하게 들지. 이건 결국 돈이오. 그것도 어마어마한 돈이지. 본 가도 선대의 재산이 아니었으면……."

당고호는 잠시 생각에 빠지려다, 절레절레 고개를 젓곤 다시 주위를 둘러보았다.

"그 벽력탄에도 금전이 많이 들어갔을 게요. 보통 벽력탄이 아니라며? 그럼 훨씬 많이 들어갔겠지. 재료를 모아도 돈이고, 사람을 부려도 돈이고."

"좋은 시각이오. 그래서 대안은?"

광휘가 무표정하게 묻자, 당고호는 고개를 갸웃했다.

"글쎄? 굳이 대안이라고 할 것이나 있나? 그 돈을 찾는 거지. 자금줄. 대개 돈은 탐욕을 부르거든? 그러니 가장 안전한 곳에 모아두는 법인데, 그곳을 보통 근거지라고 하지. 즉, 그냥 자금 줄을 찾으면 되는 것 아니겠소?"

"아……!"

"허어!"

순간 여기저기서 감탄이 터졌다.

이제껏 당고호의 채신머리없는 행동에 눈살을 찌푸리던 사람들이었다.

하지만 그의 장황하면서도 상세한 설명을 듣고 있으니 머리를 한 대 맞은 것 같은 느낌이 들었다.

'이걸 의도하신 거구나.'

장련은 당고호의 말을 듣고도 별로 놀라지 않는 광휘를 보고 짐작했다.

독과 벽력탄.

처음 들었을 땐 전혀 연관되지 않는 두 개의 살상 무기였다. 하지만 치명적인 살상 무기라는 점에서는 유사했다.

독을 아는 당가 사람의 대응법을 통해 장씨세가는 '그들'을 어떻게 상대할지 알 수 있다.

표정으로 보아 광휘는 이미 알고 있었던 듯했다. 그저 자기 대신 당고호의 입을 빌려 모두에게 알린 것이다.

'자금줄이라면…….'

한편, 장련의 옆에 있던 장웅은 다른 의미로 생각에 잠겨 있었다.

돈이 오가는 곳에 사람이 있다. 그리고 돈 지키는 사람은 당연히 무기가 있다.

결국 그곳은 직접적이든 간접적이든 은신처와 관련이 있다고 봐야 했다.

"과거에도 그랬소."

다들 머리가 복잡하게 돌아가는 가운데 광휘가 입을 열었다.

"자금줄. 그곳에 은신처가 있었소. 설령 은신처가 없다고 해도 그들의 윗선과 연계되는 통로로 활용되곤 했지."

어찌 보면 당연한 일일 것이다. 당시의 상황을 떠올리듯 광휘가 잠시 눈을 감았다 떴다.

방향이 정해지자 서혜가 입을 열었다.

"알겠어요. 그럼 저희는 즉각 대량의 자금이 움직인 쪽이 어딘지 조사를 시작해 볼게요."

"잠깐만요."

장련이 다급히 그녀를 불렀다.

좌중의 시선이 이번엔 장련에게로 쏠렸다.

"정보를 구하거든 분석하지 말고 저희에게 곧장 넘겨줄 수 있나요?"

"…넘겨달라고요? 왜죠?"

서혜가 조금 굳어진 표정을 지어 보였다.

정보를 다루는 이들에게, 타 세력의 검열을 먼저 받는다는 것은 금기에 가까운 일인 것이다.

"오해하지 말아주셨으면 해요. 하오문의 정보 분석 능력을 의심하는 것이 아니니까. 다만 저희는 오랫동안 장사만 해온 상인들이라 돈의 흐름과 얼개가 어떤 식으로 얽혀 있는지를 알아요."

장련이 예민해질 수 있는 부분을 정중하게 입에 담았다.

"아무리 하오문에 각양각색의 사람들이 있어도 그 본질은 결국 문파, 즉 저희처럼 이익과 유통 과정에만 전념한 단체는 아니지요. 그 부분에서는 저희가 조금 도와드릴 수 있을 것 같네요."

"과연."

서혜는 담담히 고개를 끄덕였다.

심주현의 상계에서 손꼽히는 명가답달까.

장련의 말은 핵심을 지적하면서도 사람의 기분을 나쁘지 않게 만들었다.

"일리 있는 말씀이에요. 이해했어요."

이것으로 회의는 끝났다.

대응법과 해결 방안이 나왔음에도 가주전을 빠져나가는 사람들의 표정은 어둡기만 했다.

*　　　*　　　*

가주전을 나온 광휘는 과거 장씨세가에서 마련해 준 거처로 발길을 돌렸다.

끼이이익.

판자문이 열리자 텅 빈 방 안이 그를 반겼다.

잠시 주변을 훑던 광휘는, 성큼 걸어가 벽에 기대놓은 자루 하나를 집어 들었다.

스윽.

구마도(究魔刀).

팽가와의 싸움이 길어지고 암습 혹은 급박한 상황 때문에 잠시 버려두다시피 한 병기다.

하지만 은자림이 모습을 드러낸 이상, 더는 이렇게 놓아둘 수 없었다.

'응……?'

슬쩍 들어 어깨에 메려던 광휘가 멈칫했다.

구마도 끝에 여러 갈래로 뻗은 실금이 눈에 들어온 것이다. 수많은 전투로 인해 생긴 균열이었다.

"하긴, 꽤 오랫동안 썼으니……."

천중단 시절, 몇 번을 손봤을 만큼 싸움이 치열했었다.

아무리 단단한 재질이라고 해도 이 정도면 꽤 오래 버틴 것이다.

"그래도 아직 쓸 만해."

강호에 잘 알려진 단단한 철은 현철(玄鐵)이지만 이름 있는 대장장이들은 그 이상의 재질을 뽑아내기 위해 두 가지 이상의 금속을 혼합하여 만들어낸다.

대표적인 것이 바로 금을 섞은 오금(烏金)이다.

하지만 광휘의 구마도는 그것들과도 감히 비견될 수 없는 재질로 만들어진 것이었다.

"흔히 빙산 아래에 수만 년 잠겨 있다고 알려진 만년한철(萬年寒鐵)이 가장 단단하다지? 하나 내 장담하지. 설마 그런 것이 있다 하더라도 난 이것이 더 단단하다고 굳게 믿고 있네. 운철은 그런 거야. 그 어떤 것과도 비교할 수 없는 재질이거든."

운철(隕鐵).

하늘에서 떨어진 운석이, 고열에 녹아내리며 섞여서 만들어진 철이다.

천외천이라고 할까.

아득히 먼 곳에서 온 별의 조각으로 만든 병기는, 철과는 비교도 안 되는 열기를 요구한다.

게다가 어마어마한 노력과 압력이 있어야 겨우 약간 구부러질 정도였다.

평생 망치를 잡은 대장장이도, 이건 성형이 불가능한 재질이라고 고개를 내저었다.

하지만 그 말도 안 되는 작업에 십 년을 쏟아부은 이가 있었다.

허풍쟁이 대장장이 광노사가 그였다.

광 노사는 이것을 구한 것도, 포기하지 않고 이것에 매달린 것도 자신에게 가장 큰 행운이라고 했다.

"남는 것으로 투갑(鬪鉀)도 하나 만들어보았네. 구마도가 폭굉의
충격에 견딜 수 있다고 하더라도 그걸 든 손목이 날아가면 의미가
없지."

철컹!
광휘는 왼손의 손목보호대를 살짝 흔들어보았다.
재질은 가죽으로 덮여 있지만, 금속음이 났다. 그 내부는 구
마도와 같은 운철이었다.
"아직 살아 있을까 모르겠군."
광휘도 알고 있었다.
구마도는 세상에서 현존하는 가장 단단한 재질로 만들어졌
다는 것을.
실금이 간 이유는 다른 것에 있었다.
구마도가 통짜 운철로 만든 것이 아니기에, 거기에 섞인 다른
재료가 먼저 붕괴를 일으킨 것이다.
'손보려면 그를 찾아야 하는데 행방을 알 수가 없으니.'
광휘는 투갑을 구마도의 옆에 붙여보았다.
찰칵.
금속음과 한 몸인 듯 결합되는 투갑과 구마도.
뾰로롱!
"……!"

그때 특이한 새소리가 들리자 광휘의 고개가 한쪽으로 휙 꺾였다.

타악!

표정이 굳어진 그는 창문을 박차고 그대로 뛰쳐나갔다.

✳　　✳　　✳

"오셨습니까?"

장씨세가의 외원 밖. 수풀 사이에 위치한 평상에서는 예상치 못한 인물이 기다리고 있었다.

"네가 여길 왜……."

광휘의 얼굴이 심상치 않았다.

구문중. 원래 도지휘사를 경호하며 바싹 붙어 있어야 할 그가 심주현까지 온 것이다.

"문제가 생겼습니다."

"뭔가?"

"도지휘사가 사라졌습니다."

광휘가 말없이 바라보자 구문중은 죄송하다는 듯 살짝 고개를 숙였다.

"이른 아침이었습니다. 평소처럼 문밖에서 그를 기다렸지요. 그런데 꽤 오랜 시간 인기척이 느껴지지 않아 들어가 보니 그가 사라지고 없었습니다."

"암습을 당한 건가?"

"그건 아닙니다."

구문중은 침착하게 말을 이었다.

"방 안에 처음 보는 통로 하나가 있었습니다. 권력자들이 만들어두는 비밀 통로지요. 저에게도 알리지 않고 밖으로 빠져나간 것으로 보입니다."

"이런……."

광휘는 입술을 깨물었다.

변절한 도지휘사 쪽으로 은자림과 관계된 인물들이 다시 회유를 시도할 거라는 생각은 했다.

하지만 이제껏 별다른 기미가 없어, 이렇게 갑작스레 일이 터질 줄은 예상하지 못한 것이다.

"최근에 혹시 특별한 일이 있었나?"

"도지휘사를 호위하던 중 조금 눈여겨볼 만한 일이 있었습니다. 최근 접촉한 관인 한 명이……."

파파파팟.

그때였다. 누군가 경신술을 발휘해 눈 깜짝할 사이에 그들 앞에 선 것이다.

"여기 계셨습니까?"

방호였다.

입에 단내가 느껴질 만큼 거친 숨소리가 귓가에 선명히 들렸다.

"무슨 일인가?"

광휘가 물었고, 구문중은 또 무슨 문제인가 싶어 살짝 긴장했다.

　방호가 숨을 몰아쉰 뒤 희색이 만연한 얼굴로 외쳤다.

　"놈들의 은신처를 찾았습니다."

第十三章

환술

"계시오?"

거처에서 잠시 휴식을 취하던 장웅이 화들짝 놀랐다. 생각지도 못한 목소리가 들린 것이다.

"들어오십시오."

드르륵.

곧 문이 열리고 묵객이 들어와 예를 갖췄다.

자리에서 일어선 장웅은 얼떨떨한 표정으로 한쪽에 있는 의자로 그를 안내했다.

"앉으십시오. 어인 연유십니까?"

장웅은 거두절미하고 연유를 물었다.

가주전을 나와 얼마 지나지 않은 시각이다. 인사차 방문한

게 아니라 목적이 있을 터.

"조금 뜬금없긴 하오만……."

묵객은 말을 꺼내기 어렵다는 얼굴이었다.

그럴수록 장웅은 더욱더 그의 말에 귀 기울였다.

"방각 대사가 장 공자께 부탁한 일 말이오. 어떻게 진행되고 있는지 물어봐도 되겠소?"

"아, 그 얘기군요."

장웅은 기다렸다는 듯 고개를 끄덕였다.

석가장이 멸문당하고 며칠 뒤, 묵객은 자신을 찾아와 방각 대사와의 일을 털어놓았다.

숨을 거두기 직전, 그가 자신에게 부탁한 것이 있으니 좀 신경 써달라는 얘기였다.

"이전에도 말씀드렸다시피 차질 없이 진행 중입니다. 한 달에 은 이십 냥씩. 거기다 좀 더 금액을 얹어 보내고 있습니다. 한데 그걸 지금 왜……."

이제껏 별일 없이 진행된 일이다 보니, 장웅은 고개를 갸웃했다.

"다른 게 아니라… 어째 별일 아니라고 생각했던 일이 별일처럼 느껴지는 부분이 있어서 말이오."

묵객은 깊게 한숨을 몰아쉰 뒤 말을 이었다.

"가주전에서 다들 들었지 않소. 은자림으로 추정하고 있는 단체. 당문의 말대로 폭굉을 사용하려면 많은 자금이 필요할 테고, 자칫 방각 대사가 부탁한 곳이 표적이 될 가능성도 있지 않겠소?"

"흐음."

장웅은 고개를 끄덕였다.

방각 대사는 어느 빈민가에 주기적으로 큰돈을 보내달라는 부탁을 남겼다.

폭탄을 만들고 터뜨리는 이들에게 필요한 것은 사람과 돈이다.

돈이란 자고로 버는 것보다 빼앗는 것이 더 쉽지 않은가. 하물며 장씨세가는 은자림에 잠재적인 적이다.

그들이 밖에 내돌리는 돈은 그냥 먹잇감이 될 수 있었다.

"저도 염려되기는 합니다만 지원을 끊기는 어렵습니다."

장웅이 걱정스러워하는 얼굴로 설명했다.

"돈을 송금하는 과정에서 알아보니 마을로서는 총 여섯 곳. 가구 수로는 대략 이백 호가 안 되는 곳에 은 이백 냥가량의 금액이 들어가고 있었습니다. 이 지원이 끊긴다면 그들은 고통 속에 아사(餓死)할 가능성이 높습니다."

방각 대사가 부탁한 금액은 일 년에 은 이백 냥.

하지만 이백여 가구에 나눠 주면 가구당 돌아가는 돈은 고작 은 한 냥이다.

척 봐도 한 가구가 일 년을 먹고살기에는 턱없이 모자란 금액이었다.

"하면 다른 방편은 없겠소? 차라리 어떤 단체를 통해 은밀하게 보내는 것도……."

"의미 없습니다. 한 곳뿐만 아니라 몇 곳에 돈을 보내야 합니다. 아무리 은밀하게 진행한다 하더라도 한계가 있는 법이니까요."

"이거 야단났군."

묵객이 쓴 차를 먹은 것처럼 짧게 신음했다.

방각 대사는 스스로의 목숨을 던져서 묵객을 살린 사람이었다.

이제껏 장웅이 잘 처리해 왔기에 신경 쓰지 않았는데, 지금처럼 돌발적인 상황이 터지자 막상 뾰족한 수가 없다는 것을 깨달았다.

"할 수 없구려. 그럼 내가 매달 직접 전해주는 걸로 하겠소."

묵객은 한숨을 쉬며 고개를 끄덕였다.

"장씨세가는 지금 일촉즉발의 상황이오. 은인이라고는 하나, 이건 개인적인 문제요. 장씨세가에 일을 불러일으키느니 내가 조금 수고스러운 것이 낫겠지."

"…죄송합니다. 감히 청하지는 못했으나 저도 그편이 낫다고 생각했습니다."

장웅도 면목 없다는 얼굴로 동의했다.

사실 장씨세가가 위기에 처한 것은 아니다.

묵객 외에도 광휘를 비롯한 나한승과 뛰어난 무사들. 거기다 필요할 때 언제든 도움을 받을 수 있는 개방도 있었다.

하지만 있을지 없을지도 모르는 위기는 너무도 거대한 파도였다.

은자림.

한 톨이라도 전력을 모아두어야 하는 상황에서 바깥으로 돌릴 여력이 없는 것이다.

"그럼 쉬시오."

묵객이 자리에서 일어나려 할 때였다.

"아, 한 가지만 듣고 가십시오."

장웅이 한 손을 들며 말하자 묵객이 다시금 자리에 앉았다.

"말씀하시오."

"돈을 건네면서 우연히 알게 된 내용입니다. 사람들이 가장 많이 모여 있는 양가촌과 진가장 사람들이 하나둘씩 마을을 비우고 있답니다."

"마을을 비우다니? 어디로 간단 말이오?"

"그게, 개인적으로 좀 조사를 해보았는데… 다른 곳으로 가는 건 아니었습니다. 방각 대사가 말한 여섯 곳 중 하나로 건너간 것이니까요. 하니 그곳에 돈을 더 지급해야 할 것 같습니다."

"알겠소. 그곳이 어디오?"

"부운현 우룡객잔입니다."

"또?"

순간 묵객의 눈이 날카롭게 변했다.

"뭔가 있으신 겁니까?"

장웅이 의아하게 물었다.

"묘하군, 묘해. 그렇지 않아도……."

"예?"

"…아니오. 일단 말씀하시오."

묵객은 말을 아꼈다. 부운현. 계속해서 나오는 이름이다. 장웅에게 말을 해볼까 싶었지만,

'일단은 내가 직접 알아보고 난 후에 말하는 것이 좋겠어. 단순한 우연일 수도 있으니.'

"음… 어쨌든 그 일이 좀 의아해서 대체 무슨 일로 사람들이 모이는지 조사해 보았습니다. 그랬더니 객잔 안에 숨겨진 큰 밀실이 있더군요."

묵객의 청대로 장웅은 계속 말을 이었다.

"하나같이 중병을 안고 살아가는 사람들이 있었습니다. 치매 혹은 정신적으로 좀 문제가 있는. 주로 사교(邪敎)라든가 혹세무민하는 괴상한 무리들에 당한 피해자들이었지요. 떠난 사람들도 대부분 그런 사람들을 모아 간…… 잠깐만요."

한창 말하던 중 갑자기 장웅이 인상을 썼다.

묵객은 그의 눈동자가 바쁘게 움직이는 것을 보고 가만히 기다렸다.

"…대협."

"말씀하시오."

"과거 방각 대사가 일러둔 접선책을 찾아가는 곳에서 명호 대협을 보았다고 하지 않았습니까?"

"그렇소."

"그럼 방각 대사가 하는 일이 명 대협과 관계된 일일 가능성

도 있지 않겠습니까?"

"없진 않겠지."

"그것은 그분들의 출신인 천중단과 관련된 일일 수도 있지요?"

"그럴 수도 있……. 아!"

순간, 묵객은 장웅의 생각을 읽었다.

막연했던 추측이 이런 식으로 귀결될 거라곤 생각도 하지 못했다.

병들어 간병받아야 하는 사람들.

그들은 혹세무민하는 사교에 피해를 당한 사람들이었다.

그리고 천중단은 그들과 싸워왔다.

"이거 냄새가 나는구려."

묵객은 싸늘한 눈빛을 내비쳤다.

은자림 또한 지금 괴이한 사교를 만들어서 사람들을 폭발과 공포로 내몰고 있다고 했다.

"광 호위는 혹시 알고 있지 않을까요?"

"물어봅시다, 그럼."

장웅의 눈빛이 어느 때보다 예리하게 빛나고 있었다.

*　　　*　　　*

어두운 밤.

노인 한 명이 가슴을 부여잡고 도망치고 있었다.

찢어지고 축 늘어진 고급 비단옷에 헝클어지다 못해 산발이 된 머리.

목덜미 아래로 끈 하나에 의지해 대롱대롱 매달린 관모가 그가 처한 상황을 여실히 보여주고 있었다.

"헉헉……."

골목길로 돌아서는 노인의 동작이 점차 느려졌다.

조금 전 허벅지에 맞은 비수가 계속 살갗을 파고들고 있었다.

"빌어먹을……. 헉헉."

결국 체력이 바닥난 노인은 길가의 벽에 등을 기대고 서서 숨을 몰아쉬었다.

타타탁.

"제기랄!"

돌담 위로 들리는 발소리에 노인이 욕설을 내뱉었다.

죽어라 도망쳤는데도 여전히 그들에게서 벗어나지 못한 걸 알아차린 것이다.

"헉헉. 운도 억세게 없구먼……."

노인은 도망치는 것을 포기했다.

그들은 노인에게 자책할 시간마저 허락하지 않았다.

툭.

눈앞을 막아서는 한 명.

툭, 툭.

그리고 뒤따라 나타난 등 뒤의 두 명.

모두 새하얀 외의를 입고 두건을 쓴 채 노인의 앞뒤를 둘러

썼다.

"후후후. 그냥 좀 살려 보내주시게."

노인이 기운 없는 얼굴로 웃어 보였다.

"……."

상대는 아무 말도 없었다.

사실, 노인도 이 상황에서 자신을 놓아줄 거라는 기대는 전혀 하지 않았다.

그렇다고 포기할 생각은 없었다.

파팟.

순간적으로 막히지 않은 우측 방향으로 뛰어나가는 노인.

휙!

"컥!"

하지만 괴인들이 던진 비수에 너무나도 쉽게 바닥에 쓰러졌다.

애초에 무공을 익히지 않은 관인인 그가 괴인들을 벗어나기란 요원한 일이었다.

저벅저벅.

점점 다가오는 발소리에 그는 몸을 한껏 움츠렸다.

죽음의 공포 때문인지 머릿속이 하얗게 변해 버릴 지경이었다.

그때였다.

쇄애애애액!

"……!"

파파팟.

순간, 거친 바람 소리에 괴인들이 반사적으로 도약했지만 그것이 끝이었다.

푸욱! 푹! 푹!

그림자처럼 다가온 뭔가가 그들이 알아차리기도 전에 목을 날려 버린 것이다.

툭, 투툭, 툭.

목이 떨어져 나간 괴인들은 육신 그대로 바닥에 떨어졌다.

"……?"

순간 이상함을 느낀 노인이 질끈 감았던 눈을 떴다. 바닥에 누운 그가 의아한 시선으로 고개를 드는 순간.

"당신은……."

눈앞에서 익숙한 얼굴의 사내가 자신을 바라보고 있었다.

"네가 왜 여기 있지?"

사내, 광휘가 노인에게 물었다.

놀랍게도 눈앞의 노인은 도지휘사 장대풍이었던 것이다.

"가족이… 가족이……."

그는 힘겨운지 말을 채 잇지 못했다.

말없이 그를 바라보던 광휘가 슬쩍 옆으로 시선을 돌렸다.

"구문중."

"옙!"

"안전한 곳에 대피시켜라."

"알겠습니다."

구문중은 빠르게 도지휘사를 등에 들쳐 메고는 어디론가 사라졌다.

광휘는 등 뒤에 있는 나머지 대원, 방호와 염악, 웅산군을 한 번 쳐다보고는 입을 열었다.

"가자."

휙! 휘휙!

스산한 바람 소리와 함께 그들이 몸을 날렸다.

*　　　*　　　*

그곳은 거대한 공터였다.

둘레가 백오십 장(450m)이 넘어 보이는 평지에 백여 명의 사람들이 둥근 원을 지어 무릎을 꿇고 있었다.

척 보아도 무언가 의식을 치르는 모습이었다.

촛불을 두 손으로 받쳐 든 자들 사이로 흰 장포를 입은 사람들이 걸어가는 장면이 드문드문 보였다.

"으아아악!"

"아아악!"

사람들이 둥글게 앉아 있는 곳의 중앙에서 고문 기구에 앉은 세 명의 사람들이 고통 속에 비명을 내질렀다.

울부짖는 소리가 들려오는데도 사람들은 아무런 반응이 없었다.

마치 고통을 즐기는 듯이, 혹은 무력감에 포기한 듯 저마다 알 수 없는 감정을 담고 바라보고 있었다.

툭. 툭. 툭.

스윽.

그때 주위를 덮은 나뭇가지 사이로 복면인 넷이 모습을 드러냈다.

"상황은?"

광휘의 물음에 방호가 대답했다.

"배교자를 처형하는 의식으로 보입니다. 지금 고문을 받는 자는 규율을 어긴 신도들. 그리고 주변에 무릎 꿇린 사람들은 소문을 듣고 온 자들입니다."

"더 없나?"

광휘가 묻자 이번엔 염악이 말했다.

"며칠 전부터 이 근처에서 집단 자살이 흉흉하게 일어났습니다. 혹여 동요하는 사람들 때문인지 이 의식을 통해서 내부 결속을 다지려는 것 같습니다. 단장, 저기 저 여인 보이십니까?"

광휘의 시선이 염악이 가리키는 방향으로 향했다.

비명을 지르는 사람들의 앞으로 소복을 입은 여인이 조용히 걸어오고 있었다.

그의 등장에 사람들은 촛불을 내려놓고 고개를 숙였다.

"어둠 끝에서 불꽃이 일어나리니."

"저 무리를 이끄는 여인으로 보입니다. 은자림과 관계된 자로 추정됩니다."

말하는 와중에 노랫소리가 흘러나왔다.

"인원은."

광휘가 쳐다보자 이번엔 웅산군이 고개를 끄덕였다.

"다른 이들은 차치하고, 여인 하나와 총 열두 명의 신도들로 구성된 무리가 특히 심상치 않습니다. 저들을 우선적으로 처리해야 합니다."

짤막히 개요를 들은 광휘가 잠잠히 고개를 끄덕였다.

"신도들은 모두 죽여야 한다. 폭굉을 가지고 있을 가능성에 대비해 되도록 빠르게 처리해라. 방호, 염악."

"옙!"

"옙!"

방호와 염악이 기다렸다는 듯 대답했다.

"뒤쪽과 옆쪽. 여덟을 맡아라. 그리고 웅산군."

"옙!"

웅산군이 고개를 숙였다.

"앞줄 나머지를 맡아라. 난 저기 주동자로 보이는 놈을 제거할 테니."

대원들이 고개를 끄덕였다.

그때쯤 공터에서 비명 소리가 다시금 흘러나왔다.

"시키는 대로 하겠습니다. 제발 살려주십시오!"

이름 모를 여자가 신도들의 손에 끌려 고문 장치 쪽으로 가고 있었다.

고문 장치는 총 네 개가 있었는데 마지막 자리를 채우려는 것 같았다.

그때였다.

"신녀님……."

"잠시 가만있어 보세요."

남자 하나가 부르자 흰 소복을 입은 여인이 그들 앞에 손을 올렸다.

무표정한 얼굴, 무감각한 목소리로.

"이 좋은 날에 마침 손님이 오셨군요."

스윽.

그러고는 조용히 손을 들어 먼 숲을 가리켰다. 커다란 느티나무를 향해 수백의 시선이 일시에 몰렸다.

분명 한참을 떨어져 있는데도, 어지간한 이는 눈치채기 힘든 곳인데도 그녀는 정확히 광휘 일행이 자리 잡은 곳을 보고 있었다.

번뜩!

수백의 눈동자가 동굴 속의 박쥐처럼 스산한 빛을 발했다.

＊　　＊　　＊

"쳐!"

파파파팟.

광휘가 외치는 순간 대원 셋이 나뭇가지를 박차고 날아올랐다.

타타탓.

그들을 먼저 보낸 광휘는 몸을 기울인 채 나무들을 연속적으로 밟으며 횡으로 이동했다.

그리고 반원을 그릴 때쯤 자리를 박차고 도약했다.

'마기(魔氣)?'

소복을 입은 여인을 노리던 광휘의 눈썹이 꿈틀댔다.

그녀의 손끝에서 퍼져 나오는 녹광(綠光)이 시야를 덮어버린 것이다.

씨익.

여인의 입꼬리가 살포시 올라갔다.

달려가던 광휘가 그대로 녹광에 휘말리나 싶은 순간.

패애애액!

"하압!"

기합 소리와 함께 내려친 구마도에 마기가 그대로 날아가 버렸다.

휙! 휙!

때마침 약속된 듯 땅속을 뚫고 흑의인 둘이 튀어나왔다.

그들은 기다란 검신을 몸에 숨긴 채 팽이처럼 몸을 돌리고 있었다.

순간, 광휘의 몸도 함께 회전했다.

패애애액.

패애애액.

패애애액.

일순 세 개의 회오리가 공중에서 겹쳐지는 듯한 착각이 일 때쯤 여인의 귓가로 담담한 목소리가 흘러들어 왔다.

"상대를 잘못 골랐다."

그 말과 함께 눈앞에 있던 회오리가 환영처럼 사라졌다.

얼마나 빨리 움직인 것인지 흑의인들은 이미 목이 날아가고, 그 장면이 한 박자 늦게 투영된 것이다.

촤악!

여인이 뒤돌아보기도 전에 그녀의 허리께가 일자로 잘려 나 갔다.

그곳에 서늘하게 노려보는 광휘의 얼굴이 드러났다.

'감촉이…….'

광휘의 눈썹이 꿈틀거렸다.

베는 맛이라고 할까. 손에 감각이 느껴지지 않았다.

거기다 피가 튀어야 할 그녀의 몸은 마치 증발하듯 사라지고 없었다.

그보다 더 놀라운 것은 바로 옆, 삼 장(9m) 거리에서 그녀가 자신을 바라보고 있었다.

"섭심술(攝心術)인가……."

마교의 상급 사술 중 하나로, 상대방의 정신을 혼란스럽게 만들어 현실과 전혀 다른 환각을 일으키는 일종의 최면술이 었다.

광휘와 눈이 마주친 그때 이미 손을 쓴 듯했다.

"하지만 제대로 통하지 않은 것 같군."

뚝뚝뚝.

그녀의 손끝으로 피가 몇 방울 떨어져 내렸다.

분명 짧은 순간 환술(幻術)을 걸었지만, 광휘가 상상 이상의 속도로 움직이자 걸리다 말고 깨져 나간 듯했다.

씨익.

그럼에도 신녀는 이를 드러내며 웃었다.

"지금 많이 웃어둬."

광휘 역시 피식 웃으며 말했다.

"기회가 얼마나 있을지 모르니까."

파팟.

광휘가 땅을 박차며 질주했다.

투투투투툭.

그 순간 바닥에서 십수 명의 복면인들이 튀어나왔다.

거기다 기관이 발동되었는지, 활처럼 휘어지며 채찍같이 변한 나뭇가지.

트드드득!

날카로운 창촉들과 암기에 이어 사람 키의 두 배에 달하는 그물까지.

그 모든 것들이 사방팔방에서 마구잡이로 날아들었다.

"애송이들⋯⋯."

파파팟.

광휘는 속도를 멈추지 않았다.

오히려 처음보다 더 빨라지며 눈앞을 가득 메우는 암기와 흑의인들을 향해 거침없이 쇄도했다.

카카캉. 카캉. 캉!

날카로운 쇳소리가 먼저 들렸고.

콱! 콰직! 쩌어억!

창대가 잘려 나가거나 박살 나는 소리가 뒤따랐다.

퍼퍼퍽! 쐐애액! 쐐액!

묵직한 격타음과 함께 예리한 칼날 소리가 퍼져 나올 때쯤, 발동된 기관들과 십수 명의 사내들이 흩뿌리듯 우수수 떨어져 나갔다.

"아라샤… 아라타샤……."

두 손을 모은 신녀가 다급히 뭔가를 중얼거렸다.

쾅!

그녀는 손끝에 모든 힘을 집중시키고는 나무 방벽을 뚫고 빠져나오는 광휘를 향해 뻗어냈다.

"갈(喝)!"

함성과 함께 그녀의 두 손에서 구체 두 개가 터져 나왔다.

그 모습을 본 광휘는 검 자루 위치를 재빨리 바꾸며 말했다.

"뇌경쌍로."

패애애애액.

눈 깜짝할 사이 신녀가 날린 녹광이 광휘에게 그대로 적중되는 듯 보였다.

하나 광휘는 기다리고 있었다.

구체가 지척까지 다가오자 엄청난 속도로 반응했다.

팽가 오호단문도의 뇌경쌍로.

상대의 공격을 막으며, 나아가 그 힘을 이용해 좌우 두 갈래로 되돌려 버리는 초식.

광휘는 마기를 뿌려대는 적을 상대로 그 초식을 시전한 것이다.

휘이이이이잉!

그리고 완벽히 성공했다.

녹광은 거센 파도처럼 광휘를 덮어버리는 듯 보였지만, 일순 높이 치솟던 기운이 잠잠해지고, 이후 양 갈래로 갈라지다 신녀를 향해 되돌아갔다.

신녀는 뒤늦게 손을 뻗었지만 이미 늦었다.

그 모든 건 눈 깜빡할 시간보다 더 짧은 촌각에 일어난 일이었다.

콰아아앙!

거대한 폭발과 함께 신녀의 몸이 오 장이나 밀려 나갔다.

콰콰쾅!

그럼에도 폭발은 계속 터지며 신녀를 삼 장 더 밀어냈다.

그그그극.

신녀는 결국 바닥에 쓰러졌고, 그것도 근처 돌벽에 머리를 부딪친 뒤에야 멈췄다.

저벅저벅.

흐릿한 시야 속으로 광휘가 걸어왔다.

이마에서 피를 뚝뚝 흘리던 여인은 게슴츠레한 눈으로 그를 올려다보았다.

툭.

광휘가 뭐라 말하려던 그때 눈앞으로 시선이 쏠렸다.

그녀가 던진 것은 놋쇠구(球)였다.

"……!"

순간, 광휘와 신녀가 합을 맞춘 듯 동시에 뒤로 도약했다.

콰아아아아앙!

굉음과 함께 일어난 폭발이 지축을 흔들었다.

*　　　*　　　*

"크으윽!"

퍼벅!

은자림 신도들이 추풍낙엽처럼 떨어져 나갔다.

천중단 대원들의 압도적인 무위에 어느 누구도 제대로 대항하지 못했다.

파파팟.

매복해 있다 땅을 뚫고 튀어나오는 흑의인들.

픽! 촤악!

그들 역시 천중단 대원들의 일 합에 모두 명을 달리했다.

"이거 쉬운데?"

"고작 이 정도 실력을 가진 놈들이라니. 뭔가 더 살펴봐야 하는 거 아냐?"

잔당들을 다 해치운 대원들은 잠시 광휘 쪽을 쳐다봤다. 손쉽게 상대하는 그의 모습이 눈에 잡혔다.

"단장도 걱정 없겠군."

염악이 혀를 차며 돌아봤다.

더는 흰 옷을 입은 신도들이 보이지 않자 그가 주변을 둘러보며 말했다.

"어서 빠져나가시오."

자신들이 싸울 때에도 아무런 말 없이 지켜보고 있던 사람들이다.

고맙다는 얘기가 들려와야 정상인데, 어찌 사람들의 반응이 영 미지근했다.

"저길 봐, 염악."

염악이 미간을 좁히는 순간 옆에 있던 방호가 그를 불렀다.

"……!"

그가 가리킨 앞줄의 노인에게는 특이하게도 눈알 하나가 없었다.

몸은 비쩍 마른 데다 얼굴에는 이상한 혈관 자국들이 선명하게 드러나 있었다.

"야, 이거 이 사람들……."

뭔가를 느낀 염악이 이내 다른 사람들을 둘러보았다.

하나같이 코가 문드러지거나 입술이 뒤틀린 자들로, 대부분이 그렇게 끔찍한 얼굴을 하고 있었다.

"이봐, 웅산군! 지금 뭐 하는 건가!"

염악이 당황하는 사이, 갑자기 방호가 웅산군을 향해 소리쳤다.

그는 무릎을 꿇은 채 이름 모를 소녀의 머리를 매만지고 있었다.

콰아아아아아앙!

그 순간 대원들의 고개가 뒤로 홱 꺾였다.

광휘가 달려들던 방향에서 폭발이 일더니, 한 가닥 뜨거운 열풍이 그들의 얼굴로 훅 끼쳐 온 것이다.

강한 폭발과 함께 나타난 자는 다름 아닌 광휘였다.

"단장!"

대원 모두가 달려왔지만 광휘는 고개를 저었다.

"나는 괜찮다."

옷은 엉망으로 그슬렸으나 다행히 별다른 상처는 없는 듯했다.

대신 폭굉의 여파가 남아 있는지, 가까이 가지 않았는데도 몸속의 열기가 후끈하게 느껴졌다.

"그보다… 함정이다."

광휘는 깊은 숨을 몰아쉬며 대원들을 쳐다보았다.

그의 얼굴은 평소와 달리 심각하게 변해 있었다.

"예?"

방호가 의아해하며 바라보자 광휘는 대답 없이 주위를 슥 둘러보았다.

우으으. 으으으으.

하나같이 음산한 신음을 흘리는 가운데 몇 명은 자신 쪽으로 오라고 손짓을 하고 있었다.

그중 몇 명은 두 손을 맞잡고 도와달라는 듯 간청하고 있었다.

"이놈들 전부 마공(魔功)을 익혔다. 저 여인이 우리를 발견한 것도 여기 이 사람들의 눈을 통해 우리를 보았기 때문이다."

"그게 가능한 겁니까?"

"사술이 걸리면 가능하지. 이런 대규모의 사술을 쓰려면 대상자 역시 마공을 익혀야만 한다. 여기 이 사람들… 이미 자아를 상실했다."

"이럴 수가……."

"역시……."

방호는 경계심을 높였고, 염악도 어째 그럴 것 같았다는 얼굴로 몸을 긴장시켰다.

"저희를 구해주십쇼……."

"사술이라뇨… 당치 않습니다."

스륵. 스륵.

그사이 사람들 몇몇이 다가오고 있었다.

광휘의 말이 계속 이어졌다.

"모두 죽여라. 일격에. 어떤 망설임도, 머뭇거림도 없어야 한다."

"아……."

방호가 탄식을 흘렸다.

하나같이 아픈 사람들이고 힘없이 고통받는 사람들이다.

그런 이들을 한 명도 아니고 마을의 모두를 죽여야 한다니.

"절대로 가까이 다가가지 마라. 상대의 시선을 속이거나 접근하기 전에 기(氣)를 일으켜서 눌러 버려야 해. 알겠나?"

광휘의 경고 섞인 말에도 사람들은 계속 대원들을 향해 다가오고 있었다.

"무사님, 저희 좀 지켜주세요."

"살려주십쇼. 여긴 너무 고통스럽습니다!"

심각한 낯빛의 방호와 염악 그리고 웅산군.

서로 등을 대고 있던 셋은 광휘의 신호를 기다렸다.

"지금이다!"

파파파팟.

명이 떨어지는 순간 대원들이 각기 다른 방향으로 세차게 달려 나갔다.

싸아아악!

웅산군의 손에서 칼날 같은 바람이 쏟아져 나갔다.

슈우우욱! 푹!

방호의 손가락에서는 지풍이 쏘아졌다.

패애애액.

염악의 도에선 강렬한 도기가 뻗어 나가 일대를 갈라 버렸다.

"악!"

"커억!"

거침이 없었다.

노인, 청년, 소년, 여인을 가릴 것 없이 베어버렸다. 사방에 피보라가 휘몰아쳤다.

"아악!"

"그만!"

주위를 에워싼 사람들의 오분지 일이 순식간에 날아갔다.

"제길."

상처 하나 입지 않았지만 방호는 이를 악물었다.

자신이 갈라 버린 머리 반쪽이 눈에 들어왔다.

이제 열두엇이나 되었을까 하는 소년이었다.

왜 이렇게 해야 되는지 의구심이 들었다. 하지만 그는 광휘의 말을 굳게 믿으며 마음을 다스렸다.

"커어억!"

"살려……. 컥!"

패애액! 패애액!

거침없이 도를 휘두르는 염악은 다른 대원보다 그나마 나았다.

다른 이들은 불편해했지만 그는 녹림 출신이다.

지금이 죽이지 않으면 죽는 싸움임을 받아들이자, 누구보다 냉철하게 변해 있었다.

하나 한 명, 웅산군은 달랐다.

콰아악. 콰직!

검풍으로 세 명을 날려 버리고 오른쪽을 돌아보자 힘없는 소녀가 촛불 하나를 힘겹게 들고 그를 바라보고 있었다.

"아버지……."

흠칫.

소녀의 눈망울을 보자 웅산군은 멈칫했다.

조금 전, 말을 건네기도 했고 머리도 쓰다듬어 주었던 소녀였다.

"저는 아니에요."

소녀는 울음이 터졌다.

사슴 같은 눈에서 눈물이 볼을 타고 뚝뚝 흘러내렸다.

"조금 전에 내가 도망치라고 하지 않았느냐."

웅산군은 무언가에 홀린 듯 무릎을 꿇으며 소녀와 시선을 맞췄다.

"정신없이 나오다가 그리되었어요."

"아악!"

"살려줘!"

사방에서 시뻘건 피바람이 불고 비명이 끊이지 않았다. 하지만 웅산군의 얼굴은 밝았다.

죽고 죽이는 전장에 어울리지 않는, 마치 소녀를 제 자식 보듯 따스한 눈빛을 띠고 있었다.

"괜찮다, 아가야. 이리 오너라. 내가 구해주마."

웅산군이 손을 내밀어 허락하자 소녀는 달려가 그에게 안겼다.

"아버지, 정말 무서웠어요."

"그래, 안다. 무서웠을 게다. 이런 곳에, 너 같은 아이가 어떻게⋯⋯."

툭툭.

그녀를 안은 채 다독이는 웅산군의 입가에 흐뭇한 미소가 걸려 있었다.

"웅산군!"

그때였다.

전장 한가운데서 사람을 베어가던 염악의 목소리가 들려왔다.

순간 웅산군의 눈빛이 흔들렸다.

"뭐 하냐고, 웅산군!"

또다시 염악의 목소리가 들려왔다.

퍼뜩!

정신을 차린 웅산군이 소녀를 바라보았다.

잘못 본 것일까?

소녀의 눈빛이 어느새 괴이하게 바뀌어 있었다.

조금 전에 보았던 그 순진무구하고 겁에 질린 눈빛이 아니었다.

"이미 늦었어요."

때마침 소녀의 품속에서 뭔가 툭 떨어져 나왔다.

그것은 광휘가 경계하라고 알린 놋쇠 구체였다.

"쾅 해라."

콰아아아앙!

웅산군이 급히 소녀를 밀어내는 것과 동시에 거대한 폭음이
둘 사이를 비집고 터져 나왔다.

『장씨세가 호위무사』제4막 11권에서 계속…